壶源溪记忆

鲍志华 著

中国民族文化出版社
北京

图书在版编目（CIP）数据

壶源溪记忆 / 鲍志华著. -- 北京：中国民族文化出版社有限公司，2023.11
ISBN 978-7-5122-1801-7

Ⅰ.①壶… Ⅱ.①鲍… Ⅲ.①散文集－中国－当代 Ⅳ.①I267

中国国家版本馆CIP数据核字（2023）第211894号

壶源溪记忆
Huyuanxi Jiyi

作　　者	鲍志华
责任编辑	张　宇
责任校对	李文学
出 版 者	中国民族文化出版社　　地址：北京市东城区和平里北街14号　　邮编：100013　联系电话：010-84250639　64211754（传真）
印　　装	武汉鑫佳捷印务有限公司
开　　本	787 mm×1092 mm　16开
印　　张	14.25
字　　数	218千字
版、印次	2024年1月第1版第1次印刷
标准书号	ISBN 978-7-5122-1801-7
定　　价	75.80 元

版权所有　侵权必究

母亲河的歌者

我越来越强烈地感觉到：写作者不容易。

"写作者"这个名称，大家也许觉得比较陌生，因为很少有人这样提，可我觉得好。我总以为，"家"还是不要轻易自居为好，而且，"家"不"家"的，远没有一些人想象的那么重要。爱好写作，不时能写点什么，写出来的东西有人愿意看，看的过程还比较愉悦，看了以后有所得益，就很不错了。

写作者为什么"不容易"？

第一个原因，不是每个人拿支笔在手里，或者放一台电脑在面前，就能写得有模有样。写作者需要有扎实的语言文字根基，严密的逻辑思维能力，大量的阅读与积累，长期的写作训练，还要有比较好的人文和道德素养。不消说，要具备这些条件，当然不容易，得来须下功夫。而进一步的问题在于，如果不具备这些条件，或者条件比较一般，那么，写作时就会显得力不从心：一是不会写。看别人写的，评论起来头头是道；要想自己写，根本提不起笔，提起了也下不去。二是写不好。要么动作缓慢，"秀才造反，三年不成"；要么即使写成了，也是顾此失彼，语言、结构、思想、情感、技法等诸方面无法照顾周全，出现这样那样的纰漏和缺陷。三是档次不高。虽然也能成稿，也能洋洋洒洒地自觉过瘾，但无论在实用还是审美上，都达不到比较高的要求，距离以理服人、以情感人的要求比较远，离赏心悦目的要求更是相差十万八千里。

也就是说，写作者作不了假。不像有人调侃的那样："作家作家，就是作假。"其实作家是最作不了假的。哪怕是写小说，编故事，笔下文字能力的高低（包括语言、逻辑、情感、学养、境界、审美等），白纸黑字，明眼人一看便知。不像有些行业，明摆着是浑水摸鱼，滥竽充数，却仍然赢得一片叫好声。那是钻了隔行如隔山、从艺之人少的空子。在这种情况下，叫好的都是不明实情的外行或不学无术的同类，被叫好的则是欺世盗名的骗子。

壶源溪记忆

说写作者"不容易"的第二个重要原因,是他们甘愿在默默无闻中耕耘。由于各种各样的原因,靠写作成名成家的人少之又少,大部分人穷其一生,也只能在很小的领域或范围内有一点小名气,有的可能完全处于籍籍无名的状态。但他们并不因此就自卑或自弃,而是几十年如一日地笔耕,活在对自我的认知与把握之中。这样的宠辱不惊,这样的把阅读与写作当作生活乃至生命的一部分,是一种境界。《道德经》有言:"夫唯不争,故天下莫能与之争。""不争"不是悲观与消极,不是无为与放弃,而是淡泊与雅致,潇洒与超然,舍弃与选择,是对很多人不要的、不理解的、不知晓的东西的在意与坚守。

鲍志华就是这样一位写作者,一路走来不容易,却能陶然其中并常有收获。她一边踏踏实实工作,一边孜孜于业余写作,新故事、散文、特写,她都写,最后在纪实文学上灿然绽放,成为中国报告文学学会会员,浙江省作家协会会员。她所写的《孙晓梅:大时代的女性》《文澜阁〈四库全书〉抗战西迁记》《老街记忆》等作品,受到业内好评。她慢慢地从一名"不容易"的写作者成长为一名"不简单"的写作者。

鲍志华的不简单,还在于她的目光始终聚焦家乡,几十年不遗余力地宣传家乡的好山、好水、好文化、好人物,体现了一名党员干部写作者的站位和视野,胸襟和气度,以及作为一名普通写作者的责任与担当。

《壶源溪记忆》是她再一次向故乡的靠近,再一次对母亲河的深深打量与细细爱抚。全书分五辑,包括文化探古、出行访幽、缅怀英烈、异人纪事、人文拾趣等内容。作者围绕一条在富阳境内绵延39千米的富春江最大支流,从书本到实践,从观摩到寻访,从倾听到思考,对壶源溪做了由流到源、由表及里、由浅入深、由肉体到精神、由物质到文化的深层探索和研究,从而对该溪的地理环境、风土人情、交通商贸、军事文化等做了立体的呈现,向读者展示了一幅幅五彩缤纷、层次清晰的壶源溪流域全景图、纵深图、透视图、多维空间图。

可以说,通过本书的写作,鲍志华让自己成了一名壶源溪的全程"跋涉者",深度"阅读者",忠实"迷恋者",文化"传播者"。作为喝着清清壶源溪水长大的女儿,她是在仰望母亲,探究母亲,对话母亲;是摸着母亲的脉搏在走，是依偎着母亲的怀抱在歌唱。

只是这样好的内容仅以内刊的形式出版未免可惜了点，而作者的低调、内敛、看破与放下，也由此可见一斑，让人感佩。所幸资料收集齐全，图片的彩印效果很好，使作者的一番辛苦有所回报，亦幸也。

我相信，这本书日后必将成为研究富阳地理人文无法回避的一部重要著作。

谨以此序，向作者致敬，向配合此书写作的朋友们致敬，向用心阅读此书的读者们致敬，向秀丽的壶源溪和她哺育过的优秀儿女们致敬。

凌晓祥

二〇二三年一月于苍崖阁

（作者系中国散文学会会员、浙江省作家协会会员、杭州市富阳区作家协会主席）

自序

对壶源溪文化产生兴趣源于对溪上撑筏人的一次采访，坚韧、勇敢、智慧合一的撑筏人，为了生计不顾生命危险，一次次逐浪溪流，不禁让我感慨且心生敬畏。尔后，我就去查阅相关史料，竟然发现史书中对它曾经的渡口、堰坝等均有记载，致使我这个对壶源溪有所了解的人产生了浓厚的兴趣，于是就以自己的阅读方法开启了对它的阅读，至今已有十年的时间。

清光绪《浦江县志稿》记载："壶山，县西四十五里，山形如壶，故名，壶溪之水出焉。"《浦江县志》记载："壶源溪，旧名湖溪、湖源、壶溪。"壶源溪，今诸暨金沙岭以上称壶源江，金沙岭以下富阳境内称壶源溪，常安境内称六石溪、锦明溪及湖汰水。壶源溪流程较长，它源于浦江壶山，于富阳场口青江口汇入富春江，全程贯穿浦江、桐庐、诸暨、富阳四县市，干流长102.8千米，流域面积760.9平方千米，其中富阳境内39千米，流域面积293平方千米。

壶源溪一路奔腾在崇山峻岭之峡谷之间，时而跌荡起伏，峰回水复，时而波平浪静，水面如镜。溪流出横槎村后于狮子岭与荞麦岭处，两岸山势逐渐展开，带状田畴成片成畈，为农作物耕种之最。溪流至常安、场口交界乌龟山处，水流被伫立溪中央的乌龟山劈成东、西二流。东流绕真佳溪抵龙潭埠，西流绕场口村抵龙潭埠。至此，壶源溪水与北来青江水、西来瓜桥江之水汇合，水域变深，水势趋平，可通舟楫。青江和瓜桥江均与富春江相连，所以也受钱塘江潮汛影响，逐年冲积成一处

清光绪《浦江县志稿》

壶源的记忆

沙洲平原。此处地势平坦，土地肥沃，水域呈环流状（在瓜桥江尚未筑坝之前），俗称"瓜桥江水倒流"，更像是壶源溪到这里甩了一下尾巴，圈起了一个江中沙洲，堪称自然奇观。

壶源溪天然自成，野性与诗意并存。壶源溪畔潘氏、鲍氏的先祖皆因喜欢壶源溪山水而择地迁居于此。三国东吴孙权之祖先，因为江中这块凸起的沙洲茂林修竹，四水环绕，土地肥沃，耕种自给，而遂居之。以至孙权祖父孙钟在此地种瓜，孙权父亲孙坚因走富春江水路去钱塘卖瓜，偶遇盗贼抢劫分赃，孤勇上岸，用他的大智大勇征服盗贼，初显其雄才大略，从此踏上仕途。至今，此地尚存王洲岛、瓜桥埠、瓜圩、瓜墩、雄瓜地等东吴文化遗韵。沿岸场口镇五堡、大路、三堡、大塔、洋沙、孙家山、俞家爿，常安安禾、甑山、湖源上臧等村庄均居住着东吴孙氏后裔。坐落于壶源溪两岸的湖源新一、新二，常安古城、小剡、大田、礼门等村庄的富春李氏，其始祖李重耳因避北凉沮渠蒙逊战事之难，始奔富春，避难于江南富春山，不能说李重耳是因为看上壶源溪两岸景色而选择在溪畔隐居下来，但可以肯定地说是因为见此山高林密、崇山峻岭可以深居，保证其安全而居住下来。居住壶源溪畔的李氏后裔人才辈出，历代考中进士的在数十人以上，能作为他们代表的即是北宋将作监李靴、南宋左丞相李宗勉，他们都生长在壶源溪畔。对于壶源溪，文人骚客们频繁造访且流连忘返，从他们留下的《入壶源》《渡壶源》《客问壶源》等脍炙人口的诗篇，可见一斑。毋庸讳言，壶源溪以它独特的自然之美吸引着大众。

壶源溪呈两山夹溪之状，属季节性溪流，每年汛期，米黄色的浊浪肆虐翻滚，像一条脱缰的野马横冲直撞，咆哮着，奔腾着，势不可挡。在汛期，人们只能望溪兴叹。想在溪上运输物资就得等到溪水平稳时，方可将积攒的竹木、柴炭、竹纸、冬笋等货物，由撑筏人装上竹筏，从溪水上运至壶源口之场口龙潭埠。然溪水不是一年四季都满，到了夏季，溪水即会浅下去，当溪中央露出石滩窟时，溪上无法行筏，每到这时光，撑筏人会把尚有溪水的水道挖深拓宽，直到能容一张竹筏通行为止，俗称"叠筏港"。夏末季节，溪水再浅时，撑筏人只能停下来。此时，溪上大多较小的渡口，已不用撑筏过渡，只要在溪中用石头垒成临时碇步桥，往来行人即从溪中碇步桥过溪了。

千百年来，人们在认识它、利用它的进程中求得生存。为扼壶源溪水势以灌溉良田，溪上沿途筑有移桥堰、东山堰、安禾坝、湖山堰、壶溪堰、永和坝、长潭坝、铜柱坝等堰坝，其中东山堰、安禾坝、湖山坝等堰坝的构筑，灌溉农田面积均在2000亩以上。中华人民共和国成立以来，壶源溪治理不敢轻视，建坝，筑堤，设涵闸，以保溪岸村庄之安全与良田稼穑。20世纪70年代末，县政府组织"战山河兵团"1.2万余人会战壶源溪常安段，取直安禾蚌潭坝至刘家弄段3200米，新开溪流按10年一遇洪水频次设计，底宽130米，纵坡比降1/3000。设计过水流量每秒1845立方米。两岸护堤6000米，平均堤高3.5米。时至20世纪90年代，壶源溪的水能源得到有序开发，先后建成陈家埠、梅洲、石马岭、湖源4级电站，装机15台，总容量2765千瓦。

旧时，水路即是老百姓生存的活路，由于壶源溪水承载着货物的运输，沿溪两岸因水路埠头形成商贸街市。从史料记载看，瓜桥埠街市形成时间为最早。由于王洲岛处在富春江之中央，瓜桥江水相比富春江水平稳得多，在大江与小江连接处形成了货物交易及买卖的场所，故瓜桥江上经常舟楫成行，桅樯林立。王洲岛上盛产水稻、小麦，家家户户自酿土酒，酒为瓜桥埠街市一绝。"环洲皆江，瓜桥滨南之小江，其埠向有市镇，立官盐栈。"《富春王洲何氏宗谱》有诗赞曰：百里壶溪折不回，溪头酒市几家开。瓜桥水濛撑船人，石涨潮平絜槛来。高挂轻帘遥有象，远流活水净无埃。醉翁得趣倾家酿，还到街头饮数杯。场口，因其独特的地理位置，自古为县埠之一，也是乡村十大集市之一，尤其在抗战时期，万商云集，商业繁荣，一时有"小上海"之称，人口骤增至5万之多。此外，因为水路交通的便捷，壶源溪两岸分布有东梓关、图山、大田、小刹、横槎、小樟村等落水埠头和商贸街市。

壶源溪上通诸暨、桐庐、浦江，下连富春江，两岸群山连绵，水路无法到达的地方全凭山道，甚至羊肠小道。沿溪两岸有名的山岭有都舆山、刹望山、锦明山、永安山、湖洑山、桐树岭、状子岭、横山岭、金刚山、神堂山、慈岭、白虎山、金沙岭等。因生活实际需要，人们在溪岸山脉之间踏出一条迂回曲折的纵向古道，它可以来往于金华、杭州、浦江、富阳之间。纵向古道途中，左可越梧岭、石板岭、黄土岭、钟塔岭、野猫岭等山岭，可达常绿，再至萧山、诸暨等地，右过青草岭、牛峰岭、姚家岭、黄杨岭等山岭，可抵

壶源溪记忆

桐庐、浦江等地，古道悠悠，绵延百余里，纵横交错四通八达的水路与绵延不断的山脉编织成一张互为贯通的网络，是战争时的天然屏障或者说有利地形，故自古以来，壶源溪乃兵家必争之地。1940年10月13日，布防在景山乡（今常安镇）一带担任阻击任务的国民党79师235团将士，阻击千余名企图沿壶源溪南进，窜犯浦江县（今诸暨县）的日寇，在黄泥山、天竺山一带展开一场激烈战斗，史称"景山阻击战"。抗日战争和解放战争时期，金萧支队活动于壶源溪两岸，在常绿—窈口—上官—龙门—常安—东图—场口之间，建立起一条红色交通线，活动于壶源溪两岸。1945年5月31日至6月1日，浙西新四军第四纵队第十一支队、浙东纵队三支队二、三大队及路西县地方武装全歼企图阻击浙西新四军南进，移驻在景山脚下沧洲村的国民党富阳县政府、县国民兵团自卫大队六个团，史称"沧洲歼灭战"。8月间，新四军二渡富春江，来回皆从场口龙潭埠、桑园头等处实施渡江，并与国民党顽军激战。地处富阳、诸暨、桐庐交界的窈口村，因处大山深处，抗战时期、解放战争时期则成为中国共产党重要的游击根据地。

壶源溪水孕育了一代又一代壶源溪儿女和仁人志士。打开富阳烈士名录，从抗日战争到解放战争，从抗美援朝到中越自卫反击战，从社会主义建设时期至改革开放的今天，李如庆、汪阿金、何年春、徐纯甫、倪金良、鲍小坤、潘志全、金守儿、李申定等27人，他们是金萧支队战士，是志愿军、解放军，是普通老百姓，他们为民族独立解放事业、为捍卫祖国领土完整、为社会主义建设事业、为抢救他人生命财产安全，奋不顾身英勇牺牲。改革开放后，壶源溪儿女追逐着时代的脚步，大胆创业，从早期创办的富阳无线电二厂、东风电子元件厂、场口电子元件厂、杭州英凯莫工艺品有限公司到今天的富春控股集团、杭州长命电池有限公司、杭州柏益实业有限公司等企业，川籍企业家们，如陈加洪、徐苏明、周海林、孙根友、张国标、徐增富、潘国益……那个不是喝着壶源溪水长大！？他们的创业精神，恰如壶源溪水，无论遇到怎样的艰难险滩，都无所畏惧迎难而上，百折不挠一路向前。

2019年，富阳区委区政府本着绿色发展的理念，落实壶源溪流域联动发展规划，以科学为依据，在尊重自然的基础上，打造最美公路、最美绿道、最美溪流、最美绿廊、最美人文的"五美"壶源溪区域景观。2020年11月，壶源溪绿道经由浙江省建设厅、浙江省发改委、浙江省水利厅、浙江省农业农村厅、浙江省文化和旅游厅、浙江省林业局等部门联合评选，入选浙江省第四批"浙江最美绿道"。

《壶源溪记忆》以纪实的手法，追溯壶源溪历史深处的人文，领略其千年不变的天然胜迹，寻访英雄背后鲜为人知的故事，倾听民间精英匠人之情怀，甚至一代人为求生存之艰难，所有这些，用文字记录之，自以为这是值得做的一件事，可为后人提供壶源溪本来之面貌，对了解它的历史有所裨益。

鲍志华
2022年冬月

目录

● 探古

王洲：吴大帝孙权故里…………………… 002
壶源溪畔的富春李氏………………………… 005
古城二李……………………………………… 013
永安山妙智寺………………………………… 020
善政邑郭侯庙………………………………… 027

● 行走

荡江渡………………………………………… 032
金沙岭古道…………………………………… 036
金刚潭………………………………………… 039
富春口往事…………………………………… 042
狮子岭水力发电站建停始末………………… 046
乌龟山 青山渡……………………………… 054
龙潭埠 壶源口……………………………… 056
王洲古渡……………………………………… 059
抗战时期的场口……………………………… 062
瓜桥埠街市…………………………………… 065
老街遗韵……………………………………… 068
潭和渔………………………………………… 072
水 碓………………………………………… 075

⊙ 寻访

景山阻击战 …………………………………… 080
沧洲歼灭战 …………………………………… 083
张文达在窈口的最后时光 …………………… 086
小剡李氏宗祠富阳中学初创地 ……………… 092
何益生：在壶源溪畔的两场战斗中 ………… 098
湖田山上的路西后方医院 …………………… 105
学者金守洤的一生 …………………………… 109

⊙ 倾听

悬壶济世救苍生 ……………………………… 116
湖源竹纸名古今 ……………………………… 137
壶源溪上多津渡 ……………………………… 159
敢逐险浪撑筏人 ……………………………… 168

◉ 拾遗

汤忠富：大山的儿子 …………………………… 184

平民英雄臧水林 ………………………………… 189

古亭锣鼓 ………………………………………… 192

大塔村名的来历 ………………………………… 195

石门无锁自常开 ………………………………… 197

上佛桥 …………………………………………… 199

花洞小姐 ………………………………………… 201

石镜坪：黄巢杀人封刀处 ……………………… 203

壶源溪畔洋教堂 ………………………………… 204

后记 …………………………………………… 209

探 古
TANGU

王洲：吴大帝孙权故里

　　古人，通常会因为爱上异域山水而迁徙，且筑室而居。相关家谱记载，今居住壶源溪两岸的潘氏、鲍氏等姓氏的祖先，想当年因被这里的绿水青山所吸引而迁居于此，吴大帝孙权其祖同样也是因为爱上富春江中那四水环绕的沙洲而迁居于此。

　　《富春王洲孙氏宗谱·孙洲记》文中述："富春西去四十里许，孙氏百家环而居之，因名其地曰孙洲。"该谱《瓜邱记》述："富春之西南四十余里，有孙洲突起江中，四水旋绕，茂林修竹，郁郁青青。"《富春王洲金氏宗谱·王洲记》文中述："杭之属邑有九，而富春尤其最。折流而上，西南四十里，地名感化，突出一洲。洲上多茂林修竹，古洞云垠。洲之傍，四围皆水。水之外，群峦环翠，足称胜概，亦奇观也。"家谱中记述虽然简单，但已足以证明富春孙氏居于孙洲之上，是因为爱上江中这块凸起的沙洲，茂林修竹，树木葱郁，四水环绕，土地肥沃，耕种自给。孙氏族人遂居之。

　　汉时，孙氏后人孙钟居于沙洲之上，以种瓜为业。

　　沙洲，为冲积而成的江中岛屿，岛上沙土肥沃，适宜种植庄稼，更适宜种植西瓜。沙土西瓜，脆爽清甜。孙钟种瓜卖瓜养家糊口，安居乐业，沙洲成了他的福地。孙钟，富春人，性至孝，以种瓜为业，瓜甚美，好施，每遇贤达长者，必设瓜相饷。孙钟孝敬其母，友善邻里，路人有求，慷慨相赠，"博施于民，而能济众"，积善成德，十里八乡知其孝顺友善，众乡亲赞扬他"济世其美"。

　　孙钟的孝善感动了上天。一天，孙钟正在瓜田间劳作，突然来了一位白发老人，口渴至极，他问孙钟讨瓜解渴。可是，这年孙钟的十八亩瓜田只长了一个瓜，每天看着它一点点长大，很舍不得摘它，更不用说让他人吃掉。孙钟看到老人快要渴死的样子，还是忍痛摘了这唯一的西瓜，剖开后半个捧给白发老人，另半个留着给自己的母亲。原来这白发老人乃神仙下凡，他觉得孙钟为了一个陌生老人乞瓜，而摘了自己舍不得吃的西瓜，孙钟的善良深深地感动了他，于是临走时对孙钟说："你母亲百年后，墓葬有两处福地，一处在凤岗华林寺，葬凤岗华林寺，定出万代诸侯。一处在白鹤峰，葬白鹤峰定出一朝天子。如到凤岗华林寺，会派两红衣少女来接，如到白鹤峰，派两白衣少年来接。"

时隔不久，孙钟母亲离世。孙钟即想起白发老人对他说过的话，他将母亲的灵柩发往白鹤峰安葬。可是白鹤峰山路蜿蜒陡峭，材夫们抬着灵柩寸步难行，不得不停下来。正在大家一筹莫展时，天空突然一声霹雳，紧接着雷霆大作，暴雨倾盆。送葬的人们纷纷躲进了路旁的山洞里。等云开雨收出洞一看，灵柩竟然无了踪影，大家急忙四下寻找，忽然间，见两只白鹤抬着灵柩飞在空中，悠然地向白鹤峰方向而去。又传说，白发老人对孙钟说："你闭上眼睛从这里向前走一百步筑坟葬母，子孙必成帝王！"后因孙钟走了三分之一时，回头睁开了眼睛，故后来孙钟的孙子孙权只得了三分之一的天下。

这些美妙又神奇的故事，后来被东晋文学家、史学家干宝写进了他所撰的志怪小说集《搜神记》当中。

"孙钟，富春人，与母居，至孝笃信，种瓜为业。忽有三少年来乞瓜，为钟定墓地，出门悉化为白鹤。"

南朝宋人刘义庆所撰的《幽明录》及刘敬叔所撰的《异苑》中都记述了孙钟种瓜种德的故事，意思大同小异。

孙钟，吴郡富春人，坚之父也。少时家贫，与母居，至孝笃信，种瓜为业。瓜熟，忽有三少年容服妍丽，诣钟乞瓜。钟引入庵内，设瓜及饭，礼敬殷勤。

三人临去，谓钟曰："蒙君厚惠，今示之葬地，欲得世代封侯乎？欲得数代天子乎？"钟跪曰："数代天子，故当所乐。"便为定墓，又曰："我司命也，君下山，百步勿反顾。"钟下山六十步，回看，并为白鹤飞去。钟遂于此葬母，冢上有气触天。

跟随父亲种瓜卖瓜的孙坚，一次与父亲孙钟船运西瓜去钱塘的途中，路见盗贼，果断出手，为民除害，保一方平安而赢得世人赞同和官方认可，从此成为他人生的转折点，就此踏上为官之路，父子两代再继兄弟两人，前赴后继，开创成就了东吴帝业，赢得三分天下，从而被写入史书。

《三国志》卷四十六《吴书一·孙破虏讨逆传第一》记载："孙坚，字文台，吴郡富春人，盖孙武之后也。少为县吏。年十七，与父共载船至钱塘。会海贼胡玉等从匏里上掠取贾人财物，方于岸上分之，行旅皆住，船不敢进。坚谓父曰：'此贼可击，请讨之。'父曰：'非尔所图也。'坚行操刀上岸，以手东西指麾，若分部人兵以罗遮贼状。贼望见，以为官兵捕之，即委财物散走。坚追，斩得一级以还，父大惊。由是显闻，府召署假尉。"

孙权

与父亲在沙洲上种瓜的孙坚，就此跨上了开创东吴霸业的第一步。

《王洲孙氏重修宗谱》序中述："吾乡之有孙氏，始自春秋明公，以父功食采富春，见其地突起富春江中，四水环绕，千趣万态，乃构室而居之，因名其地曰孙洲，递及汉代钟公之孙吴大帝权，兴王东吴，丰绩伟功，光照史册，故又名其地曰王洲。"

王洲，吴大帝孙权故里也。

壶源溪畔的富春李氏

湖源多山，称得上是深山老林，山峦层叠，群山绵延，深坞邃谷，隐秘幽深，峡谷中镶嵌着可耕种的良田与旱地，壶源溪似一条玉带，穿行其中，顺纳众条山涧之水，缠绕于蜿蜒相连的巨岩巉石之间，洞天福地也。"天设湖源一扇门，横山岭锁小樟村"，这是古人对湖源地形的描述。横山岭脚有个叫"寺口"的村子，村名的由来缘于寺口坞里有座万春寺。

万春即万岁，是古代帝皇之代名字。那么，一座寺庙为何冠以万春之名？

相传，寺口坞里有座古庙叫永福寺。有一年，来了一拨远逃而来的难民，他们在永福寺暂且安顿下来。人群里有个挺着大肚子的孕妇，已经快"落月"了。没过几天，孕妇分娩，产下一子。据说当时天空像着了火一样，通天血红。这个产在寺内的男孩就是后来的唐皇帝李世民，永福寺是他的血地。传说免不了有讹妄之成分，或是以讹传讹。但是不管是真是假，多少给这方地域蒙上了一层神秘的面纱。

宋绍圣三年（1096），由李氏后人李勉所作的《富春剡山李氏宗谱·家传原序》（以下简称《原序》）所述，富春李氏"系出西凉武昭王暠之后"。史书记载，晋时十六国之西凉国（400—421），创建人李暠。后为争夺疆土，西凉与北凉沮渠蒙逊连年战争。《原序》载：避沮渠蒙逊之难，始奔富春严陵祠北山中，结庐而隐。李氏因不敌北凉，避难江南富春山。

《原序》：今按吾族系出西凉武昭王暠之后，暠生歆，歆生重耳。避沮渠蒙逊之难，始奔富春严陵祠北山中，结庐而隐，群鹤常宿庐畔，号其地曰：鹤山。因其迫县而连江，喧哗不绝。复南徙县西南八十里甑山。山南有洞，中有天然石室、石屏、石龟、石床、石案，前有一石花棚，约数百亩之宽，四时名花奇卉竞吐，每闻音乐嘹亮，奇趣无穷。传称黄石公修炼之所。重耳居斯，鹤蹁跹不返，名为栖鹤山。后卒，其子熙，奉柩葬于洞南即栖鹤山也。熙复归陇西，生天锡，天锡生虎，仕西魏封陇西郡公。虎生昞，仕于周，封唐公子。渊袭爵。隋炀帝以渊为宏化留守，转山西河东抚慰大使，后即皇帝位。武德初年，敕造重耳墓，改栖鹤山为千春山，建千春寺，赐田地山一千亩，命僧守。

从《原序》记载推测，在寺庙里分娩产子的妇人最大的可能性则是李重耳的夫人，但产下的男孩断定不是传说中所说的李世民，也不是李渊，可能则是李重耳之子李熙。

《原序》所述，千春寺为唐高祖李渊敕造，时间在武德初年（618），也就是说卒后葬于栖鹤山的李重耳的第五代孙李渊登基做皇帝后，不忘富春先祖，敕造重耳墓，改栖鹤山为千春山，建造千春寺。

按《原序》所述，栖鹤山改千春山、敕造千春寺200年后的元和十四年（819），宪宗皇帝李纯，派遣建王李恪前往富春祭扫先人墓，奉诏改千春山为万春山，寺为万春寺。从此，湖源山里有了带着皇室气味的"万春寺""万春山"，衍生出万春岭及寺口等相关的地名。

李唐皇朝从公元618年建立，经历从弱到强，到盛世辉煌，最后于907年灭亡，历经289年。李唐灭亡30年后的937年，徐知诰（李昪）于五代十国乱世之时，建立南唐，坐上国君位的徐知诰，通过一番折腾后，认定自己的先祖是建王李恪。

那么李昪是否真是李唐皇族之后呢，各种史书记载不一。

宋《新五代史》载：李昪，字正伦，徐州人也，世本微贱，父荣，遇唐末乱，不知其所终。

钱俨所作《吴越备史》称李昪之父本姓潘。

司马光《资治通鉴·后晋纪》载：唐主欲祖吴王恪……唐主命有司考二王苗裔，以吴王孙祎有功，祎子岘为宰相，遂祖吴王，云自岘五世至父荣。

按照以上史书记载，李昪的先祖乃是平民，并非什么李唐宗室，后来因称帝才让大臣给自己找个靠谱祖宗，于是最终认了唐太宗之子吴王李恪。

《中国皇帝全书》所述，李昪小名以其出生地彭城而唤彭奴，后遭战乱，其父李荣死，随后母亡。彭奴由其叔李球送入濠州开元寺内当了小和尚。吴国创建人杨行密攻克濠州时，在开元寺俘虏了彭奴。杨行密见彭奴长得虎头虎脑的样子，喜欢得不得了，即收他为义子。后因杨行密的几个亲生儿子容不下彭奴这个义弟，即把彭奴送给了他手下的大将徐温。从此，彭奴改姓名为徐知诰。从此，跟随养父徐温左右。徐知诰对养父徐温十分孝敬，博得徐温信任。随着徐温权力的扩展，徐知诰也官运亨通，步步高升。

天祚三年（937）十月，徐知诰迫令吴主杨溥禅位于己，改吴天祚三年为昇元元年，称帝，建国号为大齐。

一年后，昇元二年（938），九月，在诸位大臣的一致请求下，徐知诰恢复李姓，改国号为大唐，史称"南唐"。恢复李姓后，就称自己是唐皇室后裔，命群臣考证他的祖先出处。最后说是唐太宗儿子吴王李恪第十世孙。于是，续修族谱，俨然以大唐皇统的继承者自居。

对于南唐李氏始祖究竟源于李唐宗室哪一脉，可谓众说纷纭。

南唐旧臣徐铉《江南录》所述，李昇是唐宪宗第八子建王李恪的玄孙。

陆游《南唐书》中列出了具体世系，"李恪生李超，李超生李荣，李荣生李昇"。

《旧唐书》记载，建王恪，本名审，宪宗第十子也。

《四库全书·集部·别集类·建隆至靖康·文恭集》载：公讳从溥，字可大，本名初谦，宪宗第八子建王恪之后，南唐列祖之孙，元宗之子。

而薛居正《旧五代史》说李昇乃唐玄宗之子永王李璘后裔。史中载曰：昇自云唐明皇第六子永王璘之裔。唐天宝末……至广陵，大募兵甲，有窥图江左之志，后为官军所败，死于大庾岭北，故昇指之以为远祖，因还姓李氏。

然而史书中对建王李恪生平同样说法不一。

宋官修《新唐书》载：建王恪，元和元年始封。时淄青年节度使李师古卒，其弟师道丐符节，故诏恪为郓州大都督，平卢军淄青等州节度使，以师道为留后，然不出合。长庆元年毙，无嗣。

《原序》所述，建王李恪在途中染病，死于徐州，敕葬徐州之南山。李恪生三子，李淖、李涓、李瀛。长子李淖为临淮孝恭王，敕守其父李恪墓。李淖三个儿子，李伟、李侃、李伃遭遇朱全忠之乱，四处逃散，其地不详。"

正史说无嗣，家谱说有三子，并且有名字。

众说纷纭，真伪并存，虚实混杂，难辨真伪，倒是《原序》中"四处逃散，其地不详"之句，给后人留下了多种的可能。正是因为有"四处逃散，其地不详"

这样一个环节，使得南唐始祖李昪通过考证后，得出他是源于吴王李恪之第十世的结论。李昪与李唐皇族挂上钩了，他的孙子后主李煜自然也就是李唐皇室之子孙了。李煜墓敕葬湖源其先祖墓葬地"万春寺北月燕山""重耳墓北"也就合乎情理，符合逻辑了。

李煜是南唐中主李璟第六个儿子，《中国皇帝全书》说李璟有十个儿子，李煜前面的五个哥哥除大哥之外，其余四个哥哥均在未成年前就夭折了，故此，排行老六的李煜则变成了老二，下面有从善、从益、从谦、从信四个弟弟。又由于中主李璟不立颇有文武才干的长子弘冀为皇太子，而是立其弟李景遂为皇太弟，居东宫十三年执意退位后，再立长子李弘冀为皇太子。这使皇太子李弘冀觉得，叔父李景遂会威胁到他皇位的继承权，于是派人用毒药把叔父李景遂给毒死了。李弘冀毒死叔父后不几个月便暴病身亡。这样，皇太子的位置就轮到次子李从嘉。

北宋建隆二年（961），中主李璟迁都南昌，称南都。正式立李从嘉为皇太子，留在金陵监国。这年，李从嘉二十五岁。该年六月，李璟在南都崩驾，李从嘉遂于七月袭位于金陵，改李从嘉为李煜。

李煜，从小爱好文学、书法及绘画，从没想过要当太子，更没有想过当一国君主，可老天偏偏不遂人愿。李煜继位时的南唐，其国力相比其祖父李昪治理时的南唐已一落千丈。其父中主李璟也是个爱好文学不想当皇帝的主，所以不懂军事谋略，不懂国家治理，加上不按其父李昪临终时的告诫，把李昪时期积蓄下来的库藏耗费殆尽。这样只有在老百姓头上增加各种赋敛，百姓叫苦不迭，而内外官员上下其手，贪污受贿者比比皆是。周边多国战事不断，尤其是宋太祖赵匡胤气势咄咄逼人。加上李煜随其父，有文才，不想当什么君主，缺乏治理社稷之文韬武略，这个君主当得很艰难，也很痛苦。

北宋开宝四年（971），也就是李煜做南唐君主十年后，南汉被宋灭亡，然而宋军屯兵汉阳，居长江上游，严重威胁着南唐的独立。李煜及大臣们皆为恐惧，做出一系列调整，自称江南国主，贬损义制，改诏称散，中书门下省改称左右内侍府、尚书省改称司会府、御史台改称司宪府、翰林院改称艺文院、枢密院改称光政院，等等，从体制形式上看，南唐已经成了北宋中央政府的下属机构。李煜忍辱卑屈的目的是想保住南唐国的独立。

一个国家的独立难道是靠这种奴颜婢膝的做法能够换取的吗？朝中大臣对李煜的做法极为反感。开宝六年（973），内史舍人潘佑见南唐国势日削，用事者大多尸位素餐，无所作为，国家眼看就要灭亡却不图振作，愤切上疏。李煜不予采纳。潘佑再上疏时，言辞有些激烈，直接说李煜不要成为夏桀、商纣、孙皓之类的国君，不要眼见亡国而苛求侥幸，并说三军可以夺帅，匹夫不可夺志，陛下必以臣为罪，则请赐诛戮以谢中外！李煜听后不禁大怒，下令判罪。然潘佑已看清局势及君主的懦弱无能，本来就准备一死，以尸谏昏君，慷慨自杀。

接下来几年，宋太祖步步紧逼，南唐后主李煜降宋称臣。

开宝八年（975）冬月，宋军攻破金陵城，南唐数百壮士力战而死。从此，四十岁的李煜则从堂堂君主，沦为阶下囚徒，虽然宋太祖封李煜为光禄大夫，检校太傅，右千牛卫上将军，又封违命侯，享受王侯一级的待遇。然而，亡国之君的况味只有李煜去感受了。

在汴京，李煜过了两年多的俘虏生活，尝尽了被囚禁、被侮辱的滋味。李煜不适合当皇帝，但他是个词人，就在做囚虏的两年里，仍旧借填词来发泄内心的悲苦、悔恨与愁怨，且词的意境真挚，不再是之前帝王宫廷生活的反映，而是充满了深沉、悲伤，如子规啼血一般的凄楚。做了亡国之君，他想得更多的是故国的江山，忠诚的臣子。于是，在他42岁生日时所作的《虞美人》，传颂千年，被后人誉为千古词人。

春花秋月何时了？往事知多少。小楼昨夜又东风，故国不堪回首月明中。
雕栏玉砌应犹在，只是朱颜改。问君能有几多愁，恰似一江春水向东流。

这首凄楚动人，怀念故国的词触犯了宋太宗，招来杀身之祸。

有一次，宋太祖派李煜的故臣徐铉去见李煜。李煜与其相峙大哭，后许久不作声，忽然，他长叹一声说："悔当时杀了潘佑、李平！"徐铉不敢隐瞒皇上，直接告知宋太宗。宋太宗听后，觉得李煜仍想着坐皇位，心存报复，不可大意。当他听到"小楼昨夜又东风""恰似一江春水向东流",受触动很大,于是产生杀机,命其弟赵廷美,将牵机毒药放入酒中,赐李煜喝下。李煜在42岁生日的晚上,喝下毒酒而死,死后身体扭曲。

作为一国君主,无论国之大小,驾崩归葬地定会有记载。

果不其然,有多种史书记载了后主李煜死后的归葬之地。譬如宋时陆游撰《南唐书·列传卷第十三》记述:……国亡,(小周后)从后主北迁,封郑国夫人。太平兴国三年,后主殂。后悲哀不自胜,亦卒。

宋时郑文宝撰《江表志卷下》记述:后主讳煜,字重光,……二十六即位,十四年己亥国亡,封陇西公,赠吴王,葬北邙。郑国夫人周氏附。

元时陆友仁撰《研北杂志卷上》记述:……李煜葬北邙,故吏张佖任河南,每清明,亲拜其墓,哭之甚哀。煜子孙陵替,常分俸赒给。

清厉鹗撰《宋诗纪事卷八十六》记述:煜……在位十有五年。归宋,封违命侯,授左千牛卫上将军。太宗登极,改封陇西公。太平兴国三年薨,追封吴王,以王礼葬洛京之北邙山。

清顺治十七年官修《河南通志卷之第十九·陵墓》:李煜墓在府城北邙山。煜,陇西公。

清周在浚《南唐书注卷三》:宋别史曰:佖官河南,每清明亲诣后主墓于北邙,哭甚哀。李氏子孙陵替者分俸赡之。

清雍正间王士俊撰《河南通志卷四十九》:后主墓在府城北一十里北邙山,即唐后主李煜也。

清乾隆十年(1745)刊本龚崧林撰《重修洛阳县志卷三·山川》:南唐后主墓葬北邙。(注:宋太平兴国三年卒,葬此)。

清乾隆四十四年修,同治六年补刊《河南通志卷四十九·陵墓》载:李后主墓在(洛阳)府城北一十里北邙山,即唐后主李煜也。

以上记述中内容大致相同,最集中的一点李煜死后葬于北邙山,然引用的原文有可能皆来自徐铉撰写的《吴王李煜墓志铭》,因为内容大同小异。再说徐铉是第一个给李煜写墓志铭的人,他是李煜的老臣,从南唐独立期间的十三年直至降宋称臣的二年,相处15年,君臣之间可谓兄弟之情、家人亲人之情了,更何况15年间,李煜从一国之君到亡国之奴,这种感受作为忠诚的重臣应该能感同身受,据说徐铉给李煜一生的经历描述得非常客观公正。史载,宋太宗读罢徐铉为李煜写的挽词和墓志铭之后,对徐铉的文才和忠肝义胆大加赞赏。感叹说,徐铉真的是忠臣啊!

墓志铭中明确地讲到了李煜的墓葬地,"……特诏辍朝三日,赠太师、追封吴王,命中使莅葬。凡丧祭所须,皆从官给,及其年冬月,葬于河南府某县某乡某里,礼也。夫人郑国夫人周氏,勋旧之族……此焉终毕……呜呼哀哉!二室南峙,三川东注。瞻上阳之宫阙,望北邙之灵树。"

宋代的河南府,即今洛阳。二室南峙中的"二室",即嵩山太室山、少室山。瞻上阳之宫阙,望北邙之灵树,上阳宫,是唐代皇家在洛阳建的别宫,在当地,至今有上阳宫地名。

徐铉不仅忠肝义胆,且文才超群,对于李煜的死他痛至心扉,一度放不下,则以作诗的形式来缅怀他的君主。江少虞撰《事实类苑卷三十七》中录入了徐铉为吴王所作挽词诗曰:

倏忽千龄尽,冥茫万事空。青松洛阳陌,荒草建康宫。道德遗文在,兴衰自古同。受恩无补报,反袂哭途穷。又诗曰:土德承余烈,江南广旧恩。一朝人事变,千古信书存。哀挽周原道,铭旌郑国门。此生虽未死,寂寞已销魂。

这两首诗中同样确指了李煜墓葬地"青松洛阳陌"。

至今,河南洛阳市北郊有个前李村,李煜墓在唐坡村附近的后李村,传说唐坡村的村民是李煜墓的守墓人,另外还有周寨村、徐沟村、王邑村等村名均和李煜墓葬有关。

当然,壶源溪畔寺口、李家等村名和李煜墓有着紧密关联。在李家村至今尚存气势恢宏的李氏家庙。中国古代庙宇建造极有讲究,宗庙、太庙是天子或是诸侯祭祀先祖的专门场所,家庙是官宦贵族祭祀先祖的地方。《周礼》曾规定庶人祭祀祖先只能在寝内,不得建庙。明嘉靖时,允许民间"联宗建祠"称作祠堂。以此来看,富春李氏源流非同一般。

自古以来,史学界对于李煜墓迁葬有多种说法。有说李煜墓迁葬韶州,有说李煜墓迁葬富春山,有说李煜墓迁葬汜水县虎牢关,还有说李煜墓迁葬无锡等,众说纷纭,且皆有依据。

李氏家庙

史学家们认为,家谱文献具有特定地域性、内容广泛性、记载准确性和修纂连续性的特点,是其他地方文献所不能比拟和取代的,不仅有它特有的人文价值,更有其无法估量的学术价值。史学家们同样也认为,家谱毕竟是私家编纂,有假托始祖、粉饰先人、隐恶扬善等弊端。如此来说,南唐后主李煜墓迁葬富春山之说,在没有确凿的佐证之前,不要着急下定论,还是留着一层面纱,倒也给湖源万春山增添几分神秘的色彩。

古城二李

古城二李，说的是李靴、李宗勉。相关史料记载，富春李氏与唐朝皇室之李有着渊源，始祖李昭度为南唐后主李煜之后裔，李靴为富春李氏第七代，李宗勉为富春李氏第十一代。

富春李氏历代人才辈出，自北宋神宗元丰时，李友谅、李友闻兄弟二人中了进士后，历世相传，至南宋末年第十一代，中进士者达10多人，而且都做了朝官。要说他们当中最为杰出的当数李靴、李宗勉。

李靴、李宗勉皆因为人耿直、为官清廉而被载入史册。

居官廉直是后人对李靴为官一生的评价。

李靴（1077—1153），字彦渊，自号去嗔居士。咸淳《临安志》卷六十七人物传，有李靴居官廉直，淡泊寡欲，敢拒奸臣秦桧的事例记录。

李靴

李靴，富春人。北宋崇宁二年（1103）进士，大观三年（1109）又举博学宏司科，被任命为国朝"会要所"检阅官。"会要"是汇集一朝政治制度的典籍，"会要所"则是编纂典籍的机构，可见检阅官职位之重要。

宋徽宗宣和初年（1119），李靴被提任广东市舶司提举。北宋时，在广州、泉州、杭州、明州（今宁波）等地港口设置市舶官署，具体职责为管理对外贸易、征收税金、收购朝廷专卖品和管理外商等。当时广州为中国海外贸易繁盛口岸，与大宋有贸易往来的外国商船，大多进出于广州港口。舶司提举是掌管港口商贸船舶出入与税收的官员。这是一份很吃香的职位，外商巨贾们难免会请客送礼，一般的官员都会接受，有的甚至巴不得。但是，李靴从不为钱财所动,"舶场珍货一毫不取",对宴请、娱乐一概回绝,珍贵礼品,他始终坚守非义之财,分文不取,为中外商贾及同仁所敬佩,世人传为美谈。

不久,李靰应诏回京。回京途中发生了一件有趣的事。史书记载,李靰奉诏回京,"盗邀之,及胠箧,随行书帙而已。盗亦敛衽退避。时兵戈扰攘,靰与亲归里。"李靰回京途中遭遇强盗,盗贼以为逮住了有钱的主,当他们偷窃到李靰的箱子,打开一看,让他们傻了眼,箱子中除了书籍及生活必需品以外,别无值钱之物。顿时,盗贼们对李靰心生钦佩之情,于是整整衣冠,向李靰恭恭敬敬地行礼,随后离去。这时,随从们已操起兵器追赶盗贼,教训其盗抢行为。然而李靰还是放他们回去了。李靰的善良使盗贼们十分感动,盗贼们回去后,纷纷传说李靰身居官位,但是身贫如洗的故事。

回京后,李靰被擢升为刑部比部郎中,后又升吏部诰司、将作监。不管在什么职位,李靰始终以清正廉洁自律、公私分明、不占公家财物、品正威严有声望。

朝廷大臣秦桧出于私心,"秦桧欲己子与靰女为婚,靰却之"。同为朝廷大臣,李靰是崇宁二年进士,秦桧是政和五年进士,单从时间上来讲,秦桧晚李靰12年,当时,秦桧为左司谏,正七品,李靰为将作监,从六品,秦桧想以与李靰攀亲联姻之办法,编织他在朝廷的人脉网络,想娶李靰的女儿为儿媳,让自己的儿子成为李靰的女婿。对于秦桧的做法,李靰嗤之以鼻,断然拒绝。对此,秦桧心生怨恨,但仍贼心不死,"屡遣子就学",不止一次地想让他的儿子拜李靰为师。面对秦桧的纠缠,李靰质问秦桧说:"吾为天子监卿,岂为宰相教子?!"他说,我为天子的监卿,难道是为宰相教子的吗?!坚拒不收,弄得秦桧很尴尬。

李靰明白"忤权臣累",这样做触犯了奸臣秦桧,接下来会给自己带来麻烦。因此,他主动奏请调出京城,去地方做官。准奏后离开京城,任职福建提刑,后调江东。到任之处,执法平恕,民受其惠。后以左仆射兼门下侍郎告老还乡。

回到家乡的李靰,认为自己做人"贪与痴以绝,独嗔未尽"。因此,标居室为"去嗔"。从此钟情于山水,游走于禅寺佛院之间。《妙智寺释氏宗谱》记载,南宋建炎四年(1130),他见永安山妙智寺因多年失修已多处坍塌,则奔走乡间酿资，对妙智寺进行了修葺，使妙智寺重放异彩。李靴曾作《妙智寺》诗一首：永安高万丈，芒履上崔嵬。云锁菩提影，苔封般若台。珠经荒古塔，出钵卧龙胎。半刻逢僧话，胡麻踵接来。

李靴学识渊博，文才卓越。在清光绪《富阳县志》及家谱中尚能读到他的诗作。如《题三学院》五言诗、六言诗各一首，诗曰："远岫朝来更爽，孤云徙倚长闲。飞出偶成霖雨，归来依旧青山。"又一首，诗曰："江横水如带，枫落山为屏。高深自天险，豪迈由地灵。行个古道中，下马坐邮亭。鹤栖必仙家，凤仪岂尧庭。神仙事恍惚，谁实观超升。孙氏一时杰，父兄俱有声。将军垂紫髯，阿瞒眼亦青。周郎往视师，不数李与程。缅怀前哲人，耿耿在心扃。宅宿就萧寺，梦还神更清。"

还有《题净土院岩香阁》《送李去病郎中出使西蜀》等诗留传至今，著有《去嗔居士集》。

李靴卒于南宋绍兴二十三年（1153），享年七十七岁。清光绪《富阳县志》记载："宋将作大监李靴墓，在县西南栖鹤万春山。"

公清宰相是历史对李宗勉的定论。

李宗勉出生于宋淳熙四年（1177）二月初二。宁宗开禧元年（1205）进士，后官至左丞相。历经宁宗赵扩、理宗赵昀两朝君主，卒于嘉熙四年（1240）十二月初十日，享年六十四岁，葬于富阳城北小隐山。咸淳《临安志》富阳县城图上标有"李丞相府"，20世纪80年代，常安古城村内尚存八字台门，台门上方悬挂御赐"世宰第"金字匾额，两边设有上马石、下马石，文官至此须出轿，武官至此须下马，另有花园、马栏院、鞍子院、华表等遗存。

李宗勉

《宋史·李宗勉传》记载，李宗勉考中进士后，初任黄州（今湖北）教授，后转任浙西茶盐司、江西转运司干官。嘉定十四年（1221），主管吏部架阁，不久改任太学正。两年后升迁为国子博士。理宗宝庆初年，添差通判嘉兴府，两年后召为秘书郎。绍定元年（1228），李宗勉擢升著作郎。入朝廷奏对，他建议边境的事应该时刻警惕，以消除灾祸。翌年，他兼任兵部郎官。此时，南宋与金、蒙古三方政权之间处于兵不厌诈的较量之中。山东、淮海等地以李全为首的红袄军一度崛起，形成一定的武装，成为三方都想利用的力量。当时的李全表面上对南宋朝廷很恭顺，暗地里却在联络各地对朝廷不满的势力，扩充兵力，企图阴谋叛乱，甚至把从南宋朝廷索要去的粮饷，倒卖与蒙古国，同时还与金国暗中联系，是脚踩三只船。李全的居心朝廷大臣们也有所察觉，但都不敢言，唯有李宗勉累疏直谏，揭露李全的叛乱阴谋。他奏议：

"欲人谋之合，莫若通下情。人多好谄，揣所悦意则侈其言，度所恶闻则小其事。上既壅塞，下亦欺诬，则成败得失之机、理乱安危之故，将孰从而上闻哉？不闻则不戒，待其事至乃骇而图之，抑已晚矣。欲财计之丰，莫若节国用。善为国者常使财胜事，不使事胜财。今山东之旅，坐糜我金谷，湖南、江右、闽中之寇，蹂践我州县，苟浮费泛用，又从而侵耗之，则漏卮难盈，蠹木易坏。设有缓急，必将窘于调度，而事机失矣。欲邦本之固，莫若宽民力。州县之间，聚敛者多，椎剥之风，浸以成习。民生穷蹙，怨愤莫伸，啸聚山林，势所必至。救焚拯溺，可不亟为之谋哉？"

李宗勉奏议说，陛下应该善于听取臣子的不同意见。如果陛下只听好听的媚言，不听难听的实话，若是陛下不听，臣子们不讲，那么成败得失的关键、治乱安危的原因，将有谁能向陛下讲呢？有些问题不知道就没有戒备，等事情发生了再去处理它，就为时已晚了。想财计丰富，不如节省国家开支。善于治国的人常使财富多于用度，不使用度多于财富。现在山东的军队，白白浪费我们的钱、粮，湖南、江右、闽中的寇盗，蹂躏我们的州县，如果再奢侈浪费，从而侵耗财用，那就会形成漏卮难盈、蠹木易坏的情形。如果有缓急，必将因为财用窘困，而失去成事的机会。想要巩固国家的根本，不如宽民力。州县之间，聚敛的人很多，残酷剥削的风气，已慢慢形成习惯。民生穷困不安，怨愤不能伸张，他们聚集到山林中反抗，也是势所难免。拯救那些在水深火热中的人，能不赶快确定办法吗？

由于李宗勉的谏书言辞恳切精辟，击中时局要害，引起朝廷重视。因此时刻注视着李全的谋叛阴谋。时隔两年，待李全起兵谋反时，即被朝廷一举击溃。

端平元年（1234），李宗勉进直保章阁任旧职。不久改任尚左郎官，兼职从原来的右司改任左司。入朝奏对，他谏言四事："守公道已悦民心，行实政以兴治功，谨命令以一观听，明赏罚以示劝惩。"由于连年战事，南宋国力虚弱，经济无序，滥发纸币，四川、两淮等地"人民奔迸，井邑丘墟"，农民被逼造反已迫在眉睫，无雄才大略的理宗皇帝拿不出有效的治理方案，对此李宗勉谏言：

"愿诏有司，始自乘舆宫掖，下至百司庶府，核其沉蠹者节之，岁省十万，则十万之楮可捐，岁省百万，则百万之楮可捐也。行之既久，捐之益多，钱楮相当，所至流转，则操吾赢缩之柄不在楮矣。"

意思是希望向各部门下诏，从皇上和后宫开始，下至百司庶府，核其冗者节之，岁省十万，则十万之储可捐，岁省百万，则百万之储可捐也。实行的时间长了，减少的纸币就越来越多，铜钱和纸币相当，进行流通，那么操纵我们盈余和亏欠的关键就不是纸币了。对于李宗勉的谏言，理宗皇帝赵昀没有听多少，只是随后擢升李宗勉为监察御史。

李宗勉擢升监察御史后不久，宋理宗听任身边奸臣怂恿，不能正确估计国家实力，正在谋划出师汴京、洛阳。身为监察御史的李宗勉犯颜递呈《谏出师汴洛疏》，疏曰：

"今朝廷安恬，无异于常时。士卒未精锐，粮资未充衍，器械未犀利，城墙未缮修。于斯时也，守御犹不可，而欲进取可乎？借曰今日得蔡，明日得海，又明日得宿、亳，然得之者未必可守。万一含怒蓄怨，变生仓猝，将何以济？臣之所陈，岂曰外患之终不可平、土宇终不可复哉？亦欲量力以有为、相时而后动耳。愿诏大臣，爱日力以修内治，合人谋以严边防，节冗费以裕邦财，招强勇以壮国势。仍饬沿边将帅，毋好虚名而受实害，左控右扼，毋失机先。则以逸待劳，以主御客，庶可保其无虞。若使本根壮固，士马精强，观衅而动，用兵未晚。"

李宗勉谏言说，如今朝廷安静，和平常一样。士卒不精锐，资粮不充足，器械不锋利，城墙不修缮。此时守御还不能做好，却想进攻能行吗？就算是今日得到蔡州，明日得到海州，后日得到宿州、亳州，然而得到的未必能守住。

万一含怒蓄愤，仓促间发生变故，将何以济世？臣所讲的，怎能说是外患终不能平息、国土始终不能收复呢？只是说应该量力而行、适时而行动。希望诏示大臣，爱惜时间以修内政，综合众人谋略，守护边防，节省冗费以使国家财政充裕，招募强壮勇敢的兵士以壮大国势。仍告诫边防将帅，不要贪图虚名而受到损害，左控右扼，莫失良机。如果使国家的根本壮大巩固，兵士战马都精锐强壮，见机而动，用兵不晚。李宗勉苦苦谏言，宋理宗没能听进去，结果宋军既断粮又孤立无援，以狼狈溃败而告终，史称"端平入洛"。

自建炎元年（1127），南宋小朝廷建立后，由于皇帝治理国家能力的缺失，国家连年遭受外敌入侵与挑衅，半壁江山时常处于摇摇欲坠之状态。

迨端平年间还是一样，或者说境况更为不堪。因"端平入洛"的惨败，朝廷内部矛盾更趋复杂化。时在嘉熙元年（1237）二月，左谏议大夫李宗勉为端明殿学士、同签书枢密院事。八月，为签书枢密院事。嘉熙二年（1238）五月，李宗勉任参知政事。嘉熙三年（1239）正月，李宗勉为左丞相兼枢密使。嘉熙四年（1240）十二月，李宗勉死于任上。理宗朝廷对相位的频频调整，恰好反映了其内部情况的复杂性，而李宗勉为相恰好就在朝廷内忧外患的非常时刻。

此时，由于"端平入洛"的惨败，理宗皇帝赵昀已主张向蒙古国屈膝求和，文官武将们大多胆小怕事，面对外辱畏葸不前，整个朝廷一幅苟且偷安的衰败景象。此时的理宗皇帝已经放弃了收复故土的意愿。在宋蒙战争全面爆发后，南宋朝廷人心涣散，前线防御指挥失策，四川、京湖等大部区域被蒙古军占领，战火已逼近长江一线。然战争期间，双方的议和一直在持续。左丞相李宗勉、右丞相史嵩之二人的战略思想截然不同，存在严重分歧。李宗勉等主战，史嵩之主和。蒙古国的议和条件是划江而治，再加供奉大量的财物。这对于主战派来讲是绝对不可接受的。史料记载有这样一条细节，朝廷派去蒙古国议和的使臣王楫，为图蒙古国的欢心，居然伪造了一封蒙古国的国书，岁币数额在议和协议书上增加了。李宗勉从字迹和通篇语气，断定此书是使臣伪造，当众揭穿"国书不类夷语，实有可疑。督府职在督战，当扫除边郡之哨马，焚荡淮河之贼舟，不可以和之一字横于胸中"。他奏请宋理宗应尽快诏回变节的使臣。

史嵩之任淮西制置使兼沿江制置副使时，理宗皇帝命他去边防督战，他却畏惧敌人，把督府设在远离边防的鄂州。李宗勉谏言：

"荆、襄残破，淮西正当南北之交，嵩之应把督府设在淮西，则脉络相通，可以应援。远在鄂州，岂无鞭不及腹之虑。若云防江为急，欲籍嵩之于鄂州经理，然齐安正与武昌对，就如彼措置防扼，则藩篱壮而江面安矣。所谓欲保江南先守江北也。当别择鄂守，径令嵩之移司齐安。"

李宗勉直言不讳：荆、襄残破，淮西正当南北之间，史嵩之应该在淮西设衙门，那就脉络相连，可以应援，远在鄂渚，那就会有鞭长莫及的忧虑。如果说防卫长江是急事，想依靠史嵩之在鄂渚经画，然而齐安正与武昌隔江相望，如果在齐安措置防扼，那就会屏障坚固而江面安全了。这就是要保江南先守江北之策。应该另选鄂州守将，命令史嵩之把衙门移到齐安。

从开禧元年（1205）考中进士，初任茶盐司、转运司干官至嘉熙三年拜左丞相兼枢密使，嘉熙四年（1240）死于任上。李宗勉为官36年，从多种史料记载来看，李宗勉历经宋宁宗、宋理宗两朝君主，正是南宋处于内外兼忧之际，治国理政、防御作战彰显他不凡的执政能力和雄才大略。他为官一生，严守法度，不徇私情，身居台辅，家若贫儒，被誉为贤相、大丞相、公清之相，在历史的长河里，伫立着他的高度。

壶源韵记忆

永安山妙智寺

"永安高万丈，芒履上崔嵬。云锁菩提影，苔封般若台。""怪石尖如剑，长杉高过楼。尚怀登绝顶，东北望杭州。""三面矮山环如墙，回头方觉群山低。""手扪星斗知天近，足蹑云霄有路通。""壶源缭绕出山来，鸡犬声声透云霄。"从古人描述永安山的诗句中，我们可以想象永安山的山体状貌和诱人景色。

永安山地处常安镇境内，《妙智寺释氏宗谱》记载："永安山在县南五十里小刹村，山甚高大，有石路三数里，至平处势颇闳畅。"永安山，山顶地势闳畅，正中前方耸立着一座山峦，俨然似个佛头，有称："佛头兀峙俨如真"，又有称："地涌半身留法相"。可见这简直就是一座佛头山，于是"大佛遗踪"就成了永安八景之一。佛头山处冲出涧水一股，寺外山门口巉石涧喷涌出白练一条，两股水源被称为东涧与西涧。涧水四时不涸，从山顶喷薄而出，又从百米高的岩壁上垂直而下，犹如两条白布从山顶泻至山麓，远近观之，宛若银河从天而降，煞是壮观，被称为"双涧飞泉"，为永安八景之首。诗曰：危峰石骨裂何年，飞向空中两道泉。升起玉龙泛巨浪，分开银汉落长天。灵源斜喷灵山下，妙瀑横冲妙智前。最爱三春连夜雨，双云高绕白云边。"双涧飞泉"，也称"永安瀑布"，《古仓倪氏宗谱》中记有"永安瀑布"一景，且配有画图，图中瀑布为双瀑齐下，是也。

寺右边的一处岩壁上，突兀巉石

永安瀑布图

一块，不经雕琢却恰如精雕一般，像极了神龙颌下之珠，邑人称之为"骊珠古石"。传说，明太祖朱元璋曾与时任妙智寺住持守仁（字一初）对弈于巨石之上，商讨军国大事，又名为"棋盘石"，然朱元璋以其独特的视角，认为这块巨石像卧地之牛，称它为"卧牛石"，并作诗一首云："一拳怪石在山巅，头角峥嵘似俨然。若鲜作毛因雨长，藤萝穿鼻顺手牵。几时会吃原头草，何日能耕谷口田？笑煞牧童鞭不起，空教弄笛夕阳边。"形象生动，朗朗上口，故在民间口耳相传至今。《骊珠古迹》诗曰："一团异石在山阿，玉斧云斤经几何？宝出龙宫光斗极，机圆法界转星河。不是颠头领悟处，那堪面壁倚顽坡。捻言胜景供仙阙，峰号骊珠永不磨。"

山中妙智寺，处于群山围绕之中，内有田六十亩。溪水环流，溪口有桥，曰圣安桥。相传，圣安桥桥名为明太祖朱元璋所赐。在《募建圣安桥疏》中有这样的文字描述："圣安桥，左顾龙蟠，右看雌伏，圣水常清，安禾永绿，长江（壶源溪）千里飘飘，若白马飞来，对峙双峰，森如翠虹，绣出六桥胜地三竺洞天洎乎。"溪水分两处泻下，数十丈入寺前方池。寺前有一方池，俗称祖狮塘，后来成了放生池。相传，这祖狮塘与文殊菩萨有关。一年，文殊菩萨骑着青狮来永安山妙智寺讲经说法。那天，在他下狮的地方，忽然涌出一股清泉，水出地面时还发出汩汩的响声，水流很大，泉水清澈清凉，饮之甘甜，众僧十分高兴，遂用石头把泉眼砌了水口，还用石岩围砌了方圆数丈的池塘，很快泉眼即成了一池碧水。泉水冬暖夏凉终年不涸，池中水草丰满，游鱼可见。《狮池鱼跃》诗曰：谁将鬼斧摧灵石，顿使神功啄慧泉。直视一泓通海眼，横窥孤井出山巅。润喉手掬清头雪，供茗瓯盛净入禅。渴想至今堪漱洗，漫评琼液泻云笺。有这样一方碧水池塘，妙智寺灵气无处不在。

除此以外，永安山胜景还有鸡岭樵歌、江口归帆、妙智钟声、望江亭、盂钵凸等，如此这般，永安山岂不是天造地设的一处佛地。

壶源韵记忆

妙智寺开山之祖会遇，选择永安山建寺可谓是人随天意天遂人意。《妙智寺释氏宗谱》记载，唐大和元年（827），僧会遇策驴觅景，上骊峰山顶。见山顶地势畅豁，遂结庐于骊峰石下，始建寺庙于此，距今已逾千年。

骊峰山，属仙霞岭余脉，寺庙初名为骊峰院。五代钱武肃王时，改骊峰院为永安寺，山随寺名，骊峰山从此称永安山。至宋大中祥符元年（1008），取佛氏以慈悲、利物、妙济、无边、智慧、明通、洞彻梵奥之意，改寺名为妙智寺。

北宋宣和年间（1119—1125），妙智寺毁于兵燹。南宋建炎四年（1130），邑人李靴重修。李靴（1077—1153），字彦渊，自号去嗔居士，北宋崇宁二年（1103）进士，今常安古城村人。曾任广东市舶司，后任比部郎，擢升吏部诰司、将作监，最后以左仆射兼门下侍郎告老还乡。告老还乡的李靴，认为自己做人"贪与痴以绝，独嗔未尽"，因此，标居室为"去嗔"。从此他钟情于山水，游走于佛院之间。永安山妙智寺因多年失修坍塌不堪。李靴奔走乡间酾集资金，对妙智寺进行了修葺，使妙智寺重放异彩。李靴作《妙智寺》诗一首："永安高万丈，芒履上崔嵬。云锁菩提影，苔封般若台。珠经荒古塔，出钵卧龙胎。半刻逢僧话，胡麻踵接来。"

明洪武二十四年（1391），妙智寺立入丛林。相传，这与明朝开国皇帝朱元璋有着密不可分的关系。明万历十四年（1586）《妙智寺释氏宗谱》序中记载，当年，"自我太祖（朱元璋）奋扬威武，肃清海宇，所向克敌。乃下婺州，出浦江，而圣祖独步永安云龙遁迹时，一初者虽慧目之洞明，未识尘埃，天子因问姓名，乃有'山僧不识英雄汉，何必叨叨问姓名'之句题壁而去"。相传，朱元璋败逃至永安山妙智寺后，一天在寺庙墙上写下几行诗："百花发时我不发，我若发时都吓杀。要与西风战一场，遍身穿就黄金甲。"一初和尚看到这首诗，暗自揣摩此人并非等闲之辈，若是留得此人在，必定会招徕祸水,所以问起朱元璋尊姓名来。第二天寺庙墙上又看到一诗:"杀尽江南百万兵,腰间宝刀血犹腥。老僧不识英雄汉,何必哓哓问姓名。"一初和尚见了这首诗惊恐万分,连忙在朱元璋诗的旁边写上一诗作答:"御笔写诗不敢留,留时惟恐鬼神愁。即将法水轻轻洗,尚有红光射北斗。"不日,朱元璋向龙门方向策马而去。

迨元灭,明太祖龙跃在渊,托迹于山灵者,逾三月。之后,朱元璋特地再来妙智寺停留三个月,寺僧守仁、如兰二禅师奉侍起居。饮酒赋诗,骊珠对弈。时与谈及天文计其地利,拟进取之机,决兴王之势。后来朱元璋当了皇帝,建立了明朝,乃诏天下高僧主持上刹,以一初入南京报恩寺为僧录司左讲经,古春居杭州天竺,为僧刚司上座,另赐袈裟一件。为此,古春作谢恩诗一首:新赐袈裟出禁闱,早朝齐向御前披。天香浮动黄金刚,霞彩分辉白玉墀。罗剪春云胜贝锦,环开秋月缛表丝。群臣快哉龙颜喜,草木沐恩雨露私。

一初、古春均为明时富阳人。少年时两人同时求学于元末明初诗人、文学家、书画家杨维桢。

杨维桢(1296—1370),字廉夫,号铁崖、铁笛道人等,浙江山阴(今绍兴)人,元泰定四年(1327)进士。初任天台县令,他因依法惩治作恶县吏,遭奸吏报复被黜。后任职钱清盐场,因请求减轻盐税不允,决意投印去官,方获准减额三千,但被斥忤上,以致十年不得升迁。元末,他擢升江西儒学提举,时逢兵乱,未及上任,避居富春山。性狷直,多才艺,诗风奇诡,号"铁崖体",为元代最具艺术个性的诗人。善书法,风格刚强苍劲,自成一体。机缘巧合,杨维桢避居富春山期间,富阳人一初、古春求学于其门下,授春秋,通大小部,作诗填词习书法。

学业期满,一初诗歌意境清新、书法遒劲,略有杨维桢之神韵,结集《梦观集》六卷。一初请老师杨维桢为其《梦观集》作序。杨维桢在《送梦观游方》序中这样写道:"师少从铁崖,游才俊气,师友契合。""一初有志事业,不遇为僧。"另杨维桢在其《东维子集》中,有《送兰仁二上人归三竺序》中曰:余在富春时,得山中两生,曰兰曰仁,皆用世之才,授之以春秋经、史学、兵兴潜于释。《妙智寺释氏宗谱》对一初法师偈文曰:惟我一初,明道在心。

浮图遗钵，罗汉衣金。身居佛地，声震丛林。及遇太祖，宛若儒者。浩气行龙，大笔使马。知祥凤雅，禅月风雅。倘非曰水，而何止火？诗将纱龙，僧曰不可。题壁在君，续句未我。无词不警，把酒论文。捧出明珠，光于天门。有石巍巍，三生前结。棋罢而歌，应弦合节。有水汤汤，气味若兰。圣安桥上，与帝盘桓。清秀其状，汪洋其情。玉堂方居，银安速行。三月非久，辄离此土。名迹流传，千秋万古。

古春，被称之为高洁净，业精专。忠肃公在《渴古春兰法师塔诗序》云："古春法师，先君方外友也。予弥月时，师赴汤饼之会，摩予顶曰'此儿他日救世宰相也'。"古春结集有《支离集》七卷，诗词偈数十卷。

朱元璋另给妙智寺专拨银两数千。于是永安山妙智寺修葺一新，声名在外，僧人增至千人，香客络绎不绝，时为妙智寺兴盛时期之一。

《妙智寺释氏宗谱》记载了主持过妙智寺的九十八世禅师，他们当中值得一提的当属妙智寺开山始祖会遇。他认为佛家不能专靠托钵化缘，而应该自力更生，自耕自种自给自足。故此，他"垦茅锄土""辟田连阡""渐辟渐广"，凡入妙智寺之僧人皆懂得稼穑之道，并立有规矩"以饘粥自给"。久之，妙智寺拥有可以耕种的六十多亩良田与旱地，水稻、小麦、番薯六谷等全种，四季蔬菜瓜果飘香。

当然，一切都处在可变之中。时在明崇祯末年（1644），四方兵起，社会动荡，民不聊生。妙智寺之田地被当地无赖俗子所侵占，寺院僧人日常开销已无着落，众僧纷纷散去，唯海霱、海英两僧恪守遗规，焚香刻课，备尝艰辛仍坚守山门。他们的坚守不但感动了观音菩萨，也感动了乡间士绅，善男信女们纷纷前来捐助。

《妙智寺舍田碑记》记载："永安山高万丈，从小刹村上，不数里直至平处势甚畅，游览者不识妙智寺何在。寺前，竹篁成荫，寺后群峰罗列万壑争趋，其间有田六十亩。相传为会遇公置下，于宋极盛时，大立丛林，乃开垦此田。故妙智寺不专赖于募捐化缘，自耕自种，虽僧增加至千人，皆守老僧遗范，以自食其力为上。至今，应府僧名为文雅，悉知稼穑之道，会遇之力也。抑亦后起之贤也，然田仅六十亩，食何能继？乃于山巅水湄之处，四路开辟复不济，则立规以饘粥自给。明朝末年，岁凶时歉连年，赋役繁兴，僧度不能支，各散亡。于是田荒芜，殿宇日渐坍塌，而其田之至美者，悉被俗子所占，即圣像为之荡然。当其时，僧有海霈、海英两公坚守不出。而海霈之徒道奎者，复循于虎龙山之后，斯不重加整顿，将妙智寺几绝矣！而幸运也，观音大士显威灵，托梦于各村诸绅士前曰：'神非人无传，人非神无延。'越次日，各徵以梦乃叹异，遂会同十方施主，遍访道奎。请其下山，将妙智寺被人占去之田一一送回，并各出己资以助，使殿宇维修一新。"海英、海霈也是值得一提的住持。

妙智寺内铜钟可谓镇寺之宝，该铜钟计重3784斤。晨昏叩之，钟声洪亮悠远，若是晴空万里清风送远的日子，六七十里路之外，钟声几响都可听得清清楚楚，且听起来声音感觉只是隔着一堵墙而已。若是阴雨天，钟声也能传至二三十里之外。

明嘉靖十年（1531），地方侯进士方柳溪公，把妙智寺铜钟移到了富阳县城东鹳山顶的吉祥寺。永安铜钟的到来，使吉祥寺增色不少，周边诸县皆被这宏阔悠扬的钟声所吸引，前来鹳山游览参观者日增，皆说妙智铜钟声音宏阔，镇海楼那钟身达万斤的铜钟，声音远不如妙智铜钟。

那么妙智寺这口铜钟的声音为什么如此宏阔清远呢？《记妙智寺铜钟缘由》文中记载，当时铸铜钟时，善男信女们纷纷摘下头上、手上、腰上佩戴的金银首饰，投入铸钟的炉子中，或许是金银混杂在一起所产生的特殊效果，或许是善男信女的诚心所至。

镇寺之宝的铜钟没有了，僧人们感觉妙智寺少了灵魂似的。明万历十四年（1586），寺僧天玫、应祥牵头，串村走户行走乡间，开始募捐再铸铜钟，深得各乡间善男信女拥护，本乡祥峰李公独自捐助银二百两，稻谷50担。铸钟之日，聚集善男信女三千之多，寺内僧人诵经，募集妇女银钱首饰三五百两投之炉中。再铸2800斤铜钟一口，铜钟虽然重量不及前钟，但是叩之声音仍然洪阔远闻，不亚于原来铜钟之声。

可惜时遇战乱，四方兵起，殃及妙智寺。一队散兵行至永安山妙智寺，见寺内大钟为金银所铸，不管三七二十一，将铜钟毁之。运往钱塘，将铜钟熔化，然而奇怪的是未见一点金银，看见的只是一堆铁疙瘩。于是用来铸火铳。火铳倒是铸造出来了，但最后这些火铳全部爆裂，伤人数千，留下无法解释的谜团。

附录： 妙智寺，自唐大和元年始建至20世纪70年代修建永安山水库被拆，前后历经千年之久。期间，历经几度重修而历久弥新。

时光荏苒，沧海桑田。20世纪70年代初，常安人民公社选址海拔360.9米的永安山上建造水库。堤坝筑于旧时"双涧飞泉"豁口，水库主坝高23米，坝顶长294米，副坝高7米，坝顶长84米，坝顶宽均为5米。集雨面积0.92平方千米，引水面积1.91平方千米。总库容量69万立方米，正常库容57万立方米，灌溉整横坞片村庄的120公顷农田。

水库于1973年12月建成，随后整修大坝及溢洪道。1976年至1979年，建成一、二两级电站。1980年至1983年，坝坡砌石加固，溢洪道砌石防冲。为提高水库和电站效益，1985年筹建引水工程，1988年12月正式动工，投资26.3万元，开明渠1340米，打隧洞411米，迨1996年8月竣工。高峡平湖之水，缓缓流进永安山下横坞片所有村庄的每户农家，村民们用上了来自高山之巅的洁净水。

永安山，东、南、北三面环山，常年刮西风，西面一处为相对高度370米的陡坡，山下是一畈平坦的田地，这一绝佳的滑翔场地，偶然间被滑翔专业人员发现，后经多方合作与支持，建成占地面积30亩，起飞场面积达1.5万平方米的滑翔伞场地。充足的气流，开阔的视野，飞翔在空中，俯瞰大地，蜿蜒的壶源溪，绵延的群山，村庄，田野，无论春夏秋冬均是一幅美丽自然的山乡图，让每个在此飞翔过的人都永生难忘。2007年，这里成功举办了"常安滑翔伞友谊赛暨首届永安滑翔节"，即吸引来自法国、英国、美国等8个国家的60多名滑翔伞选手前来参赛。2008年11月，永安山滑翔场地被国家体育总局命名为"中国滑翔伞基地"。从此，"永安山滑翔"声名远扬，犹如当年永安山的妙智寺。时代之变，妙智寺于2005年11月，经富阳市民族宗教事务局登记为佛教活动场所。千年永安山妙智寺的诸多故事，只能尘封在仅有的史料记载及民间记忆中。

善政邑郭侯庙

郭侯庙，是后人为三国时东吴富春侯郭成而建的庙。郭侯庙也就是通常所称的城隍庙。

《史记·补三皇本纪》记载："炎帝神农氏以其初为田事，故为蜡祭，以报天地。"具体分为八祭：一为先啬神，祭神农；二为司啬神，祭后稷；三为农神，四为畎神，祭始创田间庐舍、开路、划疆之人；五为猫虎神，祭其吃野鼠野兽，保护禾苗；六为坊神，祭堤防；七为水庸神，祭沟渠；八为昆虫神，祭以免虫灾。天子亲自祭祀，是为报答众位农神对天下之人所付出的辛劳，祈祷来年一如既往地护佑，拒灾害，保农事，民安康。

城隍为沟渠神，在八神中排列第七，称水庸神，管理蓄水、疏水、排水等水利工作。三国两晋南北朝时期，对城隍的信仰日趋增强，随后城隍被称之为灵济公，职责范围又增"兴云雨"。时至明朝洪武年间，城隍地位又被明确擢升，明令"置署正衙"，与县官的升堂地"几案皆同"。随着城隍地位的不断高升，最后则成了好官的化身，或清正廉洁，或功成名就，供奉祭祀城隍菩萨，祈祷一方百姓平安，城隍菩萨成了护佑百姓的神灵。

郭侯是何人？

咸淳《临安志》记有郭成生平简略："郭成，字元礼，夙著义节。

沧洲村

汉末，群雄竞逐，遂乘扁舟，泛五湖，游沧江，探幽逐胜，书剑自娱。至吴黄武三年（224），拜武义校尉；五年，迁黄门侍郎；黄龙元年（229），封永兴、富春二县侯，食邑五千户。卒葬富春樟岩山。其后枝叶蕃茂，英髦俊选不可胜纪。"原来郭侯即郭成。从简述中看出，郭成一向行节义，著述亦丰。汉末群雄逐鹿，遍遭战祸，民不聊生。郭成远离政治，拒绝入仕，自己独来独往，经常乘一叶小舟，游五湖及江河，探奇逐胜，并以书剑自娱。期间有召其入仕者，均被他拒之。吴黄武三年，吴大帝孙权，闻富春故地有才华及人品兼具者郭成，即召之出山。逃避官场的郭成，对于孙权之召，没有理由回避与拒绝，于是奉命拜武义校尉，后迁黄门侍郎。吴黄龙元年，以其功封为永兴、富春二县侯，管辖五千户人口。这足以证明，孙权选用的是一位德才兼备的人才。

不难想象，郭成担任永兴、富春侯期间，定是为政清廉、爱民如子。富春一江十溪，水患年年如期而至，郭成为保一方平安，修筑山塘堤坝，治理水患取得实效，老百姓对他感恩戴德。据史料记载，宋嘉熙年间，专门为郭成建造了城隍庙，庙址在今富阳县城邑祖庙弄，庙内供奉的菩萨则以郭成之形体状貌及神韵而塑，作为护佑富阳的城隍菩萨。

鲍志华（左）、倪志良（中）、曹觉民（右）

城隍庙，一般设址在县城。清光绪三十二年（1906）《富阳县志》记载，"今自邑祖庙外，乡间善政庄亦有郭侯庙"。富阳旧时县境图上在壶源溪畔，六宅塢村北、董家村对面也能找到标注"郭侯庙"。

善政庄（今常安镇）六宅塢自然村之北，之前有一座庙被称之为"官庙"，庙前有溪滩被称之为"官庙滩"。"guo"与"guan"，常安地方口音模糊不清，把"郭"读成"官"也是有可能的。

明宣德年间编印的《富春志》也记有郭成简传，其中曰："汉末大乱，独乘扁舟，泛五湖，游沧江，探奇逐胜以自娱。"一个心生远离仕途，独来独往，畅游江流河湖的雅士，游过富春江，到过壶源溪也是可能的。在场口化竹村《富春孙氏宗谱》中，读到《壶源春涨》一诗，诗曰：春水弥漫四泽多，壶源春涨更滂沱。风和举酒临清间，细雨乘舟泛绿洲。两岸溶溶浮碧宇，双溪滟滟写银河。濯缨濯足凭人取，爱读沧浪孺子歌。

这里的沧浪即是壶源溪水，这是肯定的。郭成云游山水时曾游览过壶源溪，之后他担任富春侯时，垒堤坝，筑堰坝，治理过壶源溪，为壶源溪两岸老百姓带来福音，老百姓因为怀念一位好官，在乡间善政邑壶源溪畔建一座郭侯庙有什么不可能呢？

行 走
XINGZOU

荡江渡

　　荡江渡在荡江岭脚,地处浦江、桐庐两县交界,壶源溪在此形成一个漂亮而又凶险的篮球框形（Ω）大湾,邑人称此为"壶源江上第一湾",称此深水潭为瓦檐潭。

　　清《浦江县志稿》记载,旧时,从浦江县城北门出发,过金坑岭、虞宅、平湖、潘周家至荡江岭,穿桐庐地界,再越10千米可达诸暨马剑,从马剑翻金沙岭入富阳境内,一路北上可抵达富阳县城。此路为往返浦江与富阳之间的大路。

　　2017年5月10日,我徒步壶源溪至此,环视周边,蓝天白云,群山溪水都显得十分地安静。福德庵门前立一碑石,曰:"荡江岭战斗旧址"。沿一条小路往下,走过一处好像刚停工的工地,遇上一位肩荷锄头从地里回来的老人。经询问,老伯姓周名子祯。我问老伯荡江渡曾经的过往。老伯很热情,放下肩上的锄头,手指前方,那是荡江岭大桥,在大桥没造以前,过往行人需从荡江渡过渡,溪水小的时候从溪中碇步过溪,原来这里有200多个碇步,再后来,做了堰坝,汽车可以从堰坝上驶过。

　　老人边说边走,此时我们已经走上溪中堰坝。该堰坝与别处不同,堰坝留有两处下水口,呈半圆形,故又称滚水坝。

　　荡江渡早已停渡,潭水依然深不可测,碧绿的潭水中游鱼成群,长的身子足有两尺有余,悠闲自在地摇摆着尾巴。欣赏了深潭游鱼,老人手指对岸,说那边

周子祯

有古道，旧时，有很多时候，来往行人走的是古道。老人在前，我在后，古道已经荒芜，杂草藤蔓已经将其覆盖。老人先用锄头敲打一下杂草藤蔓，再撩开刺蓬树枝，一步一步向前。

一边是阴森森深不可测的深潭，一边是陡峭的山体，不觉有几分害怕。我担心老人掉入深水潭去，便叫老人返回。就在此时，老人指着一堵残存的老墙对我说："独石亭，就剩这堵墙了，你过来，这边'独石亭'三字还在呢！"听到"独石亭"三字还在，我就不顾一切地过去了。老人用手比画着，说独石亭是供待渡人躲避风雨歇息的场所，渡口少不了这样的亭子，还说独石亭是桐庐这边的人捐资建造的。

残垣断壁已经湮没在杂草丛中，两根青石柱子和一面南墙互相支撑着，犹如风烛残年的老人摇摇欲倒，不过在仅存的南墙上，"独石亭"三字依然完好无损，沧桑中透露着几许气宇轩昂！

看到残存的独石亭，我像是有了收获，并且是满满的。我又兴致十足地向老人打听起荡江岭上的故事来。于是，老人又带我来到荡江渡口的村庄——浦江县檀溪镇大梓村，找到大杨自然村曾在荡江渡口摆渡的老人。

独石亭遗存

老人不仅讲述了摆渡人的悲惨故事，还讲述了荡江岭上发生的战斗故事。他说，当年金萧支队、国民党军队两家同样是来荡江渡打探消息，但是

壶源點記憶

做出的事就不一样了。国民党兵来摆渡人家有什么好吃的像吃自家东西一样，而金萧支队战士随身带着吃的，要是在摆渡人家吃点夜宵什么的，走时就把随身带着的一瓶腐乳留下。一次，金萧支队的一个通讯兵，在荡江渡口被国民党军杀害了，老百姓悄悄把他的尸体给埋了，由于埋得匆忙，两三天后，战士的尸体被狗拖了出来。说到这里，老人哽咽得说不下去。老人说，1949年4月14日，解放军渡江南下前夕，国民党汤恩伯部联合国民党浙江保安王之辉部，兵分四路对金萧支队后勤基地进行包围。金萧支队分多线开展反包围战。15日凌晨，金萧支队参谋主任张志骏率领三大队七中队在荡江岭设下埋伏。几个小时后，国民党203师609团经桐庐外松山、引坑向南撤退，该团尖兵排首先进入伏击圈。金萧支队七中队仅有机枪3挺，步枪60支，相比之下，兵力悬殊，张志骏抓住敌军尖兵排与后续部队距离大的战机，决定用闪电战术消灭尖兵排之后立即撤退。

荡江岭阻击战简介石碑

七中队的指战员们在山上注视着敌尖兵排向碇步桥靠近，上了膛的机、步枪瞄准着敌人，并随着敌人的移动而移动，准备在敌人走上碇步桥时开火。谁知敌尖兵排走到桥头，没有过桥，就转到溪那边的一条小路上去了。张志骏高喊一声"打"！机、步枪同时开火，一下子就打倒了14个敌人，不等敌

· 034 ·

人还击，七中队指战员就冲下山，冲过碇步桥，又活捉了4名俘虏，敌尖兵排全部被歼。战士们缴获轻机枪1挺、步枪11支和子弹2000余发后，迅速回到桥东，留下一个排掩护，张志骏带着部队向后面的高山撤退了。敌军遭受阻击，深怕再遭袭击，不敢搜山，也不敢继续前进，只得收兵退回到外松山去了。

山水永恒，时代在变。2007年，桐庐县交通局在荡江渡上建造了荡江岭大桥，从此天堑变通途。《桥碑》有记：

壶源溪，又名壶源江，源出浦江县天灵岩西北麓高塘，邑内曲折北流，经诸暨，入富阳，于青江口注入富春江。桐、浦之界，壶源溪横其中，夹岸层峦叠翠，如屏遥对，有岭曰荡江，古为要冲，人舆至此，近在咫尺，望溪兴叹。

清乾隆年间，引坑里入于壶源溪，筑坝引水，溉济农田，为人涉行，堰上垒石二百七十余，始有碇步。然汛期泛涨，溪水激湍，仍成绝路矣。民国五年，钟凤金等乡贤募捐置田，创义渡会，旅人过往，以舟为济。至乙丑冬月，乡人钟辛堂募捐，于瓦檐潭建独石亭。丙申舟废渡停。戊戌年，钟宜根等醵资造船复渡。庚子季秋，洪魔肆虐，船毁渡废，以筏济渡。堰坝碇步，年久辄废。至癸丑秋，易石为路，旱通衢，汛路止，日有覆溺者。乡人欲修往来之桥，其计之远，虽有志焉，而力未逮矣。

乙酉岁冬，蒙政府高瞻擘画，省市交通扶掖，投巨资，建荡江岭桥。匠师监修，竭力年余，于丙戌末，长四十六丈有奇宽三丈之大桥，幸获功成。

喜看今朝，桐、浦郡邻，山林丰美，原野锦绣，长桥卧波，姿若虹霓，固南北通衢，畅车舆人流，为山水争秀色，供百姓便行旅，福泽广布，万民欣哉。鸿功茂绩，泐石镌载，是以为记。

金沙岭古道

金沙岭，旧时是富阳与浦江的界岭，山脚为金沙渡，今为富阳与诸暨的界岭。前些年金沙岭下通了隧道，隧道管理方是诸暨，岗亭设在金沙岭这边（富阳）山脚，隧道总长405米。

山脚古道入口处，立着一块木牌，上书"秦皇古道"，乍一看不禁产生疑问，秦始皇出巡，虽说是"逢山开路遇水搭桥"，想当年湖源山里若要逢山开路那得需要多少时间呢？难道车驾马匹随行等均从壶源溪上乘的竹筏？不过在咸淳《临安志》中，曾查阅到记载秦始皇经金沙岭往大禹陵的记载，此题本文不作讨论，暂且留给有兴趣的学者再做深入研究吧。

金沙岭不高，我未找到海拔高度的确切数据。古道甚好，都是用山上石块扣起来的石阶，由于山岭不高，台阶不陡，历经踩踏的台阶已呈现出光亮与质感。久远的历史感能使人浮想联翩，攀爬金沙岭古道，人们一定会觉得它不是那么高。攀爬在这样的古道上，无论是当年挑着担子、提着物件的乡人，还是今天背着肩包的驴友，我想应该都是途中的享受。

壶源江电站

金沙岭顶上有一个亭子叫永济亭，它的实际作用应该是给过路人歇脚避雨的，不过民间总喜欢编个故事，说个来龙去脉。以岭为界，应该是"逢山为顶"，站在金沙岭顶上，南望可见山脚诸暨金沙村，壶源溪在金沙岭以上称壶源江，北望即是绵延不绝的富春山水。旧时光，富阳与浦江（今诸暨）因金沙岭相连，又因壶源溪相隔，故在金沙岭脚有个古渡口：金沙渡，过渡为浦江界。《浙江舆图》记载，壶源溪"源长百六十里，半隶浦阳半隶富阳"。金沙渡由富阳汤家村管理。几年前，我曾去汤家村采访过撑筏人，倪生洪、汤永昌、倪忠贤、叶志增等几位老人回忆，旧时，金沙渡建立渡船会，窈口村里的潘炳生捐赠三亩田，归摆渡人耕种。中华人民共和国成立后，渡船以生产队为单位轮流摆渡，那时候摆渡人的报酬是在队里记工分，约定俗成，外地客人可以收取几分钱的过渡费。在物质匮乏的当时，几分几角的额外收入都是大家很期待的，所以，生产队采取抓阄的方式确定渡口摆渡人。活人阄上死，抓不着没得说。几位老人都说自己曾抓着过摆渡的阄，在金沙渡口当过摆渡人。壶源溪属于季节性溪流，每年的汛期肯定会涨大水，他们说摆渡必须十分小心，若是发大水时，当溪水满到岸边苦竹滩那就是停渡的无声命令。不过，如有要事、急事的客人需要过渡，他们也会两人共同撑一筏，一个站筏头，一个站筏尾，安全地把客人送到对岸。

作者采风至诸暨境内

壶源点记忆

金沙渡，富阳这边建有待渡亭，称"富春亭"。清光绪三十年（1904）紫阆徐淡仙等人自筹经费，经过实地勘查，编纂了《富阳舆地小志》一书，对于壶源溪古道百庄至金沙岭段有这样的描述："由百庄过渡，上慈岭至石磋头，吴家右进南坑、北坑，直过白虎岭，独山庙，穿富春亭，至金沙渡，与金华府浦江县分界。"

壶源溪，两岸山峦叠翠如屏遥对，一路皆是风景。金沙岭山体不甚高，然山脚悄悄地伸进溪中，逼迫溪水绕山脚而过，犹如身材姣好的女人扭了一下腰肢，展显了一个小小的弯，然后进入富阳境内的汤家村。此处在没有筑隧道之前，沿山脚溪边公路开车是很享受的，可以说汽车像蛇一样游动在青山绿水之间，隧道一筑，变成了直线距离，瞬间即过，挖金沙岭隧道，考虑的是社会发展的大格局。宋代婺州被写入《宋史》列传的金华人郑刚中，有《金沙岭》诗一首：两行古木影交加，山欲侵云水见沙。最好岭前鸥鹭起，竹林深处两三家。短短几行，当年金沙岭之景可见一斑。

金刚潭

很多人都知道湖源小樟村，然不一定晓得金刚潭。

金刚潭在小樟村村口，金刚山脚下。金刚山不高，山脚巨壁垂直而凸出，伸入壶源溪当中，形成一个湾，此处溪水深不可测，水面绿得像祖母绿宝石一般，邑人称其为金刚潭。

从上游奔涌而下的壶源溪水，在这里汇纳自东而来的朱坑源水，水面变阔，水流更加浩荡。金刚潭水底怪石嶙峋，是鱼群栖居最理想的场所，它们穿行在水下石头缝里，悠闲自得，深潭即是它们的大本营。它们时而各自觅食于石头之间，时而成群结队出游抢抢"活水"。世居壶源溪岸的老人说，壶源溪深水潭中的石头上有一层油，这层油鱼很喜欢吃。鱼群集体出游时，场面壮观，黑压压的，足有打开的竹簟一般大。金刚潭里的鱼随随便便是捉不到的，必须用炸药炸。一位姓洪的老人说，有一次，驻扎在小樟村的国民党部队有两个炊事班的兵，搞来炸药掼进了金刚潭，炸药刚掼好，部队紧急集合出发了。出发不多时，那两个掼炸药的兵又折了回来，把老百姓刚捉起来的鱼全部给装走了。

清光绪三十年（1904），由富阳紫阆人（今属诸暨）徐淡仙主修的《富阳县舆地小志》，对小樟村地理位置的描述有很形象的几句打油诗：

"天设壶源一扇门，横山岭锁小臧村。下甘窈口朱坑裹，三派源头各自论。"壶源溪经过小樟村村庄时，纳东来朱坑源之水与西来的下甘源之水，再奔流北去。小樟村所处地理位置为壶源溪上一处重要节点，它扼诸暨、浦江、金华、兰溪往返富阳、杭州、萧山之喉舌，故自古以来，金刚潭处设渡口。因壶源溪为季节性溪流，一年四季溪水变化较大，加上此处地理险要，金刚潭虽是壶源溪上的重要渡口，但没有像别的渡口有渡工房及供待渡人遮风避雨的待渡亭，渡口随着溪水的大小或变化而定，故找不到金刚渡口的痕迹。

壶源溪记忆

金萧支队文工队在壶源溪渡口

多少年来，谁也记不清金刚渡上的渡工换了多少人，也没有人知道渡口有过多少南来北往的客人，可是有一件事情至今人们还没有忘记。那是1949年4月间，金萧工委、支队部转移富阳窈口村后，金萧支队及所属特务中队、第二大队、第三大队、第四大队、第五大队、第八大队以及江北、江南、路西、江东等部相继抵达窈口，各大队胜利会师。4月23日，在窈口会师的各大队奉命从窈口转移至湖源李家李氏家庙召开解放军胜利渡江暨整军整风动员大会。途经金刚渡，大队人马仅靠一艘渡船，成了蚂蚁搬家，部队领导心急如焚，望着湍急的溪流直挠头皮，后与渡工商量有何办法让部队快速过渡。当时的摆渡人是李阿五、李阿七兄弟俩。他们俩急中生智，跑回村子，向村中所有排户借来几十张竹筏，再去附近村庄借来几十张竹筏，竹筏连着竹筏，再用篾将竹筏拴住固定，很快在金刚潭水面上搭建起一座临时的竹筏浮桥，几千人的部队鱼贯而过，部队全体人员顺利通过金刚潭，为部队行军争取了宝贵的时间，在规定时间内到达李家村。革命烈士蒋忠，当年活动于萧山、富阳、诸暨、浦江地区，经常往返于此，为避开驻扎在小樟村的密探的视线，蒋忠每次过金刚渡都不坐渡船，而是安排坑口村党的积极分子叶堂同志，乘着夜色用竹筏悄悄地把他渡过金刚渡。

1978年8月，为改变山里老百姓出行难的问题，当地政府打算在金刚潭区域壶源溪上建造湖源大桥。一方面多方筹措资金和钢筋水泥等物资，一方面发动党员干部、青年团员、妇女、学生为建造大桥出工出力，动员各大队干部发挥集体优势，为建造大桥贡献力量。

在金刚潭建造跨溪大桥是老百姓早已梦寐以求的梦想，是几代人所企盼的事，所以政府号令一出，各大队主动认领了桥孔需要堆叠的砂石以及桥孔浇筑完工后挖空砂石的任务。上下一心，大家在壶源溪上摆开了建造湖源大桥的战场。经过一年零两个月的苦战，长168米，宽7.8米的湖源大桥于1979年10月1日竣工并通车，从此"一桥飞架南北，天堑变通途"。人们欢欣鼓舞奔走相告，附近村民纷纷涌向小樟村，就连金华、浦江等地的人们也前来小樟村见证这一历史性的时刻。

湖源大桥的建造给人们出行与劳作带来极大的方便，随后随着山区公路的建造及环金线的贯通，湖源大桥发挥了交通枢纽作用，往来车辆日夜不断。

时间到了2007年，通车近30年的湖源大桥，经专业部门检测认定，已不能再承载大型车辆的通行。政府决定将湖源大桥拆掉重建。

当年建造湖源大桥倾注了湖源老百姓太多的汗水，大桥是湖源人民的集体记忆，所以当听到要拆掉老桥重建的消息时，不少有识之士积极向政府提建议，出点子，建议保住老桥另建新桥。经论证，政府采纳了他们的建议，改拆桥为改桥。决定与老桥平行建造新桥一座，另投入资金300万元，将老桥改造成廊桥，使老桥获得了重生，发挥新的价值。168米长的五孔桥上，安上了朱红色木头靠椅，还建起了四个飞檐翘角的亭台和一扇古朴典雅的门台。朱红色的廊桥伫立于绿水青山之间，与大自然交相辉映，相得益彰。廊桥代表着湖源形象，也成了金刚潭新的特殊符号。

壶源溪记忆

富春口往事

山水富春，一江十溪。

前些年，查阅富阳老地图，发现富春江南岸有多个"口"。如富春江主要支流壶源溪与龙潭交接处标有"壶源口"，剡溪流至柏树下处标有"剡浦口"，春江富源村口的"洋浦口"，大源溪出口处的"大源口"，还发现在黄杨岭脚的"富春口"。总认为富春口这样的地名应该在富春江岸边，而它却在山里，于是就开始追根究底。

"口"，为口岸、进出口，是货物交易的场所。前"四口"，我均已去实地察看，皆为溪流最终注入富春江之口，溪水出口，而"富春口"从地图标注来看，在黄杨岭脚与钟家、黄场坞之间，此处地图像个耳朵一样凸出在外，对于不懂地图的本人，这富春口怎么看都有点儿让人纳闷，它是在山的这边还是在山的那边呢？

潇源村

幸运的是爱好文史的董仁青老师从孔夫子旧书网买到一册编于清光绪三十年（1904）的《富阳县舆地小志》，他赠与我一份复印件。在该书拼图六上能更加清晰地查看到富春口。该小志区别于官方编纂的志书，编著者徐淡仙是经过实地勘测后，用歌谣的形式，把富阳的山川河流、道里村庄、埠头梳理了一遍，详细具体，易记好懂。

先看黄杨岭这边，路程歌里是从"小臧村进下甘源"开始介绍的，说"一进下甘石富翁，双坑靠右问牛峰，上南坞里黄杨岭，三界尖分富浦桐"。注释：

直进上南坞、罗坞、洪家，出黄杨岭至黄场坞口入桐庐界，黄杨岭脚左手进山，过富春口至桃岭脚入桐庐界。这里非常明确地表述，黄杨岭、黄场坞、桃岭这三个村庄处在富阳与桐庐的县界上，富春口则在这几个村庄之间，这是不是可以理解为，富春口不是溪水的最终出口，而是富阳与桐庐县界之出入口。

作者采风至桐庐境内

　　进一步查阅相关史料，2017年由杭州市富阳区民政局、杭州市富阳区地名委员会办公室编纂出版的《杭州市富阳区地名志》，第二章境域变迁中记载："1950年10月，富阳县窈口区下甘乡三界尖西之桃岭、黄杨岭、黄场坞三村划入桐庐县。"毋庸置疑，富春口连同村庄一起划归桐庐县了。弄清了富春口大致的来龙去脉，2022年初秋的一天，我驾车前往桐庐凤川街道桃岭、黄杨岭、黄场坞，实地寻找富春口。

　　沿320国道前往桐庐，然后听从导航指引，一路穿过多个村庄，过肖岭水库，再开一程乡道，导航说目的地就在附近时，车在横跨溪的水泥桥上停下，"萧源村"村碑映入眼帘。

　　首先询问一位在干活的村民，他叫胡国兴，生于1960年，显然，他出生时所在村已划归桐庐。但是他知道翻桃岭、黄杨岭都可以到富阳这边的上南坞、下南坞村，小时候爬过，大约一个小时左右山路。他说现在山路早已被柴草藤蔓遮盖住了，若是我要去爬一爬，可以约个时间，他带上勾刀。

　　我说想找个村里年纪大的人聊聊。于是他推荐了69岁的老书记。电话

壺源點記憶

联系，不巧，老书记外出办事不在家。我不好意思打扰他太多，就说谢谢道别。

在乡村，我喜欢看老房子。萧源村是行政村，由桃岭、黄杨岭、黄场坞三个自然村组成。我所在的村子叫黄场坞。在新房子的后面有一幢依山而建的老房子，三开间，五个很小的窗户，三扇大门，左右两扇是在老墙体上挖洞新开的，西边一间像是长期不住人，门上挂着锁。中间是石窟门，显然是房子始建时的正大门，青石材质，并且门槛与台阶是连一起的青石雕凿而成，很少见到这样的取材方法，用材有些奢侈的味道，正在对建造房子的主人略生敬畏之时，猛一抬头，虚掩着的大门上方居然还钉着一块深蓝色的保存完好的珐琅材质的门牌，"富阳县第三区桃岭乡黄阳坞第二七号"，从字体与门牌材质判断，此门牌为民国时期所制，因为之前在常绿、横槎、湖源三地发现类似门牌，此行的目的是探究富春口，这块门牌的发现则成了这天的额外收获，兴奋不已。

门牌

此时，东边屋里走出来一位老者，他是房子的主人，叫黄正铨，1946年出生，今年77岁，1950年他所在的村庄从富阳划入桐庐，那么他5岁之前属于富阳人。他说房子是他太公（曾祖父）造的，大门上的门牌是民国时留下来的，从来没有去动它过。他们村大多人家都拆老屋造新房，他家因多种原因没有拆造，因此保留下这块门牌，如今它倒是变成了富阳、桐庐两县行政区划变迁的见证了。

最后，老人带我去看当年的富春口。黄杨坞与桃岭是两个方向的两支山坞，两个方向的溪水交汇后继续奔流，至黄场坞自然村村口不远处，一块凸出的石礁上刻有"富阳桐庐界"字样，这里则是旧时的富春口。老人说，以前进出走的是一条沿山小路，现在肖岭水库溢洪道处是一座岭，不管空手还是挑担都要翻过这座岭，水库大坝处则是溪流，整条溪流有50多里长，从黄场坞－高家－上店－肖岭－雷坞－梅山－棠川（舒湾埠）注入富春江。如此说来，当年的富春口，既为水之出口也为富阳与桐庐县之界口，如果从水势流向来看，富春口应该在今桐庐县江南镇棠川、舒湾埠。

黄正铨说，20世纪70年代，早在桃岭、黄场坞生产队时，从富阳请来做纸的师傅，做过用嫩竹做的元书纸，桃岭村做了几年，他们村做不好，没怎么做就停掉了。黄正铨还说，富阳县现在是杭州市富阳区了。话里话外带着对富阳县的向往，说其儿子在富阳创办了一家经营卫浴的小公司，还在湖源一家民宿合了股，骨子里任然贮存着对旧时属地的那份念想。

壶源貔記憶

狮子岭水力发电站建停始末

1958年，浙江省委提出大办地方工业和实现农业机械化、农村电气化、肥料化学化、交通车轮化的战斗号召，富阳县委为贯彻省委精神，考虑富阳先行（电力）工业基础薄弱，大大落后于钢铁工业的现状，一致认为发展先行工业（电力）已刻不容缓。富阳属于山区丘陵地带，水力资源充沛，开发利用水力资源，建造一座中型水力发电站，不但能加快富阳整个国民经济建设步伐，而且还将从根本上改变富阳水利面貌，富阳县委研究，拟在壶源溪流域狮子岭段建造中型水电站一座。

古城大桥

职工俱乐部遗存

1958年3月，从县计委、县工业交通局、县水利局、县供销社及古城水文站等五个部门抽调相关人员，组成两支队伍，开展狮子岭水电站建设前期工作。

一组为壶源溪两岸社会经济调查组，对壶源溪两岸的富阳县湖源乡、浦江县马剑乡、桐庐县新合乡的25个社42个村庄的社会经济情况进行调查，其中富阳湖源乡13个社23个村、浦江马剑乡7个社12个村、桐庐新合乡5个社7个村。调查登记具体内容有户数、人口、房屋、耕地面积、山地面积、工矿文教卫生单位等。粮食作物（水稻、六谷、番薯、荞麦）、经济作物（茶叶、蚕桑、果木树）、林业（成材林、幼林、经济林、特产林、竹林）、畜牧业（猪、羊、牛、家禽）、副业生产（木材、柴、竹）等。此项调查工作于1958年9月底完成。

一组为壶源溪流域勘测队，对壶源溪流域地质地貌和水利资源进行了勘测。经过近110天的实地勘测，形成了"富阳县狮子岭水力发电工程施工计划草案"。

狮子岭水电站位置在东经119°55′，北纬29°52′，处于常安乡与湖源乡交界。溪道狭窄，溪床底宽65米，坝高100米，面宽300米，符合建坝要求。壶源溪源于浦江高塘，流经桐庐、富阳后于青江口注入富春江，富

壶源溪记忆

阳境内全长39千米。狮子岭下游三里地方沧洲村一带有寒武纪常山系石灰岩露头,自沧洲村以上全部为白垩纪火山岩(俗称山茅石),透水性弱,不容易发生漏水,狮子岭是建造水库的理想之处。壶源溪流域地带气候温和雨量充沛,历史降雨量在1500~1800毫米,汛期为全年降雨量的60%左右,12月至翌年2月,雨量稀少,全年天然蓄水量可达13亿立方米,可以利用7、8亿立方米,利用系数为60%,多年平均流量为24.6秒立方米,装机容量可达32000千瓦,全年发电量可达12640万度。

测绘工作于1959年10月中旬完成,施工计划草案上报富阳县委。1959年底1960年初,狮子岭水力发电工程前期工作开始,由县长张建唐负责,同时从县级机关抽调100多名干部,从全县各乡镇抽调民工3000多人,剥山皮、挖沙、挖石头、筑小坝、搭施工所需桥梁、在古城村新建工程指挥部房子等。

1960年4月,中共富阳县委下发了"关于公布狮子岭水力发电工程处党委委员、常务委员、书记、党委监委委员、书记等职务"的通知。狮子岭水力发电工程处党委会由王顺泉、张海心、张建唐、董连荣、阎福斌、夏高生、花献品、谢肇棠、蒋渭荣、施若风、杨玉焕、张振春、李富年、曹雪银、杨荣泉15位同志组成党委会。

由王顺泉、张海心、张建唐、董连荣、阎福斌、夏高生、杨玉焕7位同志组成党委常委会。王顺泉任党委书记,张海心任党委副书记兼工程处处长,党委监委会委员有张海心、谢肇棠、蒋渭荣、花献品、李富年、胡光宏、王友谊。张海心任监委书记,谢肇棠任监委副书记。

在同一时间,中共富阳县委下发了"关于建立、调整组织机构的通知"。通知明确:

一、狮子岭水力发电工程处党委机构:办公室、组织科、宣传科、监察委员会。

二、狮子岭水力发电工程处团体机构:团委、工会。

三、狮子岭水力发电工程处机构:办公室、行政科、劳动工资科、财务科、施工计划科、安全质量检查科、保卫科、供应科、设计科、现场指挥部、职工医院;隧道工程队、筑坝工程队、土建队、机电队、开挖队、炮工队、750千瓦火电厂;压风厂、修钎厂、修配厂、电锯厂、加工厂。

1960年4月24日，中共富阳狮子岭水力发电工程委员会向所属各党支部下发了"关于食堂定员及劳保用品发放标准的通知"。通知规定：

食堂管理人员（管理员、会计、采购、保管员）按用膳人数计，50人以下的食堂不配备专职管理员，由各队有关人员兼管，50人以上至150人配1人，150人至300人配2人，300人至500人配3人，500人至1000人配4人，1000人以上配5人。

炊事人员（包括烧开水）按用膳人数计，40人至50人配1人，工地送饭人员每200人配1人。

现场烧、送开水，原则上一队1人，由各队自行安排，不另配备。

食堂副业生产，养猪、种菜等，不固定人员，发动职工安排一定时间进行。

劳保用品发放标准：炊事人员（包括食堂、仓库保管员）每人每月发口罩一个，一季度和四季度每人每月发肥皂一块，二季度和三季度每人每月发肥皂两块，每半年每人发毛巾一条，每人发工作服一件。根据需要每个食堂发给雨衣、手套若干件，作为送饭、洗菜等工作公用。管理人员一律不发给劳保用品。

1960年6月5日，中共狮子岭水力发电工程委员会，遵照中央大办民兵师的指示精神，整个狮子岭工程处人员实行连队式编制与管理，全处分编成5个营18个连，营部配备营长、教导员、副教导员、参谋长、副参谋长；连部配备连长、副连长、指导员、副指导员等干部。同月，工程处委员会在全处开展技术革新活动，要求领导自己做到坚持政治挂帅，不断整风反右倾。做到一般号召与具体指导相结合，强调领导要搞重点，种试验田，创造经验，突破一点，指导全盘。科、队长以上干部都要有自己的试验田。

要求继续深入地大搞群众运动，在广大群众中进行"要不要革命、要不要高速度、要不要大跃进"等问题的讨论，统一思想，立即行动。要求各队制订长远规划和小段计划，同时还要有重点。明确要求工程处在当月完成电站、强化器、砂石料半自动化生产线、皮带循环自动脱钩上坝机、竹工机械化等5项工作。要求各队根据具体情况，抓住生产中的薄弱环节进行突击，限期完成。

工程党委领导分工落实，张海心联系隧洞队，张建唐联系土建队，董连荣联系供应科，阎福斌联系机电队，夏高生联系开挖队，杨玉焕联系筑坝队。

设立三个专业组，隧洞快速施工组，组长李富年、副组长梁福新；大坝材料试验组，组长王林、副组长曹蔚琪；定向爆破组，组长王友谊、副组长张文臣。

在职工中，开展技术革新、劳动竞赛等为载体的社会主义教育活动，进行评定工资、解决劳保及改善职工生活等具体措施，激发广大职工的社会主义劳动积极性和创造性。1960年7月7日，中共狮子岭水力发电工程党委组织科下发了"关于民工实行工资制后有关缴纳党费规定的通知"。通知明确，"这次实行工资制后希各支部从7月份开始，凡是实行工资制的工人，一律按规定交纳党费。工资收入100元以下者，交纳工资额的0.5%，工资收入101元至200元者，交纳工资额的1%。"

1960年9月，遵照上级指示，狮子岭水力发电站工程戛然停工，部分职工被安排去外地支援别的工程，有的去了杭长铁路，有的去了青山湖水库等工程建设队伍。

2019年应富阳区政协文史委安排，我采写了当年曾参与狮子岭水力发电站工程建设的几位亲历者，附录如下，以便更好地了解当年工程建设之情况。

附：

狮子岭水电站动工，我是第一批进去的

讲述：常安镇古城村李来仁 80岁

1960年上半年，狮子岭电站动工，开始招人。各大队都有名额，我是第一批进去的。我们村的人和甄山、烈坞村的人一个组。开始时我们是机动的，筑坝抬石头，搭桥搬桥板，测量搬杆子，后来人一下子多了起来，我们村里来了近千人，住宿成了问题。领导就把我们队改成了基建队，开始搭建大量的草舍房。我们白天去树石村前山上斫毛竹，整畈毛竹"一粘头"斫，不到两日工夫整畈毛竹斫倒，足有几千上万支。晚上平地基，狮电站指挥部在我们村子对岸张家畈村里建造了750千瓦的火力发电厂，工地上照明用的电就是那里过来的。我们把凸起的土墩搬掉，把水洼塘填满，工地上你来我往热

火朝天，很快把村子南面蛮大一块空地平整好。紧接着破毛竹，用稻草打草扇，在平整好的地基上盖起一排排草舍房。草舍房顺着山坡逐渐向上，一直到村子后面与毛竹山接牢，草舍房就是外来狮电站民工的宿舍。

狮电站职工吃饭是集体开火的，发放饭票，以班组为单位，少则三四十人，多则上百人，用大锅烧饭。后来，开夜工每人另外补发一点点心。当时纪律很严的，偷饭票、偷材料的民工，抓住后被开除的有好几个。

1960年9月中旬，壶源溪上发了场突如其来的大水，冲走冲毁了工地上不少材料和设备。年底，不知何故整个工程停掉了，工人们有的去支援杭长铁路建设了，我就回到了村里。

狮子岭电站机关食堂就办在我们家里

讲述：常安镇古城村李东城 73岁

狮子岭电站建造这一年，我在安禾颜家祠堂读书，正好高小毕业，13岁。村里一下子来那么多人，小鬼头忙坏了，跑了这头赶到那头，狮电站开工后，隔三岔五不是演戏就是放电影，我们小鬼头场场都赶到，除了看戏看电影，狮电站机关食堂我也是经常去玩的，所以指挥部的领导我都叫得出名字，县委书记张运钿，他的勤务兵叫倪宗郎，是沧头人，县长叫张建堂，他们来的时候骑一辆带马达的自行车。

狮电站开工，指挥部设在我们村。当时村里领导动员大家说"让出房子来给狮电站用也是支援狮电站建设"，我父亲李永田，心地善良，思想好，我们家房子正好在指挥部旁边，我父亲就让出自己住的三间两弄的房子，给狮电站指挥部当机关食堂，我们全家人及家禽畜牧都搬到多年不住的老房子里。因为是我们家的房子，所以我经常去那里玩，机关食堂西边的房子里，是狮电站的行政科和保卫科，再往西，也就是村口南面大片草舍房边上，狮电站新造了一长排平房，总共有11间，他们称之为俱乐部，有图书室、乒乓室、医务室等，在那里可以唱歌跳舞。

我在保卫科，主要做治安工作
讲述：常安镇沧洲村倪雪海 82岁

1959年，我在铁坞口炼钢铁，快到年底的时候钢铁厂停掉了，正好狮电站开始动工，董木法书记问我："狮电站去不去？"我说："去！"

刚去的时候工作不固定，砌坎、抬石头、搭桥、打草扇，哪里要紧哪里做，后来被安排在保卫科，具体做保卫治安工作。和我一起的有安禾村的倪洪法、大田村的李增国、六石村的汪相荣，保卫科长是县级机关派下来的。当时人多得有点儿乱，民工当中赌博、打架、偷饭票、偷材料及工具的情况时有发生，我们4个人都是当地人，相对来讲人头比较熟，一些小偷小摸、因口角发生的拳头巴掌类似的矛盾，我们以说服教育为主，开导双方互相谅解，以和为贵，把矛盾解决好。有的民工偷饭票屡教不改，偷工地上材料、工具情节严重的，证据取好，上报指挥部。指挥部对民工思想教育、纪律要求相当严格，有一个萧山人，还是部队里退伍回来的，照样被开除。

狮电站建造期间，古城村北蚌潭坝西岸空地上经常演戏放电影，看的人多，打架的事也多，我们采取现场巡逻的办法，尽量保证不出乱子。

开始在开挖队，后来我主动要求去了炮工队
讲述：常安镇横槎村何才田 79岁

狮子岭电站开始招人，名额分配到各个大队，大队又分配到各个生产队。青壮年纷纷报名，到了狮子岭发电站每人每天有一斤半米，饭能吃饱。我当年只有19岁，积极地报了名，填了表格，报名的人须经过湖源乡党委政府领导政审，地主、富农的儿女是没得去的。我们二队同我一道进狮子岭发电站的有何再松、何祖国、何洪海等十多个人。刚进去的时候分配在开挖队，在荞麦岭、狮子岭脚剥山皮，清理柴草，挖石头挑烂泥，狮子岭发电站大坝筑在狮子岭与荞麦岭之间，浇筑从山脚开始。两山之间都是大石岩，必须用炮炸。

当时炮工缺少。在这之前,我在大青铁坞口大炼钢铁,在那里我是炮工。我喜欢打炮,就同炮工组组长说:"我想去炮工队!"炮工组长说:"你想来炮工队,你得先放一炮给我看看!"我从凿洞埋炸药到点炮,流水作业做下来,有条不紊,胆子大得很,一炮放得安全成功。炮工组长觉得我是放炮的好手,就向有关领导建议,把我调到了炮工队。我们炮工队一般是放工地上的小炮,打隧道的隧道炮基本上是由温州来的炮工打的。隧道炮打得凶,放炸药的洞起码凿到八仙桌那样大,埋的炸药要有一定的吨数,这样的大炮用手点火肯定是来不及的,必须拉电线引爆,放炮前拉警报,有专门吹哨子的人。有一次,吹哨子的只顾着提醒别人赶快离开,自己却在最后头,结果被飞来的石块砸中。

我们刚去的时候是民工,每天0.90元钱,工程处只付0.60元,还有0.30元是在生产队记工分的。后来民工身份改成了职工身份,进行了工资评级,最高一级每月工资42元,我是第二档,每月39元,不过是做一天算一天,不出勤就没有工资。1960年年底,狮子岭发电站不知什么原因停工了,大多人员那里来那里去,我被抽调去余杭,支援杭长铁路建设,后又去临安支援青山湖水库筑坝工程。

我们村几个厅和祠堂,全部住满了人

讲述:常安镇横槎村何才德 84 岁

狮子岭水电站指挥部在古城村。古城、安禾、树石和我们村,呼啦一下子安排进几千人,村子里热闹非凡,我们村里到处都是人。我们村里几个厅堂都住满了人,厅堂前道地上搭建草舍房,做食堂,埋镬烧饭。村里房子宽敞的人家都安排住了人。狮子岭电站大坝筑在狮子岭与荞麦岭之间最狭窄的地方,施工需要把壶源溪水暂时改道,在筑大坝的上游先筑了一条小坝,在狮子岭山底开隧道通水,再搭建一座简易桥梁,供施工人员进出。1960年底,山皮都被剥好冲干净,大坝底部清理干净,水泥、钢筋、沙子等材料都已经到位,抽水泵等都准备就绪,不知道什么原因就停工了,老百姓猜想,可能是需要迁移的村庄多,政府财政吃紧的原因。

壶源觇記憶

乌龟山　青山渡

　　壶源溪穿行在崇山峻岭、高山重叠的峡谷当中，若要说一说山的名字可以脱口而出，都舆山、学堂山、东山、永安山、湖洑山、青草岭、牛峰岭、山石岭、状子岭、横山岭、万春岭、金刚岭、神堂山、慈岭、白虎岭、石马岭、上南岭、黄杨岭、三界尖、金沙岭等，随手便可写下长长的一串，壶源溪两岸山峦叠嶂绵延不尽，使得壶源溪千转百回、荡气回肠。有一座山独自处在壶源溪的中央，山体不高，却如中流砥柱一般，伫立溪的中央。

　　乌龟山，地处场口、常安两镇交界的壶源溪中央，有点突兀。山虽不高，却像一把利剑，把直冲而下的壶源溪水正中一劈为二，由于水流的惯性，形成两股深深的漩涡，东流水势相对较弱，西流水势相对较强，邑人称东流水域为"小乌龟潭"，西流水域为"大乌龟潭"，亦称"剪刀湾"。《富春鲍氏宗谱》中《龟川回波》诗曰："一川横截势偏奇，新水绕添过雨时。流作花纹惊宿雁，送将竹筏绕灵龟。读心源远风生浪，岸曲波平钓下丝。砥柱中流天作合，东西分泻胜涟漪。"

乌龟山

　　乌龟山，形似巨龟卧在溪的中央。传说，东海龙王手下龟、蛇二将不和，互相不服气，动不动就打斗。有一日，为一点琐事吵得厉害。龟执宝剑，蛇执长矛，互相打斗起来，搅得龙宫波浪翻滚天翻地覆，还误伤了不少虾兵蟹将。老龙王大怒，下令将龟、蛇二将逐出龙宫。

　　龟、蛇二将出了龙宫，索性放开了打，你来我往，一打打了七七四十九天，

· 054 ·

仍旧不分胜负。从东海龙宫斗到钱塘江，再从钱塘江斗到富春江，不知不觉又从富春江拐进了龙潭，一直沿着壶源溪往上斗，斗到乌龟潭这地方，蛇和乌龟都已筋疲力尽，乌龟躲进了深水潭里，蛇则游到深潭东面的山上窥视着乌龟的动静。正在龟、蛇二将打斗停歇时，观音娘娘云游路过，见龟、蛇好斗，就拂尘一挥，撒下两滴净水，乌龟动不了了，蛇也不能动了。久而久之，乌龟变成了在水中的乌龟山，那蛇也变成了一座蛇山。碰巧，乌龟山上真潭寺里来了个睡梦菩萨，为了不让龟、蛇再斗，就一脚踏着乌龟，一脚踏着蛇，龟、蛇从此安耽。

乌龟山不高，但是乌龟潭很深，潭水深度在 30 米以上。由于水势湍急，地理复杂，壶源溪上撑筏人，不管是新手还是老撑筏人，经常会在这里遭遇撞筏翻筏，每到此处，撑筏人都会"猫当老虎抲"。湖源梅洲村潘杏祥，是个老撑筏。他说，一次撑上筏，一篙不慎，撑篙撑进了水底的石磴缝里，人被逼进了水里。湖源寺口村的李宝财说，他见过太多的撑筏同伴在乌龟潭翻筏，他经常为他们打捞漂浮在水上的稻草、柴炭，像松柴、冬笋之类的物品，沉到水底下，还得将自己的筏靠岸，脱了衣裤下水帮助打捞。

青山村是常安东山下村的一个自然村，这个村大多农田在场口六谷湾，一年三曲稻麦播种与收割，都得从青山渡来回往返，每年也总有渡船侧翻人落水的事情发生，真是苦不堪言。不过青山渡的残酷倒是练就了青山村人的坚韧不拔，20 世纪 70 年代，青山村的年轻人扎猛子是出了名的，那里货物翻船沉入水底，必定找他们前去救援。他们曾去场口龙潭埠捞过啤酒箱，救起溺水的人。曾有一名骑自行车送报的邮递员不慎跌入青山渡上游刘家弄村附近的深潭里，一命呜呼。几经打捞未见尸体，死者单位领导最后找到了青山村，村里的几位年轻人义不容辞，喝下几斤白酒为自己壮胆，一个猛子下去，摸不到，上来，再一个猛子下去，摸不到，上来，大家心里有点发毛了，最后三个后生一起扎猛子下去，两位上来了，摸不到，岸上的人心揪紧了，最后一位上来了，他的头露出水面，"噗"地吐出来一口憋久了的气，"寻着了寻着了"，原来，死者被夹在了水潭底部的石壁缝里。

20 世纪 80 年代，青山渡上游建造了青山大桥，青山渡慢慢退出了人们的生活。

壶源點記憶

龙潭埠　壶源口

  在陆路交通较为落后的旧时光，水路即成了物资运输和人员往来的水上通道。江河溪流交汇处大多形成了水路埠头。旧志记载，富春江沿岸县埠有：场口埠、汤家埠、灵桥埠、渔山埠。场口埠在江南永宁村，县南40里。今天的场口，旧时称永宁。永宁是这个地域的名也是一个村名，就像现在的场口地区、场口村。场口埠在木簰头村附近，场口埠即是邑人口中的龙潭埠。

龙潭埠

  龙潭埠，地处壶源溪尾端，百里壶源溪至此与青江和瓜桥江水汇合后，一路奔腾的壶源溪水变得波平水稳，此处水深不可测。传说龙潭与东海相通，东海龙王敖广委派同族老龙驻守在龙潭，掌管着壶源溪。明朝开国皇帝朱元璋，当年兵败经过此地，当他被元兵追赶到此，无法涉水而过之时，是龙潭里的老龙搭救了他，顷刻间从龙潭里升起来一座小山，朱元璋的良驹一声嘶鸣，飞马跨上了小山。这个使朱元璋绝处逢生的细节，原来是天意之作，说的是观音娘娘云游路过，发现真龙天子遇难，即点化老龙化身成潭中一座山。

待朱元璋飞马上了龙潭中央的小山后,酣睡的老龙特意侧过身去,把朱元璋隐藏得严严实实,使朱元璋成功躲过一劫。

　　传说中的朱元璋在龙潭渡口逢凶化吉,然新四军浙西四纵一部却在此曾遭恶战一场。1945年8月,苏浙军区遵照党中央关于转入战略反攻的重大部署,命令在富春江南的第四纵队火速北返,限于8月23日以前,赶到横湖、横畈以北地区集结待命。四纵司令部接到军区命令后,急令正在金、义、浦各地及金萧路西追歼顽、伪和开展地方工作的各个大队,火速集中于富阳龙门、小剡等地,准备北返。8月12日,各路向桑园头村靠拢,14日、15日两天,从青江口北渡富春江。其中从场口龙潭埠过渡向桑园头靠拢的一部,由于情报工作的疏忽,在过龙潭渡时遭国民党富阳县国民兵团自卫队的伏击。顽军埋伏在场口附近的学堂山、木簰楼及东南西北的多个制高点,以碉堡、工事为隐蔽。下午3时35分,顽军用机枪、手榴弹对正在过渡和待渡的新四军一部密集射击,新四军猝不及防,但迅速奋起还击,由于战场环境不利,加上这次奉命北渡,将士们每人身负15斤粮食,行动相对不便,再是因为在过渡,队伍集中,激战五个小时,时至黄昏,顽军担心人力、武器相差悬殊,恐遭四纵主力回击,即撤回桐庐荻浦、章坞驻地去了。此战新四军当场阵亡24人,落水而亡14人。时夜,部队联系民众掩埋阵亡将士遗体后,赶往青江口渡口,与主力一起成功北渡富春江至程坟,并以每天120至140里的行军速度,向集结地进发。

　　富阳旧地图上把壶源溪水注入龙潭处标注为"壶源口",壶源溪上竹筏运输至此即为终点,撑筏人到此即靠岸戕筏卸货,所以龙潭埠岸边经常是竹筏排起长队,像一座竹筏浮桥。龙潭埠地理位置独特,由于青江、瓜桥江的相连,龙潭埠－青江－富春江－瓜桥江－龙潭埠,水流呈环状贯通。由此,富春江下游上来或是下游上来的货船抵达龙潭埠皆为终点站,货船均到此停泊卸货。龙潭埠、壶源口成了物资交易场所,货物的进出口。20世纪70年代,场口供销社物资进口全赖船运,如肥田粉、尿素之类的化肥以及其他农资产品和生活用品,一般从富阳船运至龙潭埠,场口打进的常安、栖鹤、湖源、窈口等乡镇的供销社,均雇人力双轮车来龙潭埠转运物资。如此看来,场口地名即来自于此,其本义为货物集散的场地和贸易的进出口。龙潭埠,是水

壶源的记忆

路埠头也是陆路渡口，所以龙潭渡是这方地域一个不可或缺的渡口。清光绪《富阳县志》记载："龙潭渡，在县西南四十里常安庄，小港中有渡船，龙潭两岸马山和场口都以此过渡，故又名马山渡。"龙潭渡，是壶源溪从末端往回溯的第一个埠头和渡口，因龙潭水深不可测，渡口用木头船摆渡。遗憾的是无法找到当年曾经在龙潭渡摆过渡的摆渡人。

《富春鲍氏宗谱》有一首描写旧时龙潭埠夜景的诗，诗曰："龙潭古迹小壶天，月下登临景更妍。一片清辉皆有色，万家灯火绝无烟。"可想当年月下龙潭景色是多么地诱人。时至抗日战争时期，因富春江天险挡日军于江北，地处富春江南又和富春江贯通的龙潭埠，差点被四面八方涌入的难民、商人挤爆了，龙潭埠景色完全是另一番景象了。富春江上游和下游逃难的难民，走富春江水路都涌向场口龙潭埠，据记载，当时龙潭埠、青江、瓜桥江里停满大小船只，挤了个水泄不通。抗战时期，很多人即在龙潭埠附近搭建草屋开店设摊。由于富阳县政府抗战初期迁至场口镇，场口一时成了政治、经济、文化的中心。随后几年，四川、湖南、福建、江西、安徽、广西等地商贾客帮纷纷来到场口，采办商品。民国三十三年（1944）《浙江商报》报道称："每天从各地汇到场口的货款达 1000 万元以上，杭票的交换额每天高达数千万元。"龙潭埠两岸，舟楫、竹筏排成长队，桅樯林立，蔚为壮观。一到晚上灯火通明，一派繁忙景象。20 世纪 80 年代末，龙潭埠建造了场口大桥，埠头的繁忙景象逐渐消失。

壶源口

王洲古渡

王洲，旧时称"洋涨"。"一点雨星一个泡，洋涨老娘爬上灶。"透过这句民谣，我们可以想象，地处富春江中央的王洲，遭遇水灾时的狼狈不堪。

王洲横亘于江心，把江水劈为南、北两股，北边的仍称富春江，南边的则称瓜桥江。瓜桥江水倒流至龙潭渡，壶源溪水奔流至龙潭渡，两水与富春江相通的青江水合流，再流至青江口注入富春江，形成富春江、瓜桥江、青江三江环流的自然奇观，故此，王洲四面环水，成为江中沙洲。

都说"千山易过，一水难渡"，从西南上沙头至东北鸿丰，略呈长方形的王洲，长达五千米。整个王洲地势平坦，土地肥沃，盛产水稻、小麦及桃子、橘子等庄稼和水果，江水冲击而成的沙土，更适宜种植西瓜，堪称鱼米之乡。然农产品及居民离岛出行之交通仅凭渡船，别无他选。故环洲周围设有多处埠头与渡口。清光绪三十二年（1906）《富阳县志》记载，王洲周围依次有溧水埠、瓜桥埠、塘下埠、庵前埠、桑园渡、凌家渡、五堡渡、洋沙埠（新华埠）、何家渡等埠头和渡口。另外，因实际生产和生活需要，在黄栗树头等处增设小渡口。

清光绪三十年（1904），紫阆徐淡仙编纂的《富阳县舆地小志》记载："由场口庵前埠渡洋涨沙，由桑园头过渡至洋涨沙，通何家埠。此沙周围九埠通船。

君到南江请下车，桑园头渡对何家，庵前塘下瓜桥埠。何家埠左首回龙庵，圆通庵后孙家。大庙右首张家、大庙亭。塘下埠、徐家、何家、凌家，后通大坟山。瓜桥埠通石柱庙、叶家、金家、土谷祠，斜穿上沙头、鲍家等处。

溧水埠通上半沙，翻身回转北江来，对面船从蛇浦开，过了凌家埠投五保埠。净土寺五堡里，通大塔里横路上。洋沙埠外浪花堆，自五堡埠至洋沙埠，近年叠道水灾，外沙多塌缺处，房屋亦被冲坏，不少居民不堪其苦，见着莫不心伤。

壶源韵记忆

洋涨人家住水中，周围九埠往来通，大家都说春来好，十里桃花一片红。二三月间游人乘舟往观，酌酒赋诗兴复不浅。赏罢后折新桃花遍插船头，满眼红紫，趁此春水绿波摇曳而来，煞是好看。富阳一邑，栽种果木之处不少，以洋涨桃子最著名，味亦甚佳。其培植桃树似有秘诀，总较他处得法，每岁出息亦颇不小。"

徐淡仙编纂《富阳县舆地小志》，是通过实地踏勘丈量，后采用打油诗做由头，再用纪实的方法纂修而成，形象生动真实，把富春江中之王洲，洲上村庄排列，进出王洲埠头及洲上所产水果特产记录得真真切切。

瓜桥埠，因为所处的地理位置，相对于其他埠头显得更为重要。因为瓜桥江南岸有一条陆路通道，不仅贯穿起富阳本县西部图山、冯家、宋家溪等村庄，此道还一直通往邻县桐庐的深澳、荻浦、青草等地，基于此，这方地域上的粮食、土纸、竹木柴炭、中草药等土产品外售，老百姓习惯从此道肩挑背扛或用手推车运至瓜桥埠头，或在埠头进行交易买卖，或在埠头上船，走富春江水路运往杭州、上海，再销往全国各地。王洲土地肥沃，物产丰富，其中西瓜为其中之一。孙钟天生勤劳善良孝顺，在富春江中沙洲上种瓜18亩，卖瓜于村口，虽然只是沙土上自己种植西瓜，但只要心地善良，同样可以"博施于民，而能济众"，故孙钟赢得了"济世其美"的好口碑，积善成德，被称为种瓜种德。千年以后的今天，王洲当地还有"瓜桥埠""雄瓜地"等遗迹，种瓜种德遗风犹在，2022年夏，王洲这片土地上种出32.1千克的大西瓜！

尚存的《瓜桥埠集善亭碑记》较为详细地记录了王洲与吴大帝孙权祖父种瓜于此的记载，碑文曰："天地以人传，因种瓜之处有桥，以瓜桥名；因瓜桥之处有渡，以瓜桥埠名。"

时至清光绪年间，地方诸公劝募釀资，建造了老样子的瓜桥埠，两岸埠头筑有数十级台阶，南岸建一亭子，以便津渡。

另在曹氏宗祠内遗存清乾隆年间《溧水埠碑记》(残缺)一块，细辨大意为：里人雪巢公，见溧水埠过渡人常遭风雨突袭之苦，在溧水埠修建凉亭一座，以供待渡人遮风避雨歇脚之处。《富春王洲金氏宗谱》中有描述瓜桥埠渡口景象的《瓜桥竞渡》诗一首："古迹瓜桥接四郊，东西南北往来绕。长潢隔堑人难越，小艇冲波渡易招。心急步迟嫌捷足，蜂屯蚁聚喜同桡。舣涯未及登途尽，对岸声声唤疾摇。"

  《瓜桥竞渡》给我们展现了当年渡口的繁忙与人们涉渡不易的景象。自然，渡口带给人们出行方便的同时，也存在着诸多安全隐患。1995年11月由当代中国出版社出版的《富阳公安志》记载，20世纪70年代，塘下埠等埠头，渡船因超载翻沉，溺水而亡数十人之多。而后，在瓜桥江上构筑堤坝，瓜桥江变成了养殖场，堤坝则成了江上沙洲通往陆路的通道。从此，王洲不再是四面环水的江中沙洲，随着陆路交通的逐步完善，往昔的水路埠头及渡口也随之废弃。

抗战时期的场口

1937年七七事变,抗战全面爆发。8月13日,淞沪会战打响,中国军队欲血奋战三个月,至11月9日全线撤退,11月12日,上海沦陷。接下来,日寇长驱直入,12月24日,杭州沦陷。同日,日军侵占富阳县城,富春江北大片土地沦为敌占区。国民党富阳县政府及富阳县城大多商家纷纷迁至富春江之南场口镇。

1938年2月,富阳县政府为贯彻浙江省主席黄绍竑签发的"浙江省战时政治纲领",决定成立"富阳县战时政治工作队",具体任务为动员、组训各乡民众,准备抗日自卫,支前和防止敌特渗透,反对汉奸卖国等。招考政工队员的布告一贴出,五六十名小学老师和失学青年积极报名。经过考试,录取22人为政工队员,并于3月9日,在场口学堂山上召开"富阳县战时政治工作队"(简称"政工队")成立大会,队长由时任县长陈学平兼任。接着成立了"富阳县抗敌自卫委员会"(简称抗敌自卫会),"政工队"归属"抗敌自卫会"领导。4月25日,全体政工队员前往金华集训半个月。

5月11日,政工队成员返回场口驻地。省政工队10名成员同来场口,他们当中的王子达、李文雄两人为中共党员。随后,政工队长由省政工队队员姚旦担任,其后完善了政工队规章制度和工作计划,订购毛泽东的《论持久战》、艾思奇的《大众哲学》《游击战术》等读物。5月中旬,在龙潭庙戏台上,全体队员上台演出《放下你的鞭子》《松花江上》等剧目,发动民众起来抗日,观众达1000余人。

1938年7月7日,召开纪念大会,公祭抗敌阵亡将士,同时设立"献金箱",募集款子,建造"抗日阵亡将士暨罹难同胞纪念碑",并在禾迦山举行奠基仪式。8月,政工队员忻贤来在萧山抗敌自卫委员会指导室施鸣时的引导下,秘密加入了中华民族解放先锋队(简称"民先")后,陆续在富阳政工队内发展了李国樵、孙京良、李云珍等十余人加入了"民先"。

  后来他们联系上了省"民先"。省"民先"负责人为金衢特委委员王平夷。其后在省"民先"的指导下，培养了一批先进骨干。1938年底，中共金衢特委委派中共义乌县委组织部部长李乐山前来富阳重建党组织。李乐山部长是富阳常安人，他先后两次来富阳，发展了李国樵、孙京良、孙眉青、忻贤来、李云珍、刘成等人加入中国共产党，并于1939年1月，在场口真佳溪张雪莲家楼上，举行了入党仪式。自此，中共富阳县特别支部成立，选举李国樵同志为书记。"特支"建立后，先后在下图山、小剡、塘头、窈口乡联合办事处建立四个中共党支部，为解放战争时期建立地下交通线奠定了基础。

  是年夏，县政工队创办了以宣传我党抗日主张和推动抗日民族统一战线为主要内容的油印刊物《富春江》。7月7日，全面抗战两周年之际，县抗敌自卫会、教文会联合举办"土戏培训班"，以场口越剧戏班"景山盛舞台"艺人为基础，加入抗日宣传队伍，进行巡回演出。冬月，县教文会购置一批抗战书籍，租用场口街上街头五号房屋，开设"战时书报阅览室"。来自富阳县城的新文化书店老板金筱春，争取县政府的支持，在场口恢复营业，使战时学生有书可读，做到一边学文化一边接受抗战教育。美术教员沈颖夫，绘制门板那么大的抗日宣传画，悬挂在场口街上。金炳南书写"国家至上，民族至上！""国家存亡，匹夫有责！""有钱出钱，有力出力，支援抗战！""抗战必胜，日本必败！"等标语，成片张贴，抗日氛围十分高涨。1940年元旦，富阳各界在场口马山滩举行元旦庆祝大会，晚上演出话剧《李四爷》、京剧《灭仇记》《战胶东》等新编抗日剧目。为把禾迦山破庙改造为剧场，现场还开展募捐活动。是年10月，日寇流窜场口，掼下炸弹无数，富阳县政府转迁至常安安禾，其时，蒋伯潜、张堃、蒋祖怡等耆宿继续编撰《文献季刊》。后县政府又迁至常安景山脚下沧洲村，该村背靠景山，前临壶源溪，打起仗来可退可守。

  民众始终坚持以各种方式进行抗日宣传，常安民宅墙上，画有组画，画的是老百姓被日寇强迫着做挑夫，然后奋起反抗，抡起扁担朝鬼子头上劈去。1943年元旦，战时创办的富阳县初级中学、善政乡小学及县反敌行动队联合在小剡村举行游艺大会，演出了《枫林镇》《烙痕》《夜之歌》《最后一个坑》

等新编抗战剧目。

因富阳县政府迁至场口，场口当时为富阳县政治、经济、文化的中心，加上天设的富春江犹如一道天堑拒日军于江北，相对而言，场口暂时为安全的处所。故时有杭州、嘉兴、宁波、绍兴、萧山等省内多地商人为避战火纷纷来到场口开店设摊经营买卖，更有四川、江西、福建、湖南、安徽和广东等省商贾客帮前来场口采办商品，浙江地方银行在场口设立物资采购处，官商、军商办的商行、公司、贸易社、货栈，还有肩扛手提做单帮生意的人纷纷涌入，场口可谓万商云集，集市繁荣，一时间，原来的街面容纳不下骤增的商户商贩，街市向马沙滩、龙潭埠及对岸的叶盛村、青江村延伸，临时搭建用来开店的草屋足有几里路长，时称"草舍街""江东街"，成了商品交易集散之地，商品之多，交易之大，民国三十三年（1944），三墩交易市场遭到日军破坏后，更多的商贸交易转移到场口，场口商贸更为繁荣，其规模超过三墩。"

场口，时有"小上海"之称。

瓜桥埠街市

瓜桥江也就是壶源溪尾端，与青江、富春江贯通环流，水流相对平稳，故上下富春江装运货物的船户，必定要在瓜桥江上作稍长或短暂的停泊，或在此转运货物，或进行货物的交易买卖，久而久之，形成集市是顺理成章的事。一趟船摇下来，货物运到了埠头，劳累的船工，到埠头酒肆前坐下来，喝上几碗瓜桥埠人自己酿造的土酒，舒缓一下体力，消除一路上的疲劳，瓜桥埠对他们来讲像是途中驿站。做木头、毛竹、柴炭、药材、土纸、烟叶等生意的商贾们，在酒馆里坐下来，与客户品着杯中酒，坐在岸上酒馆里，望着江中泊岸的舟楫，谈着下一趟的生意，度一片惬意的时光。

王洲，江中冲积而成的沙洲，土地肥沃，宜种水稻、小麦，盛产橘子、西瓜等。鱼米之乡，粮食富足，把粮食用来酿酒。于是，瓜桥埠人家倾家皆会酿酒，谷烧、麦烧、番薯烧，制酒的秘笈源于三国东吴，所以，瓜桥埠的酒，说是土酒，其味浓而不涩，柔绵醇厚，实为当地特产。瓜桥埠水路埠头集市，大小不一的酒馆酒肆不是一家两家，而是布满瓜桥江两岸。王洲人酿酒、卖酒也喜欢喝酒，作为东家，给客人敬上一碗自家酿造的美酒，总是显得那么地慷慨大方，加上豪爽的性格，洪亮的声音，客人们往往会被东家的好客所感染，于是甘醇的土酒干了一杯又一杯，几杯酒下肚，客人酒兴大增。商贾们在瓜桥埠头喝醉了酒那是常有的事，不过也经常在瓜桥埠谈成了生意。做小买卖的摊主、单帮生意人穿行期间，使街市热闹不少。曾经的瓜桥埠头，岸上竹木柴炭成堆，江中舟楫成行，桅樯林立，一派水路埠头街市的繁忙景象。

《富春王洲孙氏宗谱·孙洲记》记载："自春秋时，有孙明者，见其地千趣万态，构室而居之。"这告诉我们，王洲上居住人始于两千多年前的春秋时期。《四库全书·异苑》卷四记载："孙钟，富春人，坚父也。与母居，至孝笃性，种瓜为业。"孙钟，种瓜为业，瓜地面积达18亩。至今，王洲尚存"雄瓜地"遗址。《富春王洲金氏宗谱·富春王洲记》记载："昔处士孙钟隐居于洲，每岁设瓜报祭天地于其桥上，因名曰'瓜桥'，亦称'瓜邱'。"这应该是瓜桥地名的来历吧。小小一地名，传承的却是千年历史和地域文化。孙钟种瓜卖瓜，或用船从瓜桥埠头装船，从富春江上运至钱塘出售，或设摊于瓜桥头。于此，可以推断，瓜桥埠头最早的摊铺是孙钟的西瓜摊！或者说，正是因为孙钟设瓜摊于桥头，而后才慢慢形成集市。

时光荏苒，沧海桑田。迨清朝，瓜桥埠街市已消失殆尽。邑人为纪念三国东吴孙氏发迹于此及使瓜桥埠当年街市景象传于后人，有人专门醵资建造了"集善亭"，邑人徐凤辉撰写碑记。碑记曰：

"瓜桥当富春西南之冲，为后汉孙钟之故里也。志传称，孙钟种瓜养母，以孝闻，后得异人指示，乌石山之地葬其母，距家二十余里，路险峰高，时有神助，异人化白鹤而升，今名其山为白鹤峰，俗呼天子岗。以吴大帝说者，谓孙氏之称霸东吴，鼎分三国，其发迹之业始于此。天地以人传，因种瓜之处有桥，以瓜桥名，因瓜桥之处有渡，以瓜桥埠名。明县志称其地为孙洲，自感化庄以外称洋涨沙，盖前代尚分两沙，今并为一矣。且孙氏迁居此洲最先，并成霸业，今不称孙洲而称王洲，亦名瓜桥之意耳。环洲皆江，瓜桥滨南之小江，其埠向有市镇，立官盐栈，今则移于场口。欲问昔之某街某巷而遗老尽矣，残碑断碣，湮没失所矣。嗟呼！瓜桥之有市镇百年之间耳，仅得之父老传闻，况孙氏三国，迄今千有余年哉。今同里诸公鉴斯埠之此也，劝募多金，议建造前代老埠之式，两岸筑石数十级，南岸建立一亭，以便津渡。亭南百步为上下通衢。其亭旧在小浦之东，石级上镌父老传云，始为宋家溪冯三房建造，后至嘉庆间，石级上有汪兴发重修字样。年久瓦椽俱坏，只存石柱一半露面，盖大水涨没故也。今因渡口改移于此，复于大小浦修桥各一，渡口延僧设斋，作水陆道场，并禁捕鱼，沿旧例也。是役也，费资五百余金，经始光绪二十五年三月，落成于二十六年正月。"

世事沧桑，不禁让人感叹。

前些年，挖掘老街文化，总以为王洲肯定有过街市，并且相当繁华，因为它有水路优势，还是水陆交通枢纽，尤其在陆路没有像今天这样发达的旧时光，更是因为它早在东汉时就有人居住于此。然而询问了数位老人，都摇头表示说王洲没有过街市，当追问"为什么没有"时，其中一位老人说了句"因为王洲近着场口街上"。也是，场口街市自古有之，且商贾云集，街市繁华，为全县"十大农村集市"之一。于是，《老街记忆》，王洲老街没有记忆，缺位。而现在可以肯定地说，王洲，后来没有了街市，但是很早以前，曾经有过繁华的街市，街上不仅有普通的店家商户，还设有只许官商经营的盐栈。《富春王洲何氏宗谱》有《壶溪酒市》诗一首，倒是形象地呈现了当年瓜桥埠街市的酒家和街市的场景。诗曰："百里壶溪折不回，溪头酒市几家开。瓜桥水濛撑船人，石涨潮平絜槛来。高挂轻帘遥有象，远流活水净无埃。醉翁得趣倾家酿，还到街头饮数杯。"

老街遗韵

陆路尚不发达的旧时光，水路显得尤为重要。货物的运输除挑脚班肩挑背扛，主要利用筏运和船运。由此，江河溪流则成了人们赖以生存的源头，大多商贸街市都处在江河溪流的水口或埠头。

壶源溪流程长、流域广，沿岸街市较多。场口、大田、小剡、横槎、小樟村、图山、东梓关等处，都形成了大小不一的街市。从地理位置上看，场口、大田、横槎、小樟村街市处在壶源溪场口至小樟村纵轴线上，小剡、大田、图山、东梓关街市处在龙门、上官至常安及桐庐深澳的古道之上，一纵一横交叉于大田街市。大田恰好处在一个十字路口，往返此道皆可在大田转道，去往更多的方向。

小剡老街遗存

大田地处交通枢纽。抗日战争时期，富阳县城规模较大的王振和药店，为避战乱，迁至大田，一直到抗战胜利才迁回县城。其间，由于交通的便捷，开设在大田街上的王振和药店，营业正常，周边桐庐、建德等地商人常来大田王振和药店拨货。

小剡和图山，离江河溪流都比较远，它们的街市形成与繁荣是在特定的时代背景之下。1941年，受战事影响，不少学校被迫停学停课。救国不忘读书。在社会各界有识之士的倡议下，经国民党当局多次磋商同意后，址选小剡村李氏宗祠，创办了"富阳县立初级中学"。学校创办，人气骤增，加上富春江水路被日寇封锁,从萧山至场口再至桐庐深澳,挑盐、挑米、挑纸的挑脚班,翻山越岭,走的是旱路,小刹是必经之路。由此,小刹村街市一度繁荣,并写下了一段特殊的历史。

图山,既与小刹处在同一条古道之上,又是湖源山里转道集镇埠头东梓关的必经之路,街市自古有之。图山大多村民以行医为生,挖草药开药铺坐堂问诊,如擅长内科的詹云熹,擅长儿科的臧宝善,以治疗"天花"见长的陈品华、陈品贤,专治骨伤的张清高等,还有治疗疑难杂症的草头郎中柴水根、凌松昌、孙菊珍等,街市上几乎都闻得到药香味。

除了药店以外,值得一提的是柴悦昌南货店。柴悦昌南货店,说是一爿店,其实经营着三爿店,京货店、南货店及开在上海四马路的富春纸行。柴家勤俭持家勤劳致富,至今还在破败不堪的图山街上经营着小卖部的柴增昌告诉我说,其爷爷柴治田一生勤劳节俭,需要两个人踏的水车,他一个人踏,重量不够就在背脊上背上两块大石头。舍不得吃舍不得穿,一件棉袄、一条棉裤要穿十来年,补丁打补丁,打成了百衲衣,棉袄九斤重,棉裤九斤重。父亲把爷爷的这对百衲衣当成传家宝,他们小时候,每到年三十的晚上,父亲要把爷爷的这套百衲衣,在上横头搁机上摆一摆,以示对爷爷的缅怀,也是对小辈的教育。其父柴凤鸾与其叔柴凤锦(又名柴悦来),兄弟孝悌,哥哥在家开店管理纸场和田地,弟弟在上海四马路经营一爿富春纸行,兄弟俩合作默契,从未红过脸。父亲每次从上海回来,总是家里衣裳一换,直接到自家毛纸场,卷起裤管洗料,卷起衣袖抄纸。柴家人勤劳节俭尊重长辈兄弟孝悌的家风代代相传,一大家人和睦欢乐,生意越做越红火。柴悦昌成为方圆几十里名声在外的店号,富春纸行享誉江浙沪。

图山街市最热闹的时间也是在抗战时期,因往返萧山与桐庐、建德的挑脚人,大多会在图山街上进行商品交易和买卖。

东梓关,地处富春江畔,由于富春江水路优势,设有王家埠、官船埠、庙湾埠、泥沙滩埠、轮船埠等多个埠头,地理位置得天独厚。由此,很早以前,东梓关已成为商贾云集客流如梭的商埠集镇,尤其到民国时期,商贸集市更趋繁华。从长塘至越石庙的东梓街上,茶馆、饭馆、酒肆、肉铺、药铺、裁缝铺、诊所、米行、纸行、烟行等,馆、店、铺、肆五花八门应有尽有。

壶源溪记忆

江边每天都有官船、商船、渔船夜泊东梓关埠头，不管是白天还是夜晚，东梓关热闹非凡。

横槎、小樟村处在壶源溪纵向古道之上，街市的形成均为人们生活所需。山里人经营一爿商店实属不易。店家进货，很多时候须雇人挑店货，从场口挑一担黄豆、大米或是其他的油盐酱醋。百步没轻担，挑着担子翻山越岭，其艰难的程度可想而知，所以，有的挑脚人宁可沿着壶源溪走石溪滩路。

场口，地处富春江之南，壶源溪尾端。旧时，与富春江沿岸汤家埠、灵椿埠、渔山埠为四大县埠，与汤家埠、柏树下、灵椿、大源、大船埠、盛村、里山、渔山、杨埠场为十处农村集市，街市自古有之。街市从石塔山脚盐店埠至龙潭埠木排头，街长二里有余。有前街、后街、上街、下街、横街。前后上下等街通过潘家弄、李家弄、舒家弄、石断桥弄、石扶梯弄等弄堂互为贯通。店面鳞次栉比，店、馆、铺、行、肆、坊星罗棋布，曾有大小商铺店家1320家之多。

1937年抗战全面爆发，同年年底，富阳县城沦陷。国民党富阳县政府迁至场口镇，县城迎薰镇上大多商户店家也纷纷逃离县城来到场口。

富春江犹如一道天堑拒日军于江北，相对而言，场口成了相对偏安的处所。如此，衢州、兰溪、金华、建德等地避难的百姓，乘船从富春江而下来到场口，杭州、嘉兴、湖州、宁波等地难民从钱塘江逆流而上来到场口，场口镇上人口骤增，时有人口五万之多，并且他们当中大多为生意人。1941年以后，抗战由防守转入相峙阶段，富春江两岸敌我隔江对峙的军事形势有所缓和。江南地区的农业、手工业和商业渐次得到恢复和发展。散居在江南地区逃难出来的商贾也陆续搬迁到场口街上开始复业。这样，造成场口街上争相开店经商的局面，原有街面远远不够。由此，在龙潭渡前面的马沙滩、对岸的叶盛村一直至桑元头村，沿江搭建起临时草屋开店设摊千余爿，时称"草舍街""江东街"。龙潭埠头货船、竹筏排成长队，桅樯林立蔚为壮观。

得天独厚的富春江既是拒敌于江北的天然屏障，又是物资运输的水上航道。在没有公路、汽车的情况下，富春江成了南北物资流通的大通道。就是在富春江被日寇封锁期间，肩挑手提的跑单帮的商人，照样从敌占区闲林埠、凌家桥、三墩将盐和各种工业品聚集场口进行交易；宁波、萧山、绍兴的水产品、食盐、土布等，也由挑脚的人经楼家塔翻石板岭到场口；金华、衢州、严州的土特产经兰溪，顺富春江而下至场口。场口始终是这三个方向物资的集散地，商品之多，交易之大，时有"小上海"之称。

民国三十三年（1944），三墩交易市场遭到日军破坏后，更多的商贸交易转移到场口，场口商贸更为繁荣，其规模超过三墩。

时有四川、江西、福建、湖南、安徽和广东等省商贾客帮均来场口采办商品。宁波、绍兴、萧山、杭州等地商人聚集场口开店经商。浙江地方银行在场口设立物资采购处，专门收购单帮（流动商人）从沪杭偷运出来的货物。官商、军商办的商行、公司、贸易社、货栈等相继建立，不少人做起了空手生意——掮客。南来北往的物资交易在掮客的"牵线搭桥"之下，买卖成交，可谓万商云集，街市繁荣。

随着市场的兴旺，客帮纷至沓来，豪商巨贾、掮客、摊贩日益增多，为其服务的酒楼、茶馆、旅馆、浴室、歌舞厅、咖啡馆、剧院、诊所应运而生。民国三十三年（1944）《浙江商报》记载："每天从各地汇聚到场口的货款达1000万元以上，杭票的交换额每天多至数千万元。只要是后方需要的商品，这里应有尽有。"

1945年8月，日本侵略军宣布无条件投降，中国人民的抗日战争取得胜利，各地水路交通相继恢复，大部分商店迁回县城，场口商贸的繁华慢慢消失。

潭和渔

壶源溪流程长，水流时而湍急时而平缓，一路上深潭、溪滩众多。从湖源汤家村附近的老虎潭至场口龙潭，天然形成的深潭、溪滩、洄水潭、倒凹湫，依次有乌龟潭、剪刀湾、董家潭、官庙滩、六石潭、沧头滩、蚌潭、荞麦潭、狮子潭、沸腾潭、中山潭、神堂潭、金刚潭、石马潭、磨麦潭等，还有一些没有取名的深水潭。这些深水潭是各种鱼类生存的理想环境。壶源溪上鱼类繁多，有白鱼、鲤鱼、黑鱼、鲶鱼、鳗鱼、砧鱼、逆鱼、九仓煲、洋石虎、婆婆鱼、刀鳅、横杠泥鳅、红铁烧，等等。一些鱼不知道它的学名，姑且允许给它们写土名字吧。

壶源溪上的渔事，一年四季不间断。冬天，下水太冷，采取钓的办法。挖几条蚯蚓，放在搪瓷罐里，拿上鱼竿，在溪边杨柳树下的草滩上一坐，鱼竿往溪水中一甩，清澈见底的溪水游鱼可见，所以，钓鱼人可以观赏溪水中鱼儿上钩的全过程。到了汛期，壶源溪发大水时，仍然有鱼可捉。发大水的日子，村里人把整年放着不用的摆网拿出来，去稳水湾里摆网，或多或少定能摆到几条鱼。壶源溪大水来得快退得也快，沧头滩溪滩大柳树多，柳树根部的水洼是鱼们的休闲场所，由于大水退得快，很多被大水冲进水洼潭里的大鱼来不及游走，被困在了水洼潭里。有捉鱼经验的人，每次大水后，就抢在前头去沧头滩上水洼潭网鱼，有的水洼潭水浅，那鱼直接在水中搁浅，像抱小孩一样，把鱼抱回家。

到了夏天，壶源溪水浅下去，溪中央溪滩露出来，就成了人们的游乐场。用石头砸鱼、用铁丝抽鱼，白条鱼和红铁烧喜欢出游，抢着活水往上游。这样，它们就暴露了目标，经常遭到渔人的袭击，有的被石头砸烂了头，有的被铁丝抽断了腰，惨不忍睹。石斑鱼、刀鳅之类的习惯蜗居，整天宅在石头缝里，很难有下手的机会，不过有时也难逃渔人的火眼金睛。总之，渔人只要去溪里捕一回鱼，一碗鲜鱼是肯定有的，然后折一根柳条，剥去枝条上的皮，从鱼鳃里穿进，再从嘴巴中穿出，把一条条受伤的鱼串成一串。

到了八九月份，生产队田里的晚稻差不多已施了肥耘了田，通常叫"晚稻上岸"。农事稍微空一点了，这个时候，村里的年轻人就会去买来鱼屯精（茶叶治虫用农药），稀释到深水潭里，隔上20来分钟，大鱼小鱼们就犯晕了，水面即时上演一场鱼儿们上窜下跳的舞蹈。此时，即是拉开捕鱼大会战序幕的时候。水性好的年轻人，拿起渔网，潜入深水区，鱼儿们有的"嗖嗖"地跃出水面，来个腾空翻，划出一条弧线，不管它们怎么跳跃翻滚，落下时都进了迎接它们的渔网。有的浮在水面，嘴巴一张一合，我们称之为"翻白了"。这样的鱼就容易捕到，把手中的网兜从水下轻轻地兜起来，鱼就在网兜里了。

捕到一条大鱼，大多人会叫起来，哦，黑里头！哦，螺蛳青！也有人是不声不响的，悄悄地用手的中指钳住一条鳗鱼，咔住一只甲鱼放进蟹篓里。最为热闹的是在溪边上翻开石头捡小鱼的妇人和"小鬼头"了，每当翻开石头，看到一圈拥挤在一起"啪啪啪"摇着尾巴往石头缝里钻的婆婆鱼、傻子鱼、烟筒头、洋石虎、黄杠泥鳅时，总要先大叫一声"哇"，然后用手捧进竹箪或四脚篮里。

这样一场渔事结束，每家每户饭桌上至少摆上了两碗鱼，有的还晒起了鱼干。壶源溪的鱼干真好吃，不管是烩一下、蒸一下或是做成鱼汤，那鱼肉用手可以撕下来，骨头归骨头鱼肉归鱼肉，这鱼肉一丝一丝，放进嘴里一嚼，满口鲜香。

如果没有参加这样一场捕鱼，你就会觉得这个夏天好像缺了什么，感觉夏天还没有过去。

富春江里有一种鱼叫逆鱼，每年春季油菜花开的季节，会循着壶源溪溪水往上游，然后在合适的深水潭里产籽。在壶源溪上过一个夏天，待到九月秋风起时，打算回游到富春江去。每年上下迁徙，犹如走亲戚一般，雷打不动。回游时间大多在一场大雨过后，溪水稍涨时它们便开始行动。

捕逆鱼的最好方法是设坝。选择溪域较窄的地方，两边用石头垒成溪坝，中间留出流水的地方，相当于设卡拦截。逆鱼迁徙成群结队，黑压压一片，队形基本是大鱼在中间，小鱼在两边，一群鱼下来，被拦捕的鱼少则几百斤，

壶源溪記憶

多则几千斤，需要用谷箩担挑鱼。

湖源百庄村的方浩生，是壶源溪上的捕鱼能手。说起捕鱼，他说因为壶源溪溪床是沙石，与河床是淤泥的河道有区别，再说壶源溪的水是高山水，所以，壶源溪里鱼只要清水煮煮，放几粒盐，弄点酱油蘸蘸，吃起来就很香，一点腥味没有。他还说，从七八岁开始，他就学会用蚯蚓钓鱼，半天时间能钓很多，用杨柳枝把鱼串起来，多的时候有十多吊，背不动就拿来拖。后来他当生产队长时，村里小伙子结婚娶老婆，办婚宴没钱买鱼，他就想办法捕鱼，有时候能捕四五百斤鱼。再后来他当大队长，过年没有什么可发的，组织几个人捕鱼，每次捕鱼总在千斤以上，全大队每家每户每个人都能分到鱼。

壶源溪上捕鱼还有一种方法就是拉大网。大网即为鱼网网眼大，只网大鱼，不网小鱼，故意让小鱼逃走，保持鱼类生态的平衡。

水 碓

溪流上构筑堰坝，是为了科学地控制和利用天然水资源。清光绪三十二年（1906）《富阳县志》记载，壶源溪上筑有泥桥坝、东山堰、安禾坝、湖山坝、壶溪坝、永和坝、长潭坝、铜柱坝、沸潭坝、梅洲坝、臧村坝、雅甘坝、神堂坝、双坝、天井坝、大庙潭坝等堰坝，以捍水势、扼水源，用于灌溉粮田和生产生活所需，灌溉面积在千亩以上的有泥桥坝、安禾坝等大堰坝。除此以外，还有一样重要的用途是设立水碓，用来舂做纸的原料。

料堆

为利用壶源溪水资源，横槎村的前人在村口溪上构筑起一条新坝，以拦截壶源溪水。新坝的建造，成功引入两股壶源溪水，一股引入穿村而过的内凹，内凹上设有多个凹埠，村民们用来淘米洗菜。内凹的水流过村庄后正好用来灌溉农田。经过农田后，内凹的水重新汇入壶源溪，在内凹水注入壶源溪口的地方，造2轮水碓，4个碓头用来舂谷、舂米。另有一股水引入外凹，外凹上建有4轮水碓，8个碓头专门用来舂纸料。内凹、外凹，新坝之功能不亚于李冰父子设计建造的都江堰。横槎村犹如横在壶源溪上的一竹筏，三面临水，引壶源溪水极为方便，内凹、外凹一年四季不会断水，村里何才德老人回忆，水碓一年四季不停，槽户们轮流上场舂料，小户2—3天，大户5—6天。由于壶源溪水水质好，横槎村生产多种土纸，如长边纸、四六屏、纽扣纸，尤其是纽扣纸，其质量是名声在外，想当年，横槎村有何向记、洪响记、高田记、恒来福等纸号，还有人把纸行开到湖州

壶源溪记忆

等地。

壶源溪下游安禾、大田、董家、横溪、东山下等村庄，在蚌潭坝处挖了一条大凹，引壶源溪水为设水碓、舂纸料所用，引水口筑有一个大窨洞，窨洞大到可以放竹簰。大田村李建明回忆，当年去湖源山里买做纸的细竹、石竹，一捆捆扎成竹簰从壶源溪上放下来，放到此处就从大窨洞里过，这样可以直接到料场，起岸快活多了。

这条大凹依次流过安禾、大田、董家、横溪、东山下等村，最后在东山下村青山自然村（乌龟山上游）处仍旧汇入壶源溪。

开挖这条大凹的主要目的是设立水碓。水碓，是古代劳动人民智慧的结晶。它是利用水力、杠杆和凸轮原理设计而成的机械，用于舂谷、舂药材、舂竹浆等，壶源溪两岸的水碓基本上用来舂做土纸的竹料。水碓地理位置的选择有讲究，必须在水流有相当落差的地方，再则水碓舂起来有"嘭嘭"的声音，会影响村人休息，所以水碓的位置一般选在离村庄有一定距离的地方。安禾村今年92岁的倪应位回忆，安禾村在小溪滩、杨家堆、乌泥堆、新堆边、上星堆、下星堆等地方，设有7轮水碓，共有14个碓头。大田村李建民回忆，上沙地、下沙地、大礀田塍和朱家塘4个自然村，分别在北边凹、外凹、园谷潭、下家门口等地方设有6轮水碓12个碓头。董家村董良中回忆，董家村在仇碓凹和石壁潭设有6轮水碓12个碓头。横溪村的李仁昌回忆，横溪在村庄北面设有2轮水碓4个碓头，还建有发电站一座。东山村张培春回忆，东山下在村南口子上和村北近乌龟潭处各设1轮水碓共有4个碓头，为保证水碓用水，他们村在上游横溪村东面建有小潭坝，从小潭坝至水碓挖一条碓凹，小潭坝作用主要用来蓄水，水小时把水拦起来放入碓凹里。汛期水大的时候，大凹的水就往皮镬潭方向泄掉了。小潭坝上去100米，筑有东山堰，东山堰的作用是扼大凹的水往狮子凹流，以保证东山畈农田灌溉，真可谓一滴水都不浪费。

如此算来，从安禾村往下至东山下村的5个村庄，在大凹上依次有23轮水碓46个碓头。每当有水的季节，5个村庄的水碓同时开碓，一旦开始即是通宵达夜，大家轮流上场舂料。买竹、舂料、做纸，是壶源溪两岸村庄集体化时期唯一的副业，每到天晴的日子，草滩上、山坡下晒满黄纸和毛纸。

大田村口有一处几千平方米大的草滩,大家称之为"溪滩里",晒纸的日子,大家把一块块做好的纸块在一根木头枕上捻松,然后 3 张或是 5 张一份,在草滩上摊开,为防止被风吹掉,在摊开的纸上压上细长的竹竿。那场面可以用蔚为壮观来形容。

20 世纪 80 年代初,土地生产承包责任制落实后,不少农户仍坚持利用水碓舂纸料,随后做纸的人越来越少,至 20 世纪末,基本上结束了水碓的利用,零星几户做纸的舂料采用电动石磨来碾纸料。至今,当年的碓凹早已毁弃,水碓被废弃,水碓房、抄纸的纸槽屋也已坍塌不堪,有的在上面建造了民房,有的被夷为平地,寻一处水碓遗存已经很难,当年设水碓舂料的 5 个村庄,唯有东山下村口原水碓处还有一处行水板和闸板凹槽可见。

壶源溪水,对于两岸纸农来讲可谓是得天独厚的条件了,我们无法知道前人利用壶源溪水始于哪个朝代,《富阳县商业志》记载,民国二十二年(1933),富阳县景山乡大田村成立壶源长边纸同业公会。可以推测,壶源溪流域做纸是有一定历史的,只可惜随着时代之变,水碓、做纸这样的字眼只有留在 60 岁以上人的记忆里了。

寻访
XUNFANG

景山阻击战

1937年11月，日本侵略军在伪军周凤岐部的带领下，从余杭翻越铜岭进攻富阳。国民党富阳县政府速从迎薰镇迁至富春江南岸的场口镇。12月24日，日寇侵占富阳县城，富春江北大片土地沦为敌占区。

1940年10月，日军纠集6000余兵力，对富阳发动大规模轰炸，12日晚，国民党富阳县政府所在地场口镇被日军侵占。13日凌晨，侵占场口的1000余名日军沿壶源溪南进，企图进犯浦江县马剑（今诸暨市）等地。天亮时分，日寇窜入景山乡（今常安镇）沧洲、黄泥山一带，在此布防的国民党陆军（以下简称"国军"）79师235团、237团予以阻击。

早上6时许，战斗打响。日军多次向国军阵地发起进攻，遭到国军以235团为左翼，237团为右翼的有力阻击。日军数次进攻失败后，速在沧洲、六宅磡两地构筑炮阵，在香草墩架设多门轻、重机枪，再次发起进攻。先用炮火猛轰国军阵地，再由轻、重机枪远距离射击，掩护步兵冲向国军阵地。国军将士勇猛顽强，沉着应战，再次击退日军的冲锋。

日军几次冲锋未能如愿，即请求空军支援。时至中午时分，两架敌机飞临国军阵地上空，投下炸弹。接着又飞来三架飞机，这次的敌机对国军阵地实施低空飞行扫射与轰炸。驻守在长山岗一线的国军将士们伤亡惨重，阵地一度失守。地面日军乘机再一次疯狂地向国军阵地发起进攻，国军伤亡较大，有的阵地失守。战场上硝烟弥漫浓烟滚滚，国军将士临危不惧前赴后继浴血奋战，将士们拔出刺刀，怒喊着"杀"声，冲入敌阵，与日军展开白刃战，使得日机发挥不了作用。阵地上刀光剑影，血肉横飞，使日寇飞机无法轰炸扫射，敌机见状只好飞离战场上空，寻找外围轰炸目标。国军师部命令炮兵集中火力向敌机发起对空射击。一架日机再次低飞扫射轰炸国军烈坞高地时，即被我方击中，受伤日机拖着浓烟狼狈逃窜。235团在炮火的掩护下，迅速冲上烈坞高地，与日军展开生死肉搏，打退敌人，阵地失而复得。

时至傍晚时分，日军山炮齐发炮声骤响，但是没有发起进攻，原来是用来掩护残部逃离。日军趁着夜色翻梧岭向龙门方向仓皇逃离。

此次战斗，国军将士打死打伤日军数百人，被毙大队长以下军官5人，掉队的大尉梅次郎被常安东山下村、场口真佳溪村民众围歼打死，机枪队上等兵小林勇被活捉。

战斗发生在景山乡（今常安镇）境内景山脚下，史称"景山阻击战"，是富阳抗战史上最为惨烈的一场战斗。国军79师235团牺牲官兵156人（碑文记载），其中少尉排长朱孟若为富阳人。又据79师"沧洲黄泥山阻击战"战况报告记述，235团牺牲官兵170人，失踪16人，受伤201人。237团牺牲官兵76人，失踪50人，受伤74人。

战斗一打响，富阳县政工队第一时间派人到小剡、下图山两个中共地下党支部，要求发动党员和民众募集慰劳物资、组织担架运输队，积极开展支前活动。中共小剡支部书记何益生，接到通知后，立即召集支委会，与政工队同志一起，组成几个小分队，由支部委员带队迅速下村，发动党员、农会骨干及广大民众募集物品，慰劳参战将士，还烧好热饭热菜及茶水，送上阵地。战后清理战场，掩埋阵亡将士遗体，并于1941年4月，以景山乡全体民众的名义，立"陆军七十九师抗敌阵亡将士纪念碑"于战场之上，以示敬仰与铭记。

2018年4月，景山阻击战纪念公园在当年战场遗址建造，总投资215万元，用地面积4.87亩，建筑面积214.4平方米。

附：陆军七十九师抗敌阵亡将士纪念碑碑文

自抗倭军兴，我英勇斗士通歼顽敌，杀身成仁者踵趾相接。然以千里赴援之师，当倾剿南犯之寇，（抛）头颅（洒）热血，获得光荣战果。如陆军七十九师二三五团在我邑景山乡之役，则不多靓焉。当民国廿九年十月十二日，敌寇于烧杀江北之后，偷渡富春江，窜据场口镇。翌日，进窥景山乡，我卫国勇士，迎击于万山丛叠之中，于是在安禾、沧州一带地方展开激战，我忠勇将士不顾寇机敌炮之轰击，裹创杀敌。尤以六宅坎与凰仪（黄泥）山之小天竺山肉搏最烈，碧血白刃，交相飞舞，前赴后继，视死如归。我乡民

壶源点记忆

众亦能奋起协助。自十三日起至十五日止血战三昼夜，敌卒以死伤累累，溃窜诸暨。是役也，我将士之壮烈牺牲者计有：上尉副营长林仁杰等八人，士兵（一）百四十八人。阖乡人士于扫清战场，掩埋忠骸之余，佥以是役，不但关系于一邑之存亡，抑且关系于东线之安危，不有纪念，难慰忠魂，爰特醵资，勒石志其大端，有供后人徘徊凭吊，其忠以激励士气表扬国魂者。当匪浅甚少也欤，是为记。

　　并附忠名于后：上尉副营长林仁杰，廿六岁，福建连江人；中尉排长杨锡泰，三十岁，河南郾城人；少尉排长伍准杨，廿五岁，湖南衡城人；上尉连长王鹏程，廿四岁，湖北汉川人；中尉排长李根起，三十岁，河北东明人；少尉排长朱孟若，廿八岁，浙江富阳人；中尉排长李英杰，三十六岁，河南洛阳人；少尉排长成云端，廿五岁，湖南湘潭人；士兵共一百四十八人。

　　　　　　　　　　　　　　　　　中华民国三十年四月
　　　　　　　　　　　　　　　　　富阳县景山乡全体民众敬立

沧洲歼灭战

1945年3月至4月间，移驻在景山乡（今常安镇）沧洲村的国民党富阳县政府，加紧在驻地外围的东梓关、场口、深澳等地突击修筑碉堡和挖掘工事，县国民兵团也由原来的3个中队扩编为6个中队，兵员增加至570余人，并迅速移至沧洲村，以配合国民党第三战区挺进第三纵队（简称"挺三"）阻击浙西新四军南进。

1944年秋，世界反法西斯战争的形势发生了根本性变化。1945年1月，美军进袭日本，并准备在中国东南沿海登陆。侵华日军为阻止"美军主力攻占上海附近要地可能在长江口或杭州湾登陆"，被迫做出应对，制定了《对美作战计划大纲》，"从加速作战准备的观点出发"，紧急部署：第一，"实行战面收缩"，"在以最少兵力而能持久对付重庆军正面的条件下"，从浙赣铁路两侧相继撤出金华、兰溪、义乌、浦江，"转向夺取东南沿海地区，开始浙东作战"。第二，抽调主力于杭州湾及长江口沿岸重点布防。第三，为达到"首先阻止与击败对登陆美军相策应配合的中国军队"，并对国民党顽固派实行"空前诱降和策动反共内战"。

日军迅速将在浙江的兵力东调。在这关乎战略大局的危急关头，国民党顽军不但不对日作战，而是照着蒋介石颁发的《清剿沦陷区奸匪以配合盟军登陆方案》，悍然对新四军浙西抗日根据地发动了疯狂进攻，"以主力一部分别挺入杭州、嘉兴、吴兴……各附近地区"，妄图在7月底"美军登陆以前肃清江南之共军"。

党中央明察秋毫运筹帷幄，1944年秋，世界反法西斯战争的形势发生变化后，即向华中局发出《关于发展苏浙皖边地区总的方针和部署》的指示，明确"向南发展""加强东南沿海"的战略总方针和战略部署。1945年初，奉中央军委命令，苏浙军区在长兴成立。苏浙军区成立不久，国民党顽军即对新四军浙西抗日根据地发动两次大规模进攻，苏浙军区领导指挥浙西军民予以坚决反击，并取得两次反顽战役的重大胜利。

取得两次反顽战役的重大胜利后，苏浙军区司令部从长兴迁至孝丰县境内。1945年5月，苏浙军区按照党中央战略部署，命令浙西军区四纵十一支队南渡富春江。

南渡部队在浙东纵队三支和路西县委的配合、接应下，于5月18日至19日，与盘踞在中埠江岸的国民党顽军激战一场后胜利渡江。

两支部队会合后，行军至大章村（今常绿镇）及附近扎营。会师两部首长及时向苏浙军区电告南渡富春江成功之消息。苏浙军区即向华中局报告胜利南渡的喜讯。华中局当即根据当时急剧变化的战局发来电文，指示："敌向'国顽'作空前诱降与策动反共内战中，在敌尚未变化前，南渡富春江部队不宜过分刺激敌顽双方，而应以集中力量扫荡浙东敌后土顽部队。"四纵十一支队"以不开赴四明山区而暂留会稽山机动地区活动为宜"。

遵照上级命令，会师的两部在大章村街市旁的祥豪台门设立指挥所，浙东纵队政委谭启龙、副司令张翼翔和浙西四纵队政治部主任曾如清，统一指挥战斗，以大章村、龙门为中心区域，5月22日至6月1日，先后在河上店、雪山湾、沧洲等地开战，击歼顽敌。

5月31日，攻打沧洲的战斗命令下达。入晚，部队按原定部署，借着夜幕从龙门兵分两路向沧洲方向进发：南路是浙东三支队队长蔡群帆、政委钟发宗率领的浙东三支队二、三大队，由时任中共富阳县中心支部书记、路西县萧、富联络站站长何益生为向导，翻越南庄岭，绕道马家坞，暗涉壶源溪，进攻泥舍、章家山等顽军据点，占领沧洲村背后的景山制高点，从东南面包围沧洲。北路是四纵十一支队队长余光茂、政委张孤梅等率领的十一支队，由路西县武工队为前导，越过梧岭，过项家、礼门、小剡等村，当晚十时许抵达景山乡（今常安镇）大田、安禾等村，成功抢渡壶源溪，占据敌人的外围阵地，向沧洲正面及右翼甑山坞方向发起进攻，战斗由此打响，以南、北两路夹击战术攻打沧洲。

北路四纵十一支队攻占沧洲村西北甑山坞口，切断驻图山国民党第三战区挺进第五支队对沧洲的增援。驻守沧洲村的顽军仗着地理优势和碉堡工事，一再负隅顽抗，激战达数小时。至6月1日凌晨2时许，十一支队用炮火轰击，摧毁顽军碉堡五座，同时采取炮火掩护，分兵多路发起猛打猛冲战术，全线出击。顽军不支，纷纷夺路逃窜，顽国民党富阳县县长、县国民兵团团长欧阳烈、副团长张震鸣等仓皇逃遁。松间塍水湾的国民党守军向章家山、大照山方向突围时，与攻占甑山坞的四纵十一支队一部又遇，战斗再一次打响。黎明前，新四军攻占沧洲。

这次战斗，新四军阵亡11人，负伤45人。国民党富阳县国民兵团6个中队大部被歼，被俘虏125人，缴获轻重机枪、步枪、手枪共170支，子弹5万发。战斗结束，新四军还打开沧洲村前胡坂庙牢房，救出被国民党军警关押的共产党秘密工作者和爱国民众40多人，史称"沧洲歼灭战"。

6月2日凌晨，我军乘胜攻打驻防在图山的顽军"挺三"第五支队。谭启龙、曾如清、余光茂等率领部队翻越青草岭追击逃敌，直至桐庐县的深澳、横溪村。

张文达在窃口的最后时光

抗日战争、解放战争时期，新四军浙东游击纵队金萧支队、浙东人民解放军金萧支队辗转于三县交界之窃口，开辟革命根据地，与敌、伪、顽展开殊死斗争。1945年8月15日，日本宣布无条件投降，中国人民的抗日战争取得决定性胜利。为了打破国民党反动派的内战阴谋，表达我党最大的和谈诚意，党中央决定在全国让出八个解放区。新四军苏浙军区浙东纵队在抗日战争中开辟的浙东抗日根据地就是其中之一。新四军浙东游击纵队金萧支队，于1945年9月下旬奉命北撤，只留下少部分人员坚持原地斗争。主力北撤后，国民党立即对金萧支队建立的根据地进行清剿，由于敌我力量悬殊，斗争环境十分残酷，不少坚持原地斗争的同志牺牲在这一时期，时任栖鹤乡指导员、窃口秘密联络站站长的张文达则是其中之一。

国庆节前一天，驱车前往湖源窃口，试图寻访张文达烈士在窃口的战斗足迹。

据了解，张文达最后被关押在窃口村友于堂内的楼梯底下。抵达窃口，我径直走进村中的友于堂。踏进大门，右边厢房里的两位老人即把我吸引了过去。

他们是一对老夫妻，男的叫潘裕庭，96岁，女的叫臧竹兰，94岁，夫妻俩皆为20世纪50年代入党的老党员。提起张文达烈士，臧竹兰抢先说："我们家一直住在友于堂厢房里，那时候家里做粉干，张文达的工作是秘密进行的，通常白天躲在山上，夜里才下山来。总是在后半夜两三点钟，到我们这里吃一碗粉干，开水泡泡，干菜拌拌。每次吃完一定给钱，然后跟我们讲他是来革命的，天快亮了，好日子就快到了。后来，我们之间慢慢熟悉了，他告诉我们，他把家里三亩田地卖了，买了把枪支持游击队。为了这件事，他的阿哥兄弟都骂他，以致他后来一次回家，想去看看有孕在身的妻子，结果兄弟阿哥们都在候着他，准备教训他。无奈之下，他只好偷偷把自家草舍挖了个洞，从洞里钻进去，悄悄与妻子见了面就回窈口来了。"

潘裕庭（左）、臧竹兰（中）、作者（右）

臧竹兰接着说："张文达被枪杀这天，两个当兵的去提他，他感觉不太对头，就问'你们要把我带到哪里去'！当兵的骗他'带到诸暨马剑去'。带出楼梯来到大堂，张文达看见关押小战士郭煜春的门也被打开了，就知道国民党要对他们下毒手了。跨出友于堂，张文达一切都明白了，只听他大喊了一声"苍天啊！"，然后猛地挣脱架住他的匪兵，跳进友于堂道地前的稻田里，高呼着'共产党万岁！''劳动人民万岁！'匪兵连忙朝张文达连开数枪，张文达倒在了稻田里。"臧竹兰一脸严肃地陈述着，像是在说自家亲人的英雄壮举。

潘裕庭接住老伴的话头说："张文达倒下后，有个匪徒还想用匕首撬他的嘴，绞他的舌头，另一个匪徒因敬佩张文达的英雄气概，制止了那个没有人性的匪徒。"匪徒的行为，更加激起了窈口老百姓对国民党的愤恨，"人都已经毙了，还要做这种残忍的事，听说这个匪徒后来很快就死了。"张文达牺牲后，窈口村的群众给他清洗了身子，换下了血衣，把他安葬在窈口村口的大庙边上。

链接：

张文达传略

　　张文达，1908年出生，金华兰溪人。少年时曾去仙居一家药店当学徒。他生性秉直，对老板所做的欺诈行为敢于直言，由此遭老板责骂。几年后，18岁时，张文达又因揭发老板的欺诈行为被老板责骂，此时的他已是身强力壮的小伙子了，他出手打了老板后逃回老家兰溪。

　　回兰溪后不久，在父母的催促下，与同村姑娘诸葛金凤结婚。

　　1927年，张文达加入中国共产党。入党后的张文达动员妻子剪了短发，为方便开展党的地下工作，他做妻子的思想工作，用家里不多的积蓄做本钱开了爿小店。小店一度成为中共地下党员的联络站，他妻子诸葛金凤则成了联络员。

　　1928年7月，张文达积极参加了兰溪农民暴动前期准备工作。农民暴动失利后，张文达遭国民党通缉，于是迅速离开兰溪，前往曾经去做过学徒的仙居隐蔽，随后与组织失去联系。

　　1937年抗战全面爆发后，张文达回到兰溪。

　　1938年初，中共地下党员祝荫垣联系上张文达等12人，提出组织成立"崇义会"，目的在于以结拜兄弟为由，大家一致抗日救国。是年2月，"崇义会"成立后，创办农民夜校，宣讲抗战形势，宣传共产党的抗日斗争，动员青年农民参军。此时，上级党组织中共金衢特委派朱枫到兰溪重建党组织。张文达在叶樟树的介绍下，经朱枫证明，恢复了中断近10年的组织关系。不久，张文达被选送到皖南新四军军部教导大队学习，结业后回兰溪工作。

　　张文达回兰溪后，组织上委以重任。1939年4月，在兰溪县第一次党代会上，张文达被选为县委委员、组织部部长。

　　1940年秋，因工作环境残酷，张文达奉命撤出兰溪到东南局，在那里参加了马列主义研究班的学习。11月，随新四军东进，抵江苏溧阳水西等地，留在苏南抗日根据地工作,后因工作需要,张文达奉命又回兰溪开展抗日工作。

1942年5月28日,兰溪沦陷。上级党组织指示各地基层党组织"应尽快建立武装力量,进行敌后抗日游击战争"。兰溪县党的特派员马丁立即召集了张文达、程远等骨干人员参加的紧急会议。会后,大家分头行动,一周时间内就组建了有30人的抗日游击队。成立之初,游击队缺少武器弹药,张文达在妻子诸葛金凤的支持下,卖掉家中一亩半田,为游击队添置了一支步枪。

游击队的行动引起日、伪、顽的怀疑和注意。游击队成立一个月后的一天晚上,遭到顽匪"奋勇队"的袭击,因武器装备落后而失利。

马丁、张文达、崔洪生、程远等立即召开会议,总结失利原因,谋划新的战斗时机。恰巧,国民党准备扩充县大队,正在招募人员。经过缜密谋划,张文达和马丁、崔洪生一起,组织了近百名党员和党组织外围的积极分子,经县大队同意增设了一个分队,张文达担任分队队长。

1943年初,张文达因身份暴露,不得已携妻子离开兰溪,来到义乌加入到金萧支队八大队和大家一起战斗。

1944年6月,张文达在龙游不幸被兰溪国民党县政府的侦缉队逮捕入狱。同年冬由地下党组织营救出狱。出狱后,张文达受党组织指派,到路西县担任窈口区民运队队长。从县委委员、组织部部长到民运队长,张文达毫无想法,一切以大局为重,服从组织安排。到路西后,他很快进入工作状态。在他的组织宣传发动下,整个窈口区群众抗日救国热情十分高涨。在亲贤乡(今常绿镇)木坞口、姚村、大章村等地建立了农民抗日救国会、妇女抗日救国会,带领群众开展"二五"减租减息。

1945年5月,中共窈口区委、窈口区抗日民主政府建立后,张文达任栖鹤乡(后来的窈口乡,今常安镇)指导员。他跑遍栖鹤乡的13个村庄,发动组织2000多山村农民,组建了乡村农民抗日救国会、乡抗日自卫队、村抗日游击小组。

9月21日,中共路西县委召集县、区、乡干部在窈口厅基村召开会议,贯彻浙东区委关于坚持原地武装斗争,打破国民党反动派"清剿"的指示精神。会上，县、区委指示栖鹤乡乡长、窈口区民运队长张文达，在窈口立即组建秘密联络站，由张文达任站长。明确联络站任务一是负责县、区情报联络；二是斗争环境发生突变情况下，秘密安排转移党内同志。会议结束当日，张文达就把秘密联络站工作作出具体部署与落实。

  战争局势瞬息万变。9月25日，浙东区委紧急指示，乡以上干部限期赶到诸暨同山里坞集中。窈口、场源两个区委机关所属党员干部和武装人员日夜兼程，火速赶到指定地点。后随路西县委撤离浙东，奔赴苏北。中共富阳县委和县抗日民主政府也随新四军主力北撤。张文达奉命留在原地坚持斗争。

  浙东人民解放军金萧支队主力北撤后，国民党新编21师62团和富阳县自卫大队，立即进剿窈口、场源游击根据地，追杀共产党人。

  窈口，区委所在地，是国民党"清剿"的重点区域。国民党21师62团一部进入窈口时，湖田山上圣僧庵还有10名重伤员。在这紧要关头，窈口秘密联络站站长张文达带领卫生员郭煜春等同志冒死将10名重伤员紧急疏散，并指挥游击小组成员撤离隐蔽。在窈口、厅基、塔坞、杨家等村村民褚德希、褚忠高、侯绍才、潘志根等的机智协助配合下，将10名重伤员隐蔽在堆放杂物的破屋里。第二天，得知国民党要进村搜查，又把伤病员全部转移到山上，隐蔽于山林之中。

  由于金萧支队武装力量和县、区委主要领导都随队转移，当时留守坚持原地斗争和窈口秘密联络站的人员形不成武装力量，最后，农抗会、游击小组60多人被捕。在这极为恶劣的环境下，张文达采取晚上下山工作，白天隐蔽在塔坞村乌泥坑六谷舍中。后因国民党乡队附告密，国民党军装扮成上山掰六谷的村民，由国民党乡队附带领上山搜捕。他们抓捕不到张文达，便抓去两名塔坞村的村民当人质。张文达为了保护群众，挺身而出，承认自己是共产党员，愿意承担一切责任。"他俩是老百姓，与他们没有关系，我跟你们走，请把他们放了！"国民党军放了两名老百姓，把张文达押至马剑，严刑拷打，张文达无所畏惧，没有泄露半点党的机密。第二天，国民党将张文达押回窈口，关押在窈口村友于堂内的楼梯下。几天后的10月3日，国民党对张文达下了毒手，枪杀在窈口村友于堂前的稻田里。临刑前，张文达高呼："共产党万岁！""毛主席万岁！""劳动人民万岁！"他坚强不屈，英勇就义，年仅38岁。

张文达被枪杀后，窈口老百姓为他换下血衣，擦净身体把他安葬。

为铭记张文达及其他三名烈士，传承弘扬革命精神，1990年12月20日，富阳县人民政府在窈口村西山湾建立反"清乡"烈士纪念碑和纪念亭，让烈士安息，供后人凭吊。

壶源弑記憶

小剡李氏宗祠富阳中学初创地

　　1937年"七七事变"抗战全面爆发，紧接着"八·一三"淞沪会战打响，激战三个月后宣告失败。11月12日上海沦陷。随之江苏、浙江大部地区被日本侵略者铁蹄所蹂躏，12月13日，南京沦陷，骇人听闻的南京大屠杀发生，遇害同胞达30万。12月24日，杭州沦陷，守备杭州地区的中国军队将主力撤至钱塘江以南构筑工事，一部撤至富阳、桐庐山区，为阻止日军南侵，中国军队奉命炸断建成通车才三个月的钱塘江大桥，驻防于富春江南岸。同在12月24日，富阳县城及富春江以北大片土地被日军占领，国民党富阳县政府撤至富春江以南的场口镇。

　　1938年2月11日，浙江省政府主席黄绍竑颁布了《浙江省战时政治纲领》。制定"以动员全省民众参加抗战，创造新的政治和军事力量，保卫浙江，收复沦陷土地，争取最后胜利，为一切努力之总方针"等十条政治纲领。受战事影响，时至1938年上半年，富阳全县各小学未能正常开学，时有36874名中小学生失学在家。不少从杭州、上海等地回乡避难的有识之士及时发现这一残酷的现实，为不荒芜青少年的学习，1938年9月，富阳的美新、龙门两所学校，附设了战时初中学生补习班。1940年3月，国民党富阳县党部社会服务处开办了初中补习班。由于战事，经费、师资、校舍均受限制，故招收学生人数每班只在三四十人，教学的课程也仅仅是国文、数学、英文三课。1941年2月，富阳、新登、桐庐、分水四县，在桐庐横村埠杜预寺创办联合初级中学。1942年夏，因日寇窜扰桐庐导致停学。如此，除少部分家境好的学生远赴金华、兰溪、于潜等地求学外，其余绝大部分青少年就读无门，失学在家。创办一所战时中学成为人们急切的愿望。

富阳县中首任校长 李宝濂　　任命文件

李宝濂，学问农，号唐，富阳常安乡安木村人。20岁前曾在富阳农村执教，后毕业于浙江英伦立法政专门学校。1928年他在梅口镇创办景山小学并任校长，1931-1932年任县立春江小学（现实验小学）校长，1942年在常安小刻村创办富阳县立初中并任校长；1946年创办富阳简师附设于县中内。

李宝濂

  鉴于社会各界的呼声，1942年7月初，由国民党省参议员李宝濂牵头，国民党富阳县政府召开各法团会议，讨论通过组建富阳县立初级中学筹备委员会。由浙江省政府浙西行署拨款三千元，县政府拨款一万元以及四县联中停办移交下来的六千元，作为办学经费。任命李宝濂为校长，择定景山乡（今常安镇）小剡村李氏宗祠为校舍，聘请教师，置办教具，招收新生，于9月21日宣告富阳县第一所初级中学正式开学。次年3月，奉浙江省教育厅中字第121号训令，批准建立"富阳县立初级中学"，它即是今天富阳中学之前身。

  学校创办一年，取得显著成绩，得到社会肯定，引起各界关注和重视。1943年初夏，《东南日报》记者晓白深入学校采访，撰写了长篇报道《从苦斗中成长的富阳县中》。报道详细记载了学校环境、硬件配置、创办经过和师生的虔诚愿望。

  富阳中学在富春江南岸离江十多华里的一个幽静的山村里，四周环绕着清秀的山峦，与敌人盘踞着的县城仅几十华里的距离，要是敌人向江南炮轰的话，这里可以听到很清晰的炮声。因此，学校特别注重学生"应变"能力的训练。一天晚上，记者寄宿在小剡村友人家里，当晚寂静的黄昏后，突然传来一阵紧急的钟声，接着又是一阵阵急促的跑步声。因为前几天听说富阳有增兵的消息，所以大家情绪非常紧张。后经友人告诉我，才知道是富阳县立中学应变演习的紧急集合。第二天拂晓，悠扬地传来了升旗帜的号角声，在朦胧中醒来的我竟忘了这是在离敌人仅几十里的一个恐怖的地方。下午，记者前往富阳县中访校长李宝濂先生。不巧，李校长因下年度扩充校舍外出采办材料去了，校教务主任孙最麟接待了记者的来访。而后由总务主任陆志松、训育主任叶雪瑞陪同参观了学校各部门设备。他们都是在本省各中学任教多年的老教师，现在为了拯救同是沦落在苦难中的故乡失学青年，虽然生活是贫困的，但是精神是十分愉快的。

记者记述了富中创办经过后，详细报道了富中因陋就简、因地制宜灵活机动置办硬件设施和因事教学的特殊之处。

1943年7月15日《东南日报》

在物质条件极端贫乏的当时，在较短时间内创办起来的一所中学，要有完美的设备是不可能的，虽然设备还不能如学生们的要求，但也不是我们想象的那么简陋。他们的各项设备，凭着两处来源，加以自己的补充与改造，灵动的配合，足够应用。关于图书，大部分都是景山小学的。景山小学本系李校长创办的一所完全小学，因为李校长素有藏书癖，在战时他们逐年置备，日积月累，留藏着丰富的图书，整部的如《二十五史》《万有文库》《四部丛刊》《东方文库》《文学史大纲》等，零星的如《动物学大辞典》《植物学大辞典》《名人大辞典》等，此外还有供老师参考的西文图书百余种。因为这些书籍在一所完全小学里不十分需要，于是连同简单的教学仪器全部划入富中。加以蕙兰中学一部分的补充，当然成绩可观了。富中把这些图书接收以后进行了分类，制作了许多小型的木箱，叠在图书馆时可以当作书柜用，搬开来时便是一对对小书箱，既方便藏匿又方便搬运，在前线是非常适用的。

  关于各项用品方面，一部分依旧来自景山小学，大部分是蕙兰中学的赠予。因蕙兰中学于民国二十六年（1937）自杭州撤退时，暂借场口景山小学校址开学，当时跟学校一同撤退的有大批课桌和各项文具。不久蕙兰中学撤离场口，课桌及教学设备因不便转移，都由景山小学保管。随后，敌人三次流窜，其间虽已损失不少，但经各处收集后也可勉强使用。富中又设双人书桌百余套，式样小巧，便于搬迁。

  至于校舍方面，只能说勉强敷用。他们是借用该乡李氏宗祠为校舍的。设有六个教室，五个寝室，两个膳厅和一个纪念厅，加以教职员宿舍及办公室和图书馆、事务处合作社、男女浴室等，似已十分拥挤了，再加学生会、膳食会及各项活动的办事处等，甚感局促，暑期如添招新生，则大有不堪容纳之慨，运动场及农场稍微宽阔，设有小足球场、篮球场和排球场等。

  地处前哨，而且没有稳固资金，正如一个先天不足且又营养不良的婴孩一样，但正因为它生长在苦难中，倒也有它抵抗特殊环境的生命力。这里要介绍的便是这点。第一是学生们各种动作敏捷。富中对于学生的训练，非常注重迅速敏捷。他们像一群组织良好的游击战士，要是战局稍有异动的话，学生们能够把学校的一切图书仪器以及各人自己必需的行李口粮等，在两小时短促的时间内化整为零，藏在离校三五里的第一站，第二站，第三站以至全部能够隐蔽在附近的山谷里，并且看不到一丝的痕迹。虽然自然环境也是有利于他们工作的因素，可是因地处前哨的困苦，更会使他们养成行动敏捷的一面。

  第二是生活技能的丰富。师生们为补救经济的贫乏，联合组成了一个工艺生产合作社，也是学生锻炼生产技能的机会。因为是他们私人的资金所组合的，所以名义上属于学校以外的生产机构。他们在制作的过程中习得了熟稔的生活技能，现在已经在制作的是日用必需品——国产原料制作的肥皂。

出品有白玉皂和普通的洗衣皂。最近，经过研究完成，但没有正式制造的是以国际原料制造的防雨布。记者试用了雨布样品，防水性能很好，与市场上在售的雨布相比较，从色彩到质地都无甚差异，而轻柔则胜于舶来品橡皮布，所以，无论天晴下雨都可适用，并且成本很低廉。

此外是农事的生产。他们就近租到一片场地，作为学生农事试验地。现在已经种的是一大批番茄以及蔬菜。据说下学期的蔬菜能自给，番茄则预备进行加工制造。在前线，农产品不但价格昂贵，而且是非常缺乏。战时学生能一面求学一面生产，该是好现象。

富中教职员共计16人，是过去大部分散在各地省立或私立中学服务多年的富阳籍人。去年敌人流窜浙东，一时浙江各校不能复校，于是在富中服务，他们的生活相当清贫，但工作却十分繁忙，他们的一个共同的期望是——"争取沦陷区青年，辅助贫寒子弟"。

作者有幸采访到富阳县中第一届学生徐文健。徐文健家住紫阆乡，紫阆1956年3月前隶属富阳县。老人说，1942年，他14岁在紫阆小学毕业，和同时毕业的徐茂林、徐均璜两同学前来景山乡小剡李氏宗祠就读富阳中学。从紫阆出发至小剡，走了一整天，翻越了长春岭、石冲岭、石板岭、梧岭等四座山岭。入学考试徐茂林得了第一名，徐均璜得第11名，他得了第10名。后来他们村的徐荣廷、徐承震，就读于董家祠堂内的富阳简易师范，两人成绩排在年级第一、第二名。

1944年2月，为了培养小学师资，普及国民教育，富阳县中除招收两个班的新生外，附设简易师范一班，招收新生49人，由之前任教于杭州景海女子师范的蒋廷龙老师担任班主任。同年年底，简师班从富中析出，单独建立富阳县立简易师范学校，校址设在常安乡的董家村董氏祠堂，由蒋廷龙出任校长。蒋廷龙在《烽火弦歌育群英》一文中这样写道："我请陆子松任事务主任。我们一同选定董家祠堂为校舍，因为它与县中较近且地处旷野。除对董家祠堂须加改造修饰外，还须新建教室一幢。于1944年寒冬腊月动手修建。一切事务由我和事务主任陆子松先生经手办理，原简师班学生参加建造。陆子松先生东奔西走，筹集建筑材料。我们共同设计好图纸即施工。将董家祠堂加以改造，分别作为办公室、礼堂、寝室、膳厅、厨房之用，又新建茅屋一幢，作为教室。所用材料虽然粗劣但式样新颖，大小合适，窗户明亮，墙壁雪白，桌椅整齐。"除此以外，蒋廷龙聘任沈颖浦、沈自求、曹慧群、冯安琪等从事教育工作多年，负有盛名的老师任教于富阳简易师范，尤其是刚从上饶集中营出来的共产党员李益中同志，经蒋祖怡介绍后聘任他担任教务主任一职。

1945年春天，富阳简易师范学校开学，招收新生两个班，加上原有一个班，共有3个班的学生。

救国不忘教育，在艰难困苦的环境下，两所县属学校如期创立在壶源溪畔，并且弦歌不辍。1949年5月，富阳解放。8月，富阳县人民政府接管学校，并将之前独立的富阳简易师范学校并入富阳县中。学校由常安小剡村李氏宗祠、董家村董氏宗祠迁至富阳县城，校舍设在方家祠堂、孔庙及鹳山上吉祥寺等处。这就是今富阳中学初创经过。

何益生：在壶源溪畔的两场战斗中

何益生

常安镇地处富春江以南，百里壶源溪穿境而过，自古以来为扼壶源溪之战略要道。1940年10月，国民党军为阻击从场口沿壶源溪南犯的日寇，在六宅磡、黄泥山、前支山一带发生一场激战，史称"景山阻击战"。1945年6月1日，新四军浙西四纵第十一支队与浙东纵队合力攻打移驻常安沧洲村的国民党富阳县政府国民兵团自卫大队取得全胜，史称"沧洲歼灭战"。

1940年10月，景山阻击战时，何益生为中共小剡党支部书记，相隔五年后的沧洲歼灭战时，何益生为中共富阳中心支部书记和萧、富联络站站长。前后两次战斗，景山阻击战是国民党军抗击日本侵略军，沧洲歼灭战是新四军攻打国民党顽军，而何益生两次战斗都参与其中，且发挥了重要作用。

何益生1913年9月出生在栖鹤乡马家坞（今常安镇杏梅坞）村的一户农家，父亲何秉长只上过半年学，是个勤劳朴实的农民，兄弟四人，他最小。排行老四的何秉长经常遭其三哥的欺负。父亲被三伯父欺负，小小年纪的何益生看在眼里记在心里。然当他入私塾读书时，老师偏偏是他三伯父的亲戚。一次因背不出课文老师罚他下跪，他不服，他认为自己书读得很不错，只是背诵一时打了磕巴，于是撕碎课本，逃跑。被追回后，老师就在其三伯父面前告状，说"这样的学生我没法教了"，其三伯父当着老师的面用烟管打他，9岁的何益生奋起反抗，夺下三伯父手中的烟管并将其折断。此事最后在其二伯父的调和下，以何益生无奈向三伯父道歉而收场。

发生此事后，父亲为他买来两本白话文书籍，还请来了教师舒文荣。一年后何益生离开马家坞，来到常安小剡村舅父家继续上旧制小学，14岁毕业，成绩优异，为全班前三名。

随后，其父由于诸多原因，离开血地马家坞，携家带口来到妻子的娘家小剡村，开设一爿"益顺丰"水作坊，维持一家生计。这样一来，何家成了小剡村里的异姓客族，无论是生活还是水作坊买卖时，不时会受到本地大族的压制，生存很不容易。

何益生20岁那年，父亲突染重疾，因无钱医治数月后离世。不久，五岁的弟弟染病而亡，接着母亲也染重病，无奈之下，8岁的妹妹被送去别家当了童养媳，4岁的童养弟媳妇退回其娘家。面对这突如其来的家破人亡，何益生一时发呆了。迫于生计，他去杭州、上海等地闯荡，当学徒、做掮客，最后创办了自己的"益泰纸行"，遭遇了形形色色的人，经历各种各样的事，在悲苍、绝望、抗争中度过了6年，由此他仇恨封建落后的剥削制度，对土豪劣绅的压迫与剥削萌生了反抗意识。

1937年"七七事变"，抗战全面爆发后不久，何益生回到老家，借住于别人家中。就是这次借住，他遇到了年轻的中共地下党员李娴。在李娴的影响和介绍下，何益生于1939年4月加入了中国共产党。从此，他走上革命道路，把满腔热血投入到党的地下工作当中。紧接着，李娴和他一起发展了同村的李根法、李毛虎、何申良为中共党员。是年夏，经中共富阳特别支部委员会批准，组建了中共小剡支部，何益生任书记，从此开启了他革命的战斗生涯。

1940年秋，何益生组织小剡支部党员，发动群众成立"农会"，在小剡李氏宗祠内召开了千名农民参加的大会，成立了景山乡农会筹备委员会，指导全乡24个保的农民开展"二五"减租运动。1941年1月，皖南事变发生后，国民党四处追杀共产党员与进步人士，新四军一时处在敌、伪、顽的夹击当中，处境残酷。何益生遵照上级党组织"长期隐蔽、积蓄力量、等待时机"的方针，通过亲戚关系，进入景山乡公所任事务员，安排党员李毛虎、何申良打入国民党县政府侦缉队，协助他处转移过来的党员陈祥同志打入栖鹤乡公所任事务员，将党员王力群同志安排在古城小学教书，从而使小剡支部党员及上级安排隐蔽的党员安然无恙地度过艰难时期。

壶源的记忆

　　1945年4月，中共小剡支部改建为中共富阳中心支部，何益生继续担任支部书记，负责富阳基层党组织工作，并兼任萧、富联络站站长。同年5至8月间，奉中共金萧地委、路西县委令，前后两次与蒋忠一起，身着长布衫，化装成商人，过哨卡摸敌情，筹备过江船只，担任随军向导，为新四军浙西四纵十一支队南渡富春江发挥重要作用。中共路西县委在富春江以南地区组建中共窈口、场源两个区委和抗日民主政府，何益生担任场源区委委员兼上官、龙门两个乡抗日自卫队队长。抗战胜利后，何益生奉命随军北撤，编入新四军。至1948年4月，在部队先后担任团民运组长、特务连副指导员、中国人民解放军华中野战军第一纵队教导团学习委员、组织股干事、后方医院政治指导员等职。1949年5月，他任中共浙江省委筹备会参谋、机关政治指导员等职。

　　1949年夏末，何益生闻知富阳土匪猖獗，南下干部与地方干部之间产生矛盾，他认为自己是富阳人，对地方上一些人和事比较了解，强烈的责任感和使命感驱动着他两次主动请缨，请示回富阳剿匪。1949年10月，省委同意了他的请缨，何益生奉命调回富阳老家。此时，富阳土匪十分猖獗，据掌握情报，窈口区有两千多土匪，全县五个区，除青云区尚在潘村办公外，其余四个区均已撤回城里。很快，组织上任命何益生为窈口区区长。当时窈口有区委书记袁仲铨、副书记滕福延、副区长张云铷、组委张文广、宣委武继盛、民运委员娄文庆等班子成员。何益生到任后，全身心投入工作，与25军的一个连和独立营的部分力量互相配合，开展艰苦卓绝的山区剿匪战斗。经过两个多月的战斗，基本肃清盘踞在富阳境内的残余土匪。

　　新中国成立后，何益生工作17年，先后担任富阳县手工业局副局长、富阳县工业交通局局长等职，1979年离休，1991年11月11日因病辞世，享年79岁。

　　何益生从党的地下工作者到党的基层组织的领导，从地方武装游击战到一线战场，从省级机关回到地方基层，工作、战斗了一辈子，参加过无数次大小战斗，这里详述壶源溪畔两次战斗中的他。

　　1940年10月，日军纠集6000余兵力，对富阳发动大规模轰炸，12日晚，国民党富阳县政府所在地场口镇被日军侵占。13日凌晨，侵占场口的1千余名日军沿壶源溪南进，企图进犯浦江县马剑（今诸暨）等地。天亮时分，日寇窜入景山乡（今常安镇）沧洲、黄泥山一带，在此布防的国民党陆军79师235团予以阻击。

早上6时许，战斗打响。激战一天，时至傍晚时分，日军趁着夜色翻梧岭向龙门方向仓皇逃离。

此次战斗，国军将士打死打伤日军数百人，击毙大队长以下军官5人，掉队的大尉梅次郎被常安东山下村、场口真佳溪村民众围歼打死，机枪队上等兵小林勇被活捉。

战斗发生在景山乡（今常安镇）境内景山脚下，是富阳抗战史上最为惨烈的一场战斗。

这年何益生27岁，入党19个月，时任中共小剡党支部书记。一年前他发动千余名农民成立了景山乡农会，培养了一大批农民骨干。景山阻击战开战当天上午，富阳县政工队（队内有中共党员）即派人到景山乡联系，要求发动群众支援国民党军79师抗日，并派吴洁石同志到何益生家，给小剡支部下达了战时任务。何益生接受任务后，立即召集支部委员，由支部委员带队，组成几个小组分头下村，与县政工队同志一起，发动党员、农会骨干及广大民众募集物品，慰劳参战将士，烧好热饭热菜及茶水，送上阵地。同时秘密散发传单，进一步宣传抗日，发动人数之多，速度之快，受到国民党政府肯定，并记录在档。

战斗结束后，何益生去战场了解情况，这仗国民党军虽然打了胜仗，但没有及时打扫战场，遗弃了很多武器弹药，战死的一百多名官兵的遗体都没有来得及掩埋。见此，何益生即组织当地民众，埋葬一百多官兵的遗体。

1941年，因开展党的地下工作需要，何益生进入景山乡公所任事务员。乡长李廷阶是他的岳父，考虑到党的抗日民族统一战线政策，他想他们支援79师抗日工作尚未做完，由此他提议应该为79师235团在黄泥山战斗中阵亡的一百多名将士立块纪念碑。后经过相关部门讨论，他的提议被采纳，同意以景山乡全体民众的名义立纪念碑。

这次战斗中，国民党军79师235团牺牲官兵156人（碑文记载），其中少尉排长朱孟若为富阳人。又据民国档案"沧洲黄泥山阻击战"战况报告记述，

235团牺牲官兵170人，失踪16人，受伤201人。237团牺牲官兵76人，失踪50人，受伤74人。

战斗发生在1940年10月，陆军79师抗敌阵亡将士纪念碑立于1941年4月，落款为景山乡全体民众敬立。时至今日，此碑已弥足珍贵，这与时任中共小剡支部书记的何益生是分不开的。

1945年5月中旬，为配合浙西新四军南渡富春江，金萧地委召集路西工委会议，命令由时任路西县委委员、兼任金萧支队路西抗日自卫大队副队长、侦察参谋的蒋忠，中共富阳中心支部书记，萧、富联络站场源分站站长何益生及贾金灿三人，组成"浙东纵队联络组"，前往浙西新四军驻地孝丰，联络部队南渡富春江事宜，同时为随军向导。四纵政治部主任曾如清和十一支队支队长余光茂、政委张孤梅率领一千六七百名指战员，由蒋忠、何益生等三人带路，从驻地孝丰出发，经余杭横湖镇、临安横畈、亭子头、板桥，于5月16日抵达富阳境内，在春建的铁坎一带宿营。

浙东纵队遵照苏浙军区命令，由浙东区党委书记兼浙东纵队政委谭启龙、纵队第三支队支队长蔡群帆、政治部主任钟发宗率领第三支队二、三大队约四百人的精干部队，于驻地梁弄出发，越过章家埠，渡过曹娥江，经绍兴王坛、诸暨大宣后跨越浙赣铁路，于5月16日晚抵达富阳常绿大章村。

根据上级命令和战略部署，5月18日黄昏，浙西军区四纵十一支队从春建挺进富春江北岸汤家埠，按之前联络暗号，选一处民房屋顶烧起三堆火堆。等了很久，南岸没有信号回应，正准备组织一个连泅渡过江时，南岸枪声骤起，并越来越紧，泅渡暂停。

原来谭启龙率领的浙东纵队于16日抵达常绿大章村宿营后，接到苏浙军区电令，电令他率部在19日拂晓前，攻取中埠渡口。于是，部队于17日从常绿大章村挺进龙门，18日傍晚，部队由地方同志做向导，悄悄离开龙门，为减轻行军时发出声响，沿山脚小路摸黑行进，至诸佳坞、柏树下、中埠时已是19日凌晨。

于是中埠激战在晨曦中打响。经过艰苦决战，战斗获得全胜。当日上午10时左右，浙西新四军十一支队1600多指战员和苏浙军区派来浙东工作的同志，安全南渡富春江，浙东、浙西新四军在中埠胜利会师。

会师当天，苏浙军区即向华中局报告战况。华中局当即复电，说明当前敌我之间瞬息万变的局势和战事，电令"应以集中力量扫荡浙东敌后土顽部队"，四纵十一支队"以不开赴四明山区而暂留会稽山机动地区活动为宜"。

率队首长遵照上级命令，指挥部队当晚到龙门宿营，随后组织指挥攻打萧山之敌，控制浦阳江以西地区，以分割诸暨、萧山两地之敌。

富阳打算肃清大源、场口两地之敌，解放富春江以南地区，扩大路西根据地。蒋忠、何益生跟随十一支队参谋处行动，负责情报工作。主力部队去萧山作战间隙，他们负责摸清大源、场口两地敌情，同时组织骨干地下党员，发动群众做好一切地方工作，保证部队作战需要。大源区敌情由蒋忠负责摸查。场口区敌情由何益生负责摸查。何益生组织小剡支部何申良等骨干党员一起，把移驻沧洲的国民党富阳县政府及顽国民兵团自卫大队的情况探摸得一清二楚。

何益生把探摸的情况向蒋忠和十一支队参谋处做了汇报后，参谋长问何益生要沧洲地形图和敌人布防图。何益生没有这两张图，他说，沧洲地形，可守难攻，但是，我们根据其地形，采取两面夹攻，一面派部队占领景山，占据沧洲村后景山制高点，出其不意，断其后路；一面大部队从大田、安禾抢渡壶源溪，从正面进攻。参谋处同志听后觉得在理，采纳了何益生的作战思路。

兵马未动粮草先行。为解决部队吃饭问题，何益生先行去了解粮食情况。蒋忠考虑到他的安全问题，将一支手枪交到何益生手上。这是何益生参加武装斗争以来，第一次使用手枪。

这天，春雨潇潇，朦胧一片。何益生把手枪别在腰间，外面套一件粗布衣衫，从龙门出发，翻过梧岭，很快就进入了小剡村。此时，他发觉路口、弄堂口都是穿着蓑衣的便衣短枪队，三步一岗四步一哨，整个村庄已被包围，气氛十分恐怖。出于安全起见，何益生打算迅速离开村庄，为避开敌人搜查，他选择一条较为隐蔽的小路出村。谁知他刚走到弄堂口，突然出来两个哨兵拦住了他的去路，枪口早已对准了他的脑门，一边搜他的衣兜，一边问他是干什么的。何益生不慌不忙，见哨兵从他衣兜里搜去了银行支票，还有槽户账本及几十元零钱，就说"我是做毛纸生意的"。敌人把搜到的零钱塞进了

壶源的記憶

自己的裤袋，但是不准他出村，眼睛还死死盯在他身上，好像发现了他藏枪的腰间，就在这节骨眼上，迎面走来保长李生根，他灵机一动说："保长来了，你们问他，我是不是做毛纸生意的。"保长说："他是做毛纸生意的。"但是哨兵仍旧不让他出村。何益生只好往自己家里走，来到家里先把枪藏好，再把自己妹子叫来，托付妹子去梧岭顶上给我方哨兵传了情报。

部队领导接到何益生的情报后立即行动，于当晚翻越梧岭，直逼小剡村，只可惜晚了一步，敌人已逃回上图山驻地去了。经历了惊心动魄的一幕，何益生继续工作，他出具借条，向已经解散的学校借了几千斤大米，解决了部队接下来攻打沧洲的战时粮食所需。

5月31日晚上，浙东、浙西纵队首长决定攻打沧洲。新四军两个支队，2500多名官兵，以南、北两路夹击战术攻打沧洲。按照事先准备的作战部署，浙东三支二、三大队由何益生为向导，从龙门出发，过瑶坞村上山，翻越南庄岭，经过何益生老家马家坞，下山至横槎村渡过壶源溪，翻岭上泥舍村，消灭该据点敌人后，再进击香樟坞敌人据点，控制沧洲村制高点，和正面进攻的十一支队，对沧洲之敌形成夹攻。

北路由四纵队十一支队队长余光茂、政委张孤梅等率领部队从龙门出发，翻越梧岭，于当晚10时许到达景山乡（今常安镇）大田、安禾等村，抢渡壶源溪，占据敌人外围阵地后，逼近沧洲村，战斗打响。决战五个多小时，国民党军溃败，黎明时分，新四军占领沧洲。

（根据何益生自传《信仰的旗帜》一书整理）

寻访
XUNFANG

湖田山上的路西后方医院

壶源溪两岸，群山绵延不绝，高峰耸立，层峦叠嶂，然不少高山之巅忽又地阔坡缓，山水溢流，土地宜耕宜植，使得佛家道家之人向而往之，筑起寺观院庵。志书记载，自古以来，壶源溪两岸先后曾建有大雄寺、妙智寺、万春寺等列入丛林的名寺，另外还有观音院、圆通寺、锦明庵、锦屏寺、甑山庵、雷公殿、郭侯庙、和迦山寺、拱壁庵、毓秀庵、圣僧庵等小寺庙，其中图山大雄寺与吴大帝孙权有关联，永安山妙智寺明朝开国皇帝朱元璋曾到过，湖源万春寺与李唐皇室有渊源，不过这些都只是民间传说而已，倒是名不见经传的圣僧庵有一段真实的革命故事。在抗日战争转入解放战争的关键时刻，金萧支队与中共路西县委在湖田山圣僧庵里设立后方医院。

金萧支队战士们涉水过壶源溪

1945年5月，新四军苏浙军区四纵第十一支队南渡富春江后，遵照上级命令，会师的两部先后在萧山河上店、富阳沧洲、场口等地展开几场较大的战斗，追击、歼灭了驻防萧山、富阳的顽军，进一步开辟巩固了路西地区。

· 105 ·

壶源齾記憶

　　打仗总会有伤亡，救治伤员是战斗不可缺失的后勤保障。时在6月下旬，金萧支队、中共路西县委选择窈口区的紫阆乡五云山脚寨头村的下庄自然村，建立起路西后方医院，轻重伤员陆续入院治疗与修养。院长由四纵十一支队委派的郑淑文担任，后有边芝仙接任。时至9月，斗争环境变得十分残酷，路西后方医院被迫转移至湖田山顶圣僧庵里。

　　会师两部于6月1日攻打移驻常安沧洲的国民党富阳县政府及顽军取得胜利的第二天，即接到回师驻地，参加第三次反顽战役的命令，于是，四纵于6月3日北渡富春江，暂时离开浙东地区。

　　6月23日，第三次反顽战役取得胜利后，苏浙军区仍然遵照中央和华中局"配合盟军登陆""打开东南局面""发展东南"的既定战略部署，乘胜南进，命四纵再渡富春江。这次南渡由四纵司令员廖政国、政委韦一平率领四纵十支队、十一支队以及调任浙东任职的汪大铭、谢忠良、程业棠、林胜国等首长共5千余人。在浙东纵队、路西地方武装的接应下，于7月31日至8月1日，从富阳境内程坟、桑园村江段，与盘踞于江岸锣鼓山的"挺三"顽军激战一场后胜利渡江。

　　8月10日，日军投降，局势突变。

　　在中国人民坚持抗战14年，民族解放战争即将取得胜利的关键时刻，国民党蒋介石妄图独吞胜利果实，在美帝的扶持下，水陆并进，加紧抢占沿海大、中城市和铁路干线。为粉碎蒋介石的阴谋，苏浙军区根据党中央新的战略部署，命令四纵迅速北返，向上海进军。四纵接命后，即令正在金、义、浦和金萧路西地区追歼顽军和开展地方工作的十支队、十一支队的各个大队火速集中于富阳龙门、小剡后，于8月14日、15日北渡富春江，撤离路西，以日行140里的速度，朝集结地进发。

　　主力部队北撤后，国民党21师62团和富阳县自卫大队，立即对我游击根据地实施"清剿"，窈口是区委所在地，自然就成了国民党"清剿"的重点区域，斗争局势变得极为残酷。

　　9月21日，中共路西县委、县政府在厅基村褚忠义家召开县、区、乡级以上干部扩大会议。会议第二天转移到南坑石礌头吴志向家，第三天转移到浦江（今诸暨）金沙村，24日会议结束。会议期间，县委书记、县长寿松涛传达了浙东区委"关于坚持开展武装斗争，打破国民党'清剿'及部分党政干部转入地下，留少数部队坚持原地斗争"的指示精神，根据面临的局势，研究确定以"麻雀战术"与顽军周旋，坚持原地斗争。

紧接着，国民党对窈口区其他游击根据地开始疯狂"清剿"，上级指示坚持原地斗争的窈口联络站站长、栖鹤乡指导员张文达"依靠群众，迅速隐蔽好重伤员"。接到命令后，张文达立即组织路西医院转移，先行转移走部分轻伤员，国民党21师62团一部进入窈口"清剿"时，湖田山圣僧庵里还有10名重伤员，张文达带领卫生员郭煜春等战士冒死将10名重伤员紧急疏散，在当地群众褚德希、褚忠高、侯绍才、潘志根等的机智配合下，将重伤员隐蔽到山林之中。

湖田山，海拔高度600多米，地处富阳、诸暨交界。山不甚高，但树木茂盛，竹篁幽深，山路弯弯，远离村庄，相对隐蔽。山顶地势平坦，一泓泉水冬暖夏凉，庵前水田可耕种，山坡边长草药。圣僧庵其貌不扬，坐西朝东，泥木结构，两厅两厢，中间为天井。庵的西侧有一排平屋，共7间。1996年夏日的一天，笔者曾慕名前往湖田山寻访路西后方医院遗迹，带路的向导侯绍才老人曾在圣僧庵里做过和尚，对庵里发生的一切比较清楚。他指着庵旁一排已经坍塌的矮房子说："当年伤病员就住在这排房子里，我们叫七间头，最多的时候住50多个。"他还说，金萧支队的领导蒋忠经常来这里，但每次来去总是匆匆，有时也会有三四人一道来，带着警卫员，他们在楼上开会，这个时候会派人在前山、后山两条道口放哨，若是有香客上山来，供他们饭吃，只进不出，须等他们离开后香客才能下山。平常时间，深更半夜会有人来借宿。何益生在他的自传《信仰的旗帜》中说，1945年9月21日至24日，路西县委扩大会议结束，"我们萧富自卫大队、窈口、场源等区的同志一起宿于湖源乡的湖田山庙内，应店街的乡长应文同志，栖鹤乡指导员张文达同志，何申良等同志散会后直接回原地"。

伤员和重伤员刚转移和隐蔽后，国民党"清剿"一部派一个营的兵力上湖田山进行搜捕。夜里，天下大雨，转移的伤病员在医务人员的协助下沿后山小路艰难转移。国民党搜捕至圣僧庵里见已人去楼空，即又往山上四处搜捕，在后山小路，挑着锅盆和粮食的炊事员赵云海落在了队伍的后面，被国

壶源点记忆

民党追兵发现,于是他放下肩上的担子,故意用铁锅在石礚上敲打,吸引追兵注意力,为伤病员成功转移赢得时间,最后在乌泥沙处四十米高的石崖上纵身跳下,壮烈牺牲。卫生员郭煜春,转移时不慎跌伤,没能跟上转移队伍而迷路,后被国民党搜捕。新四军四纵十一支队一名重伤员被搜捕,牺牲在湖田山下杨家村的田畈中。隐蔽在山上的窈口联络站站长张文达,在当地群众生命受到威胁时挺身而出,"他俩是老百姓,与他们没有关系,我跟你们走,请把他们放了!"国民党抓捕张文达后,不出10天,于10月3日连同卫生员郭李煜春一起,被枪杀在窈口村前。

学者金守淦的一生

清光绪三年（1877）五月十三日，金守淦出生在洋涨（今场口镇）唐华村的一户农家。这年初夏，西北多地遇旱灾，江南大部省份遭水患，政府无款救灾，到了缙绅纳款进级、人民纳款捐官的地步。

金守淦祖父金驾山是名私塾先生，在家开馆设堂，还是出了名的孝子，被邑人誉为纯孝书生。两个儿子金孝章、金汉章以稼穑为业，耕读传家。清咸丰年间，壶源溪沿岸遭太平军骚扰，不幸金家两个儿子均被太平军掳去，一时没有了音讯。金驾山精神受到重创，大病一场导致染上鸦片，从此金家家道开始衰落。三年后儿子金汉章归来，重新整饬田亩，家业慢慢恢复起来。

清光绪十年（1884），金守淦8岁，入祖父私塾馆读书。其时由场口徐汝骧等五六个学生执贽金家门墙。8岁的金守淦既是祖父的学生更是祖父的助手，"抖面水，携粥饭"，他在自传《追忆》中戏称"类似书童"。学会劳动是农家子弟必须的底色，金守淦十来岁开始，放牛、挑水、送田饭、削麦、削六谷、车田水等农活几乎都尝试过，"读书则置之一边，挂名而已"。15岁那年，其73岁的祖父辞世。丧事完毕，亲戚朋友尚未散去，父母及兄长问他今后做个什么行当为好？少年金守淦不假思索地答曰："读书。"

祖父的离去，金家家境将更为窘迫，故当金守淦说要读书，父母显露出为难情绪。倒是长金守淦10岁的长兄金守梅，听出了弟弟的心声。清光绪十八年（1892），在长

金守梅（左）、金守淦（右）兄弟俩（潘迎峰提供）

壶源点记忆

兄的安排下，16岁的金守淦有了前往邻村东梓关，入许氏私塾附读的机会，算是开启了人生的读书生涯。他摇头晃脑地读、背了一年《论语》后，开笔试写八股文，未得其窍，根本写不了。从而于清光绪二十年（1894），改从柴子琴老师，读书于图山大雄寺内。在大雄寺读书两年，读熟《诗经》《书经》《易经》《礼记》《左传》等百篇。清光绪二十二年（1896），毕业于浙江法政学堂，在杭工作的大哥金守梅，带兄弟金守淦赴杭州，并为他在清河坊熙春街丁宅找了一份小学老师的工作。由此，19岁的金守淦赚得每月50元的工资。

清光绪二十三年（1897），浙江巡抚提倡创办新学，杭州府林启提出建议，经浙江巡抚廖寿丰奏报清廷批准设立求是书院，选址在清泰门内蒲场巷普慈禅寺内。一心想继续读书的金守淦得此消息兴奋不已，即做报考准备。向懂英文的朋友借得英文启蒙书一册，并请朋友辅导学习。临近考试，才知道他没有报考资格。报考心切的金守淦找到族叔金湘臣想办法，最后以他教书所在丁馆的名义报考。结果，天遂人愿，金守淦收到了求是书院（今浙江大学前身）的录取通知书，成为求是书院的第一届学生。

攻读5年后，金守淦于清光绪二十七年（1901）毕业，时年24岁。由于成绩优异，清光绪二十八年（1902），25岁的金守淦由浙江巡抚保送上海中西书院教会学堂专门攻读英文。期间，学堂负责每年的津贴与学费144元，膳宿费用需自行解决。金守淦父母无力给予经费上的支持，再加上上海生活消费高，生活极端清贫的金守淦，承蒙谢老师的帮助，以自己所学之长，翻译一些小文赚点碎钱维持生活所需。毕业后，在朋友的介绍下，任宝山

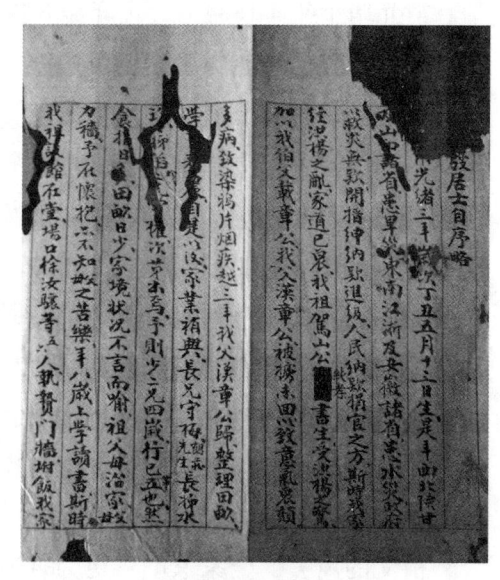

金守淦手稿

县学英文教员。一年后在谢老师的推荐下，任职于上海商务印书馆翻译所舆图部，参与世界大地图的编译工作。有了工作的金守淦仍不忘提高自己的专

业水平，每日下班后步行十来里路前往青年会，继续英文专业的学习。两年后，他英文水平有较大提升，故谋到一份额外的工作，即每天下班后去望平街中外日报馆担任翻译电报工作，以赚得每月20元的津贴。金守淦求学虽然不易，但是结识了不少仁人志士，见识渐广，从而对孔子的"己欲立而立人，己欲达而达人"有了深刻的理解，所思所想已不再仅限于个人、家庭的问题，他开始思考民族的、国家的、大众的问题，逐渐萌发革命大志。

辛亥革命前夕，由孙中山先生牵头成立的兴中会提出"驱除鞑虏，恢复中华"的誓词，决心推翻清王朝统治，建立资产阶级共和国。此举得到大批资产阶级知识分子的响应。革命者经常在上海聚集，由此上海成为宣传革命的中心。1904年，上海成立了光复会，蔡元培担任会长。1905年8月，孙中山邀请各革命团体聚集东京，召开了中国同盟会成立大会。同盟会推举孙中山为总理，通过了"驱除鞑虏，恢复中华，创立民国，平均地权"的革命纲领。

金守淦在自传《追忆》中述："自思个人与国家的命运是密不可分的，非发奋自强不可。适孙中山先生在日本成立同盟会，我即修书要求参加。允之。"金守淦在同盟会上海分会会长蔡子民的组织领导下，与汪瀼卿、刘海粟等人一起，从事同盟会秘密活动，"开设报馆，筹借经费，购买纸张，无一日非千辛万苦，以报章鼓吹为革命先锋也"。1911年10月，武昌起义终于打响，并宣告胜利。金守淦与同盟会上海分会的同仁们于"九月间，在张家花园为武汉筹军饷，如数送汉，以充军需以厚军心，不无微劳"。此次，金守淦专程送军饷至武汉，刚被推举为都督的黎元洪设酒席于黄鹤楼，亲自接待了金守淦。

在辛亥革命的影响下，浙江宣告独立，金守淦求是书院同学蒋百器被公举为浙江省都督，同为同学的蒋百里任浙江省都督府总参议。此时在上海的金守淦接到蒋百器的电函，并汇去路费，邀请他前来担任都督府秘书。不久，蒋百器、蒋百里因被旧势力排挤离开杭州，金守淦也因此停止了都督府秘书工作而离开杭州回到家乡富阳。

金守淦回到老家后不久，景山小学校长金明先生即邀他来校任教。旋经地方士绅推荐，富阳县知事任命，金守淦任富阳县立高等小学校长。期间，他设法筹措办学经费，向当局提议财政收入应"酌量抽捐"用于办学，发动社会名流捐款，还通过他们影响城乡父老慷慨解囊，为办学捐赠所需。他勤于业务，教学之余撰写《富阳县校校址摘录》等史料。担任校长三年有余，办学成绩卓著，受到浙江省政府嘉奖，深得老百姓敬佩。

民国五年（1916），经江苏籍教育家袁希涛举荐、北京大学校长蔡元培邀请，金守淦北上任职北京师范大学，先为学监，后为教务主任。时任富阳县知事陈融撰《送壬父先生赴京序》为其饯行，壬父为金守淦字，文中曰："王洲为汉孙钟种瓜故址，生其地者非瑰奇倜傥之才郎，灵敏机警之士也。""是年七月，即望先生力辞县校校长，束装北上就职。"河北省文史专家董文璞编撰的《河北历史名人传》一书，其中《通俗文学大家老向》一文中提到了金壬父先生。"老向"即现代文学大家之一王焕斗。王焕斗（1898—1968），字向辰，笔名老向。16岁考入北京师范大学。文中有这样一节记述：有一天晚自习，他伏案而眠。学监金壬父先生点名，他的同学急忙用胳膊肘撞他。金先生赶紧小声儿阻拦说："不要叫他，他白天很用功，累了，让他睡吧！"老向蒙眬中听到金壬父先生这几句话，感动不已。

民国七年（1918），袁希涛兼任国立京师图书馆馆长，金守淦应袁之邀入馆工作。金守淦在图书馆前后待了30年之久。1918年进馆开始，先后在编目科、庶务处任馆员、主任等职。进入图书馆后，他觉得图书馆工作是自己想要的工作，"由此抱定宗旨，不肯轻易更动"。对图书编目尤其是经、史、子、集四库编目产生浓厚兴趣，全身心投入，边工作边研究起目录学来。编目科工作3年后，教育部有令，要他兼任庶务工作。庶务工作似乎不太适合于他，"从事五年，力辞三次，始得改管四库全书兼普泛事五年，又改管善本、四库"。

金守淦觉得，因为从事图书馆图书编目工作，提高了自己辨别精抄本之价值，读到了未读之书。其间，与在京的同乡郁曼陀、洪文澜等交往甚好。有一份原始资料，落款时间为中华民国十六年（1927），具体内容是供职于北京政法部门的富阳籍人士郁曼陀，介绍陈秉略入国立图书馆工作的字据，介绍人是郁曼陀，保证人是金壬父，有私章、手印。金守淦很喜欢图书馆工作，虽然生活上经常是在汽油灯上煮两碗白粥当中餐，一碗挂面当晚餐，但感觉自己精神是充实富足的。

1928年5月，南京国民政府改京师图书馆为国立北平图书馆。

1937年卢沟桥事变，抗战全面爆发。时任北平图书馆馆长袁同礼率十几名馆员南下参加抗日，金守淦和留馆同仁一起守护图书馆，就地抗日。

抗战爆发后，富阳老家亲人多次去电报，召他归来。金守淦无动于衷，他恪尽职守坚守岗位，一直到抗战胜利，为图书馆同仁和学界名流所钦佩。

1945年抗战胜利，金守淦已是69岁的老人，"然精神甚好，办公不输少年"，仍在馆工作。该年7月27日，由于下雨路滑，金守淦在图书馆大门内滑倒摔伤脊骨，终因身体原因，金守淦向馆长递交辞呈。退休时，教育部有令照大学教授优待条款发放养老金，但是金守淦从未拿到一分养老金。"虽有令，但中央政纲不振，批转养老经费由图书馆支付，图书馆又批转养老经费由浙江财政厅发放。最后浙江财政厅说没有收到此项公文，此后即没有了下文，真是妙不可言。"金守淦回乡时只有一船书籍，从北京到老家王洲，走了近两个月，路途食宿皆赖亲戚朋友。回乡后，担任富阳县各界人民代表，多次因"衣裳羞涩，旅费惟艰"而缺席会议。

1947年1月，金守淦70岁寿辰之际，国立北平图书馆馆长袁同礼拜撰《金壬父先生七秩寿序》一文，文中曰："自共和纪元之七年来馆任职迄今已三十载。昕夕从公，勤务职守，初亦不甚异于恒人。逮日人西犯，北平沦陷，先生独舒肝胆，留馆典守公物，洞明是非，持大体馆务得以保全实有赖焉。扶持正气，砥砺风节为同人所敬仰。""富江春雨浙水秋光，先生之风可上比子陵共传为今古佳话也。"文由同为北平图书馆编纂王祖彝拜书，馆员王访渔、李芳馥、赵万里、王重民、顾子刚、樊汝僖、王育伊、范腾端、万斯年、宋琳、李耀南、韩嵩寿、袁涌进、李钟履、杨殿珣、丁浚、张秀民、贾芳、张乾惕、王树伟、金勋、金裕洲、张任璞、索恩锟、赵荫厚、孙良振、马龙壁、张增荣拜贺。

1949年5月，富阳解放。1952年2月至1959年10月，退休回乡的金守淦连续三届当选为富阳县各界人民代表大会代表。桑梓情怀使然，担任代表期间，金守淦积极履职。他不顾年事已高，为家乡父老的事奔波操劳。他的家乡王洲是富春江冲积而成的江中沙洲，在没有构筑江堤前，每年都要遭受洪涝灾害。为此，金守淦撰写治理江堤、建造水利设施、防御洪涝灾害的代表提案，向政府谏言献策。提案得到政府的采纳。在王洲上沙嘴新砌石叠磬

壶源记忆

头三个,为保护堤岸防御洪水的重要水利设施。为提高江堤的坚固,金守淦组织老百姓种植护岸林,免遭塌江之危。

　　一生从事教育、图书馆工作的金守淦,发现家乡王洲,"洲虽涨于秦汉以前,而绝无记载,县志虽略载洲里,钱糟、村庄、人丁,而于明清以前事迹,只有孙伯符故里在瓜(桥)埠,宋元祐年间孙发予成(考中)进士、洋涨里人明永乐十六年孙景明成(考中)进士,沙洲之塌涨、宗族之盛衰、村落之贫富、教育之兴衰、人才之有无等记载寥若星辰之情况,与几位绅士商议后,一起克服编纂经费等困难,编纂了《王洲乡志》一书,留下宝贵的地方文献史料(遗憾的是该志书至今未能找到)。金守淦一生酷爱读书、买书和用书。刚参加工作不久,他用自己的薪水入股投资,把赚得的银元,购买经典巨著《四部备要》一部,赠予家乡富阳县立初级中学。他发挥所长,在家中开设两个民校班,为本地无力入学的贫困子弟教学。晚年的金守淦,以超然物外之胸怀,豁达处世,戏称"三间破房子,一个老书生",以琴书自乐。金守淦信佛,号六驭居士。1961年,金守淦辞世,享年85岁。

金守淦在人代会上发言

倾听
QINGTING

悬壶济世救苍生

中医的博大精深，在于人与自然的通融，即以自然之物、自然之法医治自然之身。我们的先祖，在和大自然的不断抗争中求得生存，当他们尝试着用草根树叶作为食物充饥时，人类已从茹毛饮血的渔猎生活进化到农耕时代，当他们意识到这些自然植物能对人体产生作用时，便有了药食同源认知的中医药文化。

在那个时代，场口这方地域上，有两个地名即是两家名中医的代名字。一是东梓关，东梓关即是人们心中的张氏治疗骨伤。二是洋涨大路，洋涨大路上即是人们心中的叶氏治疗疖毒。两个代名字，是广大民众对他们高超医术的充分肯定，同样也是对他们医者仁心的高度赞扬。

富春江地域属亚热带季风气候，气候温和，四季分明，春夏多雨。境内高山峻岭，巨岩巉石，深沟邃谷，悬崖峭壁。得天独厚的地理环境，生长出优质的铁皮枫兰，如此，攀岩走壁的采药人也就应运而生。

张培春：富阳张氏骨伤医术传人

上图山，古老的山村，相距富春江水路埠头东梓关十里路程，为这方地域人们出行的必经之路。志书记载，东汉申屠蟠曾遁隐于此。两千余人口的村庄，集詹、陈、金、凌、方、郎、张、柴、李、胡、屠、臧等姓氏。不知是何原因，自古以来，大多先民以行医为家业，医术高超，医德高尚。詹氏家族世代行医，以诊治伤寒病见长，传承至詹云熹一代，医术已相当精准。陈品华、陈品贤兄弟俩，诊治传染病有秘方和绝招。张氏则以善治跌打损伤等骨伤病见长，至张清高一代，形成了具有独特疗效的一整套诊疗医术。柴家柴云连为南京医科大学第一届毕业生,诊治内科病独树一帜。臧家擅长儿科。除此以外,还有医术上各有千秋的草头郎中,柴水根、凌松昌、詹昌华等擅长治疗中暑,金云松擅长治疗肿瘤,柴国根专治蛇咬伤,孙菊珍擅长治疗眼疾等,整个村庄充盈着浓浓的医术氛围,随处皆可闻着中药的香味。

张氏中医骨伤医术始于清道光年间(1821—1850),其先祖张永积尝试"割股"手术,开启了张家习医治病之道。至第二代张士芳,医术明显重于骨伤治疗,正骨医术在本地已小有名气,而后张士芳又师从武、医术双全的民间高士周双全,习研拳法与医方。独具张氏特色的杉树皮小夹板正骨医术逐步形成。从此,张士芳凭借骨伤医术行走江湖,悬壶济世,救治苍生。张士芳长子张清高(小名阿毛),少时即拜村中中医内科名医詹云熹为师。张清高酷爱读书,詹云熹用心教学,不但授予岐黄之术,让其深读医药典籍论著,还传授中华儒家文化与中医学辨证施治,君臣佐使的儒学理念,以致张清高形成了爱读书的习惯,每晚只要一册医书在手,定要看到床头柜上的油灯油尽为止。张清高渐长,随父亲张士芳研习骨伤诊治医术和拳术。当他独当一面撑起家传中医骨伤疗法悬壶济世时,张家中医骨伤正骨医术在地方上已大有名气。张清高接骨正骨技艺娴熟精准,百治百效。一传十,十传百,从开始的周边村庄到后来的周边县市,骨伤病人纷纷慕名而来。张清高铭记家父与詹先生教诲,"凡大医治病,必当安神定志,无欲无求,先发大慈恻隐之心,誓愿普救含灵之苦"。他待病人如朋友似亲戚,远道而来的病人,免费提供一宿三餐,家里天天像开食堂一样。为方便病家,张清高通常出诊上门,他还有一个习惯,出诊时喜欢背上猎枪和锄头。猎枪用来打猎,他打猎不是为了吃野味,而是用来研究骨关节的结构,锄头用来采草药。家里楼板底下、板壁上挂满草药,上门就诊的病家,一张药方,几贴膏药,有钱的给个铜钱,没钱的说句好话。医术医德双馨,方圆百里乃至周边县市无人不知上图山张阿毛。

张清高育有三个儿子,张绍涌、张绍银、张绍富。三兄弟从小受父亲的传授,习武学医。张绍涌擅长武术,在民间擂台中屡次获胜。他负责中草药的采集与百草膏的制作,攀岩走壁,采药足迹遍布富阳及周边桐庐、临安等县市。张绍银、张绍富随父坐诊,张绍银以治疗内科见长,张绍富以治疗骨伤见长。

中华人民共和国成立后，张氏中医骨伤传至张清高儿子一代。张绍富等积极响应政府公私合营的号召，牵头成立了图山乡巡回医疗站，随后的70多年时间里，在政府的重视和支持下，至今已发展成为浙江省公立三级（乙等）中医骨伤专科医院。"治伤如神医，接骨有奇书"，张氏中医骨伤医术传承至今已有200多年历史，至20世纪70、80年代，张氏中医治疗骨伤已声名远播。第四代传人张绍富，被评为浙江省名老中医、主任中医师，被中国中医研究院骨伤研究所聘请为客座研究员。第五代传人可谓枝繁叶茂，张培春、张培福、张培祥、张玉柱、张玉明、张玉良等有30人之多。

他们当中的张培春为张绍涌长子，张清高长孙，张绍富大侄子。在张氏中医骨伤传承与发展过程中，张培春起到了"良相"的积极作用。

1951年，19岁的张培春，被选为上图山村村主任。第二年参加富阳速成识字师资训练班，担任15组互助组组长。1955年任上图山高级社政治文化委员、村青年突击队队长。1956年1月，24岁的张培春入图山乡巡回医疗站工作。3月，图山乡巡回医疗站改名东图乡中医联合诊所。为更好地救治重伤病人，诊所因陋就简，设置简易病床12张。这年12月，张培春因工作积极肯干能干，光荣地加入中国共产党，介绍人为柴志勇、柴荣富。

成为一名年轻的中共党员，张培春浑身都是干革命工作的劲。1958年11月，东图乡中医联合诊所更名东图人民公社医院，负责人由时任东图公社党委副书记汪志钧兼任，医院具体工作由张培春主持。这年，和其他单位一样，张培春在做好医院工作的同时，配合政府开展了基层整风肃反工作。由此，他被评为富阳县1958年文卫系统社会主义积极分子。出席了浙江省1958年度文教战线社会主义积极分子表彰大会。1959年仍然保持良好的工作状态，1960年1月19日，张培春光荣地出席了1959年度杭州市文教战线群英会。

20世纪60年代，陆路尚未发达，各地骨伤病人来上图山就医大多乘坐富春江上客轮、轮船至东梓关，往上图山还有十多里的陆路，对于病家来讲很不方便。政府和医院为方便骨伤病人就医，1960年10月，东图管理区卫生所迁至富春江畔东梓关村十房厅。

1962年，东图管理区卫生所更名东图联合医院，院长张培春。十房厅为民宅，房屋结构不适合做医院。院长张培春开始筹划建造新的医院，选址娄家山。

后排右四为张培春

造院舍，首先要买木头。当时树木禁止砍伐与买卖，起房造屋不管是公家还是私人，买木头都得偷偷进行。想来想去，张培春想到了自家在桐庐三源的一份老亲。张培春带着医院的会计和烧饭师傅，前往桐庐三源，托人找到村里老书记，希望他能写个条子。人家听说来人是东梓关医院的院长，说不用买，需要多少木头他们负责送到东梓关。张培春做事自有他的分寸，他说："太黑市，我们买不起，太白市（太便宜）你们不好交代，价格差不多我们买！"

木头买好，运出来又是一关。没有更好的办法，采取老办法，先是找到当地乡政府管这项工作的领导，请求他们协助帮忙，说白了就是"木头过关卡时，检查人员借故避开"。就这样造院舍的木料买回来了。从此以后，只要是桐庐三源乡来的骨伤病人，或是徐家畈大队书记写了条子的病人来东梓关就医，张培春都会安排给他们先看，时间久了他和村里书记成了朋友。

壶源龢記憶

1962年9月22日，东图联合医院院舍在杂草丛生荒芜一片的娄家山上动土开建。鼓足干劲，快马加鞭，13间门诊楼、4间厨房、两间厕所顺利竣工。1963年1月，东图联合医院从十房厅迁入娄家山新院舍。医院的硬件设施有了较大的改善，与此同时，业务科室在原来的中医骨伤科、中医内科基础上，增设了西医内科、妇产科化验室。张培春敢作敢为雷厉风行的实干精神为领导和医院员工所肯定，富阳县1962年度文教战线群英大会上，张培春被列为主席团成员。

院舍的完善在逐步进行中，1964年，院长张培春筹划和建造了8间医院职工宿舍，1间传染病隔离房，给门诊楼全部安装了纱窗。这年，医院来了几位实习生，很需要有一台x光机。当时来讲，配置x光机的大多在县市级以上医院，乡村基层医院一般都没有，一台x光机价格在12万元以上，基层根本买不起。作为院长，张培春很想配置一台x光机，提升医院硬件实力，但又不知道从何着手。事有凑巧，老施是省级某医院的权威人士，当时下放在东图医院劳动改造。他看出张培春院长的心思，就向他提供了一条信息，说杭州某院有一台改装机，价格在3000元左右。张培春获知信息，没有多加考虑，向医院财务预领了3000元钱，急匆匆坐上去杭州的客轮。

三排右一张培春

他火急火燎地找到这家医院,被告知买 x 光机必须有单位介绍信。张培春没想到买台 x 光机还得开单位介绍信,一下愣了。不过就在愣住的瞬间,他想到了办法。他急匆匆赶往杭州市卫生局,找到某局长,直接与局长说:"局长,侬认得我吗?"局长说:"哦,认得,认得,好几次听你介绍先进经验!"张培春说明情况,拉了局长去给他开了"介绍信"。

x 光机买回来了,消息很快传到了县卫生局局长王志灿那里。张培春被叫去谈话,说是谈话,其实是劈头盖脸一顿训斥:"你知不知道财务制度,开支 100 元须经局长审批,同意后方可使用?!你这是先斩后奏,严重违反财务制度。再说,x 光机你医院里连个会使用的人都没有,一台改装机,谁知道它的质量,这 3000 元弄得不好等于打了水漂!"局长的批评张培春悉数接受,他想机器已经买回来了,当务之急是培训操作人员。很快,第一张病人的 x 光片出来了,大家互相争看互相转告。

《一面改进门诊 一面送医下村》《采取各种措施 方便群众就医》《身在农村 心向农民》等关于东图联合医院工作事迹和经验的报道刊登在《杭州日报》《浙江日报》上,张培春多次在相关大会上作经验介绍,一度成为坚持社会主义道路,办好社会主义卫生事业的先进人物。

……

1970 年 11 月,中共东图文卫支部成立,张培春任书记。

1973 年,东图联合医院更名东图医院,同时成立中共东图医院支部。张培春书记、院长一肩挑。1973 年至 1983 年 7 月,连任三届中共东图医院支部书记,院长任期至 1984 年 6 月。

这期间,他仍像之前一样,一门心思扑在医院的工作上,很少顾及家人,儿子张剑平从小失去母爱,又缺失了父爱或者说很少得到父亲的陪伴,导致父子之间感情疏远。他的儿子张剑平说,有一次,张培春回家来,他躲着不见,还在房间桌上借灰尘写下:打倒张培春!

疼爱儿女是做父母的天性,张培春也不例外,在张培春一本发黄的日记本里,多处记录着几个孩子的出生日期、属相,女儿有了新郎,儿子有了新娘都仔细记录着,用他的方式诠释着他内心深处的父爱。

1983 年元旦,张氏以家族的名义,向富阳县政府、县卫生局递交了申请

壶源點記憶

在富阳城区新设性质隶属富阳县卫生局的"富阳县张绍富中医骨伤科医院"。1984年5月，富阳县委、县政府决定以富阳东梓关张氏骨伤为基础，在富阳城区筹建"富阳县中医骨伤科医院"。这年6月5日端午节，县卫生局局长叶正川找院长张培春谈话。他说："你担任东图医院院长几十年来，工作负责，事业性强，为医院的发展做了不少的贡献，局党委予以充分地肯定。中医骨伤科医院已正式开始筹建，局党委研究决定，你来担任筹建组副组长。你人头熟，领导关系好，现在办事有时还得有一定的关系。"就此，张培春的工作重点转移到新医院的筹建。

从无到有，建造新的院舍，工作千头万绪，东跑来西跑去，靠两条腿跑哪里来得及，为方便工作，张培春下决心学自行车。52岁的人，之前没有碰过自行车的张培春，前后摔伤三次。第一次左脚第四、第五跖骨骨折。第二次三根肋骨骨折。第三次摔倒是在西堤路转弯处，右手撑地，肘关节骨折。第三次摔倒是在夏天，衣服穿得少，皮开肉绽的，鲜血淋了一地。他说痛得要命又难为情，担心被熟悉的人看到。每次摔倒，伤到骨头就叫儿女帮着摸捏整复，杉树皮一夹绑带一绑，衣裳裤子穿好不让别人看出来，软伤弄张百草膏贴贴，他不说别人根本就不知道他摔伤，只是跖骨骨折那一次，在电梯里他背对众人扶着电梯勉强站着，老家东梓关的人认出来是他，听到他们在说："培春，这几年熟（老）得快的，站都站不直了。"张培春则是想，新医院正在筹建中，不管是经费还是人员都紧张，他不能因为小伤而像模像样地休息，能挺就得挺住。

从1984年6月至1987年12月，将近4年的时间，占地面积12480平方米，建筑面积7780平方米的富阳中医骨伤科医院建造全面完成，全程参与其中的张培春感慨万千，不由自主地写下："八四端午到富阳，筹建骨医造新房。四年三楼齐完成，八七冬至住新房。"

根据医院发展需要，1985年12月，县委宣传部下文，任命了新医院院长、书记。1986年4月21日，富阳县人民政府下发《关于富阳县中医骨伤科医院定为全民事业单位的批复》，富阳县中医骨伤科医院性质变集体为全民所有制，在编人员增至70人。

至此，张培春从1956年进图山乡巡回医疗站，1958年开始主持东图人民公社医院工作，1962年开始担任东图联合医院院长，1973年担任东图医院院长，1984年开始参与新医院的筹建工作至1987年结束，一路伴随张氏骨伤医院的发展走过了整整30年的时间，时年55岁的张培春告别了他的"良相"生涯，就此，他把所有的心思和精力用来做良医。

  小时候的张培春有和爷爷睡"一头"的"特权"，机灵聪明的他被祖父祖母和家人所宠爱，祖父看好这个长孙，对于传承张家骨伤医术寄予厚望，从小灌输医药常识，睡觉前总会讲个医生治病救人或是行善积德的故事。平日里去附近山上采药、周边村庄出诊，爷爷都会带着他。耳濡目染，少年张培春模仿爷爷给人把脉看病的样子也给人把脉，并且说"我是张医生"，把大家逗乐！一次，张培春出于好奇，把祖母用的眼药瓶里的眼药粉倒出，装进墙壁上刮下来的石灰粉，差点把祖母的眼睛给弄瞎了。祖父教训他一顿之后，觉着这个孺子倒是可教也。于此，每晚教他药性歌诀、汤头口诀，要求他熟读背诵，稍长安排他抄写处方，为张培春后来行医夯实了基础。

  16岁高小毕业，爷爷对张培春授予他精读过三遍的《本草纲目》《正骨八法》《伤科大成》《雷公炮制药性赋解》等医药典籍。专事采草药制"百草膏"的父亲张绍涌，则带着他上山采草药，父亲传儿子，边采药边讲授草药的生长环境、采制方法、药性、功效，还有张氏"百草膏"制作的秘诀。18岁他开始跟随爷爷张清高和叔父张绍富在家门诊和出诊，潜移默化中，张培春懂得了"仁爱救人，赤诚济世，不图钱财，贫贱无欺"的张氏行医祖训。

  或许是随了祖辈父辈的遗传基因，或许是祖父从小对他的开发与教育，或是两者皆而有之，张培春和其祖父一样酷爱读书，在他担任"良相"期间，每到一处不会忘记的都是到书店去看看，去旧书摊淘淘宝，以至张培春的藏书十分丰富，《增广本草纲目》《增校本草从新》《中药大辞典》《中医药史略》《中医临床精华录》《常用中药鉴别与炮制》《中草药妙方宝典》《中医伤科临症备要》《骨伤难症百例》《中医治疗法则概论》《神农本草经》《李时珍祖传秘方》《本草纲目实用便方》《中华五千年民间奇效良方》《古代验方大全》《本草纲目彩色图谱》《常用中草药手册》《浙江民间常用草药》《疑难病症》《临床肿瘤学》《推背图》《熏洗疗法》《人体解剖学表解》《浙江省名中医临床经验选集》《首批国家级名老中医效验秘方精选》《中国名老中医祖传秘方》等众多医药书籍，有的是影印本，有的是遗著，有的购于1960年省群英会期间，有的购于康乐新居。可以看出，张氏骨伤医术的传承、探究一直是张培春认定的方向。

博览医书，集医者之长，加上几十年的临床实践，张培春在继承祖传治疗骨伤医术上，采用内外结合，穴位按摩，辩证巧用"霸道"药的独特治疗方法，治愈了多名卧床病人，有的能站立起来，有的甚至恢复如初，能跑能跳。

周浦乡周家塘吴某，不慎从电线杆上摔下，造成胸十二、腰一骨折，下肢瘫痪，大小便失禁。经腰穿、拍片、脊髓造影等各项检查，诊断为脊髓梗阻性瘫痪。张培春采用内服中药汤剂、针灸治疗三个月，病情没起色。改服马钱子，开始一次服0.15克，一日三次，14天为一疗程。治疗2个疗程，仍不见效，后加大剂量，当加大至一次1.0克时，患者下肢有知觉了。继续服用，辅助穴位推拿按摩加康复训练，6个月开始，能站立独自行走，直至告别病床，抛弃拐杖。后几次复诊，他从周浦骑30多千米自行车来富阳。

患者周某，34岁，嘉兴人。外伤致四肢震颤麻木，头昏脑胀，下肢乏力不能走步，并患有胆结石、胃溃疡、尿路感染等症。之前在上海等地多家医院治疗，均无明显效果。慕名前来找张培春就医。经过望闻问切，张培春认为"诸风掉眩，皆属于肝。诸寒收引，皆属于肾"。采用滋肾、柔肝、强心、益脾胃中药内服，七剂中药服下四剂后四肢就不震颤了，然后对原处方药进行加减，继续服用一个多月，综合病症竟然痊愈了。出院后不久，患者从嘉兴一下带来6位病人来找张培春医生治病。

患者李某，30岁，桐庐县凤川供销社营业员。住房起火，从二楼窗户跳下，造成下肢瘫痪，大小便失禁。送杭州救治，诊断为外伤性瘫痪，住院治疗6个月，未见好转。后经人介绍来到东梓关骨伤医院治疗。患者母亲愁眉苦脸，急切地追问"治不治得好"。张培春平静地说："治得好！"其实最后能不能治好张培春也没有十分把握，只是出于医者救死扶伤的心愿，愿意冒险救治。

经中药内服、穴位按摩、太乙针熏灸、药浴熏蒸等，治疗3个月后，患者可以站立行走，但是腿尚不灵活。几个月下来，患者母亲多次问张培春"几时能好起来"。张培春平静地答复："会好起来的。"张培春听得出来，患者母亲是在担心两样事情，女儿的伤情能不能治好是其一，其二是担心住院开支。张培春帮她们联系了离医院较近的屠家村自家亲戚家里，减轻了患者的经费开支。患者安下心来继续治疗三个月，慢慢能行走了。考虑到患者的经济负担，张培春配了药，教了她们康复锻炼的方法，同意她们回家。治疗至12个月时，张培春出诊桐庐给患者复诊，患者已经行走自如了，且准备回到工作岗位，见此，张培春十分高兴。

张培春悬壶济世60余载，在传承祖传中医骨伤医术基础上，加上自己的实践与经验。他认为，诊治患者首先得找准病症本质，分析病因，弄清疑惑，对症下药，发挥中医药的作用。

中医辩治，骨折瘫痪者，予以活血化瘀，疏通督脉，续筋接骨。弛缓型瘫痪者，可以补肾健脾，温经通络。瘫痪呈痉挛性者，宜滋补肝肾，祛风通络，同时结合针灸、功能锻炼，可以逐步好转。他认为只有不知之症，没有不治之症。

对于疑难杂症，他认为"怪病多由痰作祟，顽疾必兼痰和淤"。"久病多虚，久病多淤，久病入络，久病即肾"。掌握人体病之规律，则可采取熄风、涤痰、活血、化瘀、通络、定痉时，如能在辨证施治时，参用虫类药、猛药可提高疗效甚至产生治疗奇迹。

张氏行医祖训传承的是古代医药家孙思邈的医者理念，张培春自小接受医者仁心的家庭熏陶，先发大慈恻隐之心，誓愿普救含灵之苦。

他见不得患者的苦，通常治患者伤病，抚患者焦虑担忧之心。救治病人，张培春从来不瞻前顾后，自虑凶吉，爱惜生命。

1986年，一对恋人遭遇车祸，导致女子董某重伤，确诊为脑震荡、胸椎压缩性骨折，腰部以下失去知觉，大小便失禁。在杭州住院治疗20天后，医生告知没有治愈的可能，终身截瘫。这对恋人男方父母持坚决反对态度，如果高位截瘫意味着什么不言而喻。而后，他们离开杭州，来到富阳骨伤科医院找到张培春医生。张培春弄清楚病情，还弄清这对恋人的情况。原来，男的在国企工作，女的自谋职业，男方父母担心儿子将来辛苦，不同意他们恋爱，而小伙子则向女子表示："就算从此你残疾了，我也愿意娶你为妻，乐意侍奉你一辈子！"

收下患者，张培春压力很大。"这种病医得好吗？"张培春没有这么想，他只想作为医生要想尽办法救治他们。他让同为中医骨伤医生的女儿张剑英协助开展治疗。分析患者病情，张培春从《骨伤难症百例》中终于找到一方，熏洗疗法，将香樟木头等芳香草药用纱布包好，蒸热后敷在患处以达到刺激神经的效果，夏天时用半麻叶加其他几味草药当被盖，加上内服中药，几个月后听到患者说"很难受"，这说明患者的神经有知觉了，张培春似乎在荒漠里看到了前方的一束光。

一年治疗下来，患者能扶壁站立半个小时了，张培春知道患者要痊愈还需相当长的时间治疗，知道这对年轻人精神上有压力，精神压力对于治疗很不利。他写了一篇《真挚爱情》的广播稿，在县广播电台播出，还做起了男方父母的思想工作。之后考虑到患者生活上的不便与经济上的负担，同意他们出院，住家治疗。张培春父女俩轮流上门巡诊。

经过张培春父女俩4年的悉心治疗，患者已能独立行走，随后走进婚姻的殿堂。婚礼上她满含着泪水对张培春医生说："张医生，您真是我的再生父母！"婚后第二年，患者生下个胖儿子。

20世纪70年代初期，也就是他刚被"解放"时，东图医院来了一位来自黑龙江的患者，姓牛名连章，曾任黑龙江省公安厅厅长，因被批斗殴打，下肢瘫痪。家人设法把他送来南方，慕名找到东梓关求医。诊断病情需要住院治疗。当时医院病床紧张，大家想让患者去其他医院。张培春认为，来到东图医院的患者皆为医生的病人，若有疾厄来求救者，不得问其贵贱贫富，长幼妍媸，怨亲善友，普同一等，皆如至亲之想。这是为医者之本质。

医院病床紧张，张培春让同为医生的女儿张剑英把宿舍让出来做病房，女儿张剑英则住到水塔下面需要用面盆接滴水的简

张剑平（左）、张培春（右）父子俩

易房间。张剑英回忆说:"水塔下面的房间潮湿不堪,父亲是院长,我听他的话服从安排等于支持他的工作,在水塔下面我住了好几年。"

2000年开始,张培春行医的脚步先后到了建德、淳安、浦江、余杭、临安等地,经他治疗康复的瘫痪病人数不胜数,为病人所想的故事不胜枚举。作为张纸骨伤世家的传承人他发挥了该有的作用,他的两个儿子张剑平、张旭东,三个女儿张建芬、张剑英、张姚萍均研岐黄之术,为中医骨伤医生,他们深爱着博大精深的中医文化,传承着张氏骨伤医术,传承着"仁爱救人,赤诚济世,不图钱财,贫贱无欺"的张氏行医祖训。

凡大医治病,必当安神定志,无欲无求。

(本文根据2012年张培春老中医生前采访整理)

疔毒名医叶炳喜父子

追溯富阳这片土地上的中医文化,有文字记载的可以追溯至明朝。《富阳县卫生志》记载,富阳县鸡笼山朱象淮、朱小东父子的中医疮疡外科名扬杭州。朱氏的疮疡外科在其徒弟叶炳喜居地——洋涨村生发。

叶炳喜(1874—1961年),字小艇,号叶舟,洋涨(今场口)大路村人。其祖父叶承霄(1802—1861年),字丹亭。清嘉庆年间秀才,精岐黄术,明七情辨六淫,察阴阳应气候,为地方郎中,家藏医药典籍颇多。父亲叶明晳(1835—1915年),字义方,幼年入私塾,通晓经史大义。叶家世代崇尚读书,与人为善,乐善好施,家风甚好。叶炳喜天资聪颖,7岁入私塾,酷爱读书,闲时喜欢读家中医药典籍,并有所悟。清光绪十六年(1890),叶家根据叶炳喜"想做一名医生"的人生志向,凭借叶家与新民乡(今东洲街道)鸡笼山村朱家世代友好之关系,16岁的叶炳喜拜师朱象淮。

朱象淮(1830—1903年),字介东,新民乡(今东洲街道)鸡笼山村人,生于中医世家,继承祖上医术,通晓内外科更擅长疮疡科,治病救人百无一失,名扬杭州。朱象淮儿子朱兰(1867—1927年),号小东。民国初年在杭州太庙巷开设诊所，专治各种疮毒、痈疽，手到病除。

叶炳喜拜朱象淮为师，与其子朱兰关系甚好，两人生活中像是亲兄弟，学医则是师兄师弟，朱象淮像带着两个儿子一样，把祖传医术毫无保留地给予传授。3年后，叶炳喜学成出师，回老家洋涨大路上开设诊所，开始独立坐堂行医。

叶炳喜的好学以及他对中医的悟性，让师傅朱象淮对这个徒弟很是赞赏。出师时，师傅朱象淮送徒弟叶炳喜珍贵医籍《青囊秘授》一册，赠"燮理阴阳"匾额。朱象淮期望也相信徒弟叶炳喜能够成为一名名中医。

清光绪十九年（1893），年仅20岁的叶炳喜，开始在传统中医文化的海洋里探索与实践，他一边购买更多的医药典籍进行研读，一边接诊患者。在行医实践中，叶炳喜继承师傅朱象淮之传授，并深研《青囊秘授》《青囊经》等医典之奥秘，医术渐长。久之，百治百效。一传十，十传百，从开始的周边村庄到后来的周边县市，疔毒、痈疽等疾病患者纷纷慕名而来。

叶炳喜

民国二年（1913）夏天，一陌生男子来到叶炳喜家门口，不敢入内，一直在门口徘徊着。叶炳喜儿子叶效良刚从外面回家看见了。他见家门口的这个男子，头、脸皮肤不正常，便知他是来就医的患者，就主动问他有什么事情，为何不进屋里。男子说："我是从绍兴过来的，身上有病，求医问药已有两三年，花光了家中积蓄，但是病还没有治好。听说洋涨大路上叶炳喜医生只需2元钱诊断费就能就诊，并且治病很灵光，可是我身上连1元钱都拿不出了，实在不好意思进去。"叶效良听后，十分同情，连忙对他说："家父看病不只是为了赚钱，没钱只要给句好话就行了。"叶效良马上把病人迎进家里，与父亲讲了患者情况。叶炳喜顾不上自己"咕咕"叫的肚子，先给患者诊断。患者姓陈，绍兴人，55岁。头、面、耳、项、发中白屑叠叠，发病已经3年，曾在绍兴、杭州、上海等地多家大小医院治疗无效。叶炳喜诊断病情：血虚生风化燥，肌肤失养，故见皮肤干燥，有糠秕状鳞屑；风盛则痒，发为血之余，血虚发失所养，故头发干燥无光，常伴有脱发、舌红、苔薄白、脉弦为风燥之象。确诊为白屑风。处方：养血润燥之剂，服10剂。叶炳喜知道患者已身无分文，所以10剂中药免费，还留其食宿。患者10剂中药服下，药到病除。回去那天，叶家还给了他1元钱做回家的路费，陈某在叶家门口跪谢，叶炳喜连忙将他扶起。陈某回去后，逢人便说，富阳洋涨大路上有位药到病除的活华佗。

民国三十年（1941），富阳县县长龚铁浪15岁的女儿，颈项两边长了两个肿块，在县医院就诊治疗20多天，无法判断得的是什么疾病。有人提醒县长龚铁浪不妨去场口洋涨大路上叶炳喜那里试试。县长龚铁浪心急如焚，就带女儿到洋涨大路上叶炳喜家里求医。叶炳喜让跟随自己学医的儿子叶效良诊断病情。叶效良经过望、闻、问、切，诊断病情为颈项左右硬凸如李，皮色如常，按之不痛，身体微热，脉法玄滑，舌苔微白。确诊为瘰疬，拟解郁舒肝法。开处方，服5剂。患者服药3天时，肿块已经消解一半，服药5天后肿块全部消解。县长龚铁浪很感激也很敬佩，民国三十一年（1942），在叶炳喜70岁做寿时赠送"德望迈伦"匾额，对叶炳喜的医术与医德予以充分肯定与高度赞誉。

叶炳喜的行医生涯中，这样的故事不胜枚举。

经叶炳喜治愈的病人越来越多，对贫苦患者不收费用之举也越传越广，随后，富阳、新登、金华、兰溪、诸暨、桐庐、分水、临安等周边县市疔毒患者纷纷前来就医，洋涨大路上疔毒名医声名远播。

叶炳喜对医术精益求精，并在实践中积累了不少医治经验，从而还研制出用于疮疡初发的金黄散、冲和膏、铁箍散等外涂药膏，用于疮疡后期治疗的抽脓拔毒、去腐生肌、止血满盈

王洲叶氏宗谱

的八将散、月拔散、桃花散、平满散、黑龙丹、生肌散等外涂药膏，药效十分灵验。当时场口街上的同春堂、泰山堂、天生堂等药店及东梓关许春和大

药房均与叶炳喜保持联系，过年时上叶炳喜家拜年，希望有更多的中药处方来自家药店撮药。

叶炳喜医务之余，热心公益事业。洋涨僻处江滨，旱涝皆易成灾，荒年艰于得食。叶炳喜创议建立"积储仓谷"，订立章程，丰收年储存粮食，灾年百姓无粮时放粮，乡里皆得食。高超的医术和他的仁爱之心，深得民众仰慕。地方名人及被救治的患者赠与"功侔良相""青囊春暖"等匾额，赞扬叶炳喜医术堪比华佗，医德如同治国的良相。叶炳喜60岁寿辰，前往祝寿的有富阳县县长徐尔信、新登县县长沈维屏，有文学大家郁达夫、名医郁养吾、诗人许正衡、法学家洪文澜、学者金守淦等150多人。县长徐尔信贺曰："春满杏林仁术仁心，毕竟共推仁者寿。祥征花甲大年大德，依然交誉大方家。"众人共贺：娴华佗技术，济举国疮痍，功侔良相。有灵运儿孙，庆杖乡寿考，喜值深秋。一代名中医，名不虚传。

叶效良（1897—1977年），叶炳喜长子。民国五年（1916年）毕业于富阳县立高等小学。本应继续升学，因父亲叶炳喜每日里需诊治的病人太多，需要助手帮忙，同时其父深恐医术失传，即令随父学医，亲加传授。叶效良自小读书孜孜以求，为众童所不及。随父学医后，强闻博记，熟读《药性赋》《汤头歌诀》《濒湖脉学》等中医入门书籍。继而研读《黄帝内经》《难经》《伤寒论》《金匮要略》《本草纲目》《针灸经》《外科正宗》《医宗金鉴》《徐灵胎医学全书》《张氏医通》《医方集解》《本草从新》等医学典籍及名家医著医案，家中藏书几经遍览。不数载学成岐黄之术，悬壶济世。

叶效良

做了一辈子医生的叶效良，在继承和发展其父中医外科疔毒的基础上，精于内科，成为一名中医全科医师。叶效良诊断病情，只要察望病人的神态和脸色就能知道病情病因和治疗方法，且百治百效。擅长治疗外科乳痈、乳痨，附骨疽、环跳疽、气瘤、肉瘤、筋瘤、血瘤、骨瘤、脂瘤。乳岩、肾岩、唇岩、瘰疬、骨槽风、麻风、白癜风、鹅掌风、喉风、唇风、肠风、脓肿等疾病，以症施药，手到病除，还擅长对已经化脓的各种疮毒、痈疽，开刀排脓能做到不见刀、不见血、不见痛。故杭州几家大医院经常介绍一些绝症病人到洋涨大路上叶效良这里就诊。无论是顽症、绝症，还是之前被误诊过的患者，经叶效良的诊治，治愈率在99%以上。曾经，叶效良疔毒医术享誉整个浙江。

和父亲叶炳喜一样，叶效良医务之余，热心公益事业。民国十二年（1923），见邻近乡村儿童上学失所，即邀约地方士绅，借用祠堂作校舍，筹设明智小学，并担任校长。翌年，策划、醵资建造王洲乡六、七、八保联合国民学校校舍，并担任校长长达20余年，对于办学经费同样是不遗余力倾囊相助。民国二十三年（1934），地方人士公推叶效良为王洲乡乡长，连任7年之久，奠定地方自治基础。民国二十九年（1940），与地方士绅创立王洲乡中心国民学校，奔走甚劳。为地方公益事业和教育工作不遗余力，可谓既为良医也为良相啊！

时光荏苒，沧海桑田。时间到了1956年3月。叶效良响应政府公私联营的号召，在大路村创办了王洲中医联合诊所，后更名为王洲医院。行医的形式变了，但是行医的初心没有变。由叶效良、叶上宣父子俩坐诊的疔毒科，每日里就诊的患者络绎不绝。《富阳县卫生志》第七章中医中药专门有"疔毒科"一节记载：本县中医治疗疔毒源于鸡笼山朱氏。朱象淮继承祖业治疔毒之术，并传业其子朱小东。清末，又收本县叶炳喜为徒。叶炳喜从师3年后返回家乡王洲大路上。乡间邑人患"牛疔"，经他治愈者日益增多，因此，医名渐振，求医者遍于富阳、新登、临安、分水、桐庐、诸暨等地。叶炳喜授业其子叶效良，叶效良又传业其子叶上宣，发展至今成为王洲医院疔毒科。疔毒科擅治痈、疽、疔、疖见长，内治与外治并举。内治有消、托、补三则，即消散疡毒、托毒外出、补正祛邪；外治有药、刀、线三法。药法就是疮疡初期，予以消散的"金黄散、冲和膏、铁箍散"外涂药，疮疡已成予以抽脓拔毒、去腐生肌、止血满盈的"八将散、月拔散、桃花散、平满散、黑龙丹"。刀法就是用银刀对已成脓的疮疡予以挑刺切排，清创去腐。线法就是用药线引脓外出。疔毒、痈疽的治疗始终为王洲医院之特色治疗。

1977年1月1日，一位来自上海的患者洪某，12岁。后脑肿瘤大如碗，不痛，由父亲背着到叶效良家里就诊，患者患病2年多，上海、杭州医院都看了，都说是不治之症。时年,叶效良已经81岁,是他在世的最后时光。已患病卧床的叶效良,在家人的搀扶下,下床给患者诊断,然后,他口述,由其孙子叶企平记录为患者开中药处方。吩咐患者家属:"先服3剂中药,如果脑袋还是不痛,就没有救了,如果脑袋觉得痛了,就有救了,再服3剂中药就好了。"果不其然,6剂中药服下,患者神奇般地痊愈了。患者父母怀着感激之情再次来到洋涨大路村,不想在村口遇上出殡的场面,原来他们心中的神医叶效良已于1月20日离世,于是夫妻俩跪在棺椁前大哭。

叶家后人叶青青,为传承弘扬祖传医术,毅然辞去原来工作,潜心研习祖传医术,系统学习中医理论、家藏古典医籍及大量医案和疑难杂症病案。经过十多年的积累,在祖传医术基础上,他特别擅长乳痈的治疗。

写于2021年

攀岩走壁采药人李传忠

湖源李家、钟塔一带,大多山脉海拔高度在300至600米左右,适宜野生枫兰的生长。由于天然的地理环境,山野生长的枫兰有其独特的品质,它株形不大,叶片呈淡绿色,根茎呈绿色或铁灰色,叶片或根茎嚼之,其汁稠而不粘,与清代医学家赵学敏《本草纲目拾遗》中描述的"形直不缩,色青黯,嚼之不粘齿,味微辛"十分相吻,药效甚好,为稀有珍品。

2022年夏日的一天,约访富阳区中草药采摘技艺传承人李传忠。时值夏日,山里所有的绿色在阳光的照射下,泛起微微反光。李传忠的百草园坐落在屋后山坡上,那里更是绿意盎然,百草竞相绽放,

野生枫兰

草香弥漫。石斛、米斛、铁皮石斛、金蝴蝶、金钟香、金线吊葫芦、野孤、石苇、石仙草、石串珠、滴水珠、四方草、猫人参、八角金盘、竹鞭三七、七叶一枝花、高山万年青、刺青等,一棚棚、一盆盆、一株株、一串串,颜色及形状各不相同的草药,名字好听又好记。它们是天地精华之化身,是李传忠这些年攀岩走壁,伴随着危险采摘而得。

参观了李传忠的百草园,坐下来听他讲李家采药的缘起,讲他攀爬悬崖岩壁之间的惊险。

李传忠为李家采药第四代传人。他家原来居住在野猫坞口,曾祖父李海南是行走山间的打猎人。清光绪年间,常有温州人来湖源采药。那年,一位温州老人由于长途跋涉饥饿劳累,刚到湖源就病倒了,并且病得不轻。李海南见他出门在外不容易,就留他到家里,并以热茶热饭相待。温州老人在李家住了

李传忠

下来。原来,温州老人是来湖源采草药的,他出身于医药世家,有一身飞檐走壁采草药的本事,也略懂医术。温州老人发现湖源山里草药种类繁多且有枫兰、金蝴蝶、猫人参、七叶一枝花等名贵中草药,李海南的善良已经感动了他,他要把采药的技艺传授给李海南,以谢李海南的收留之恩。他假装说一个人上山采枫兰害怕,经常邀李海南与他结伴上山,有意把行走悬崖岩壁之间采枫兰的本领传授给他。李海南本是山里打猎人,跟温州老人采了几回就对采枫兰来了兴趣。那时候,互相之间作兴货调货,物换物,1斤枫兰可以换3石大米。李海南运气好的时候,一天能采到2斤枫兰,可以换得6石大米。这样一来,他干脆放弃了猎枪,专采枫兰了。从此,湖源山里本地人,多了一门采草药的行当,且在李家代代相传。图山采药人张阿毛(张清高)每年要去湖源李家、钟塔一带采草药。他们做百草膏需要上百种草药,张阿毛亲自采挖草药,也向采药人买草药,于是与李海南结识后交上了朋友,每到湖源采草药就宿在李海南家里。这份友谊延续了好几代,后来张家有规定,

壶源溪记忆

凡是湖源人去看病一律不收钱。

李海南把采药技艺传给了三个儿子。李绍祥、李绍增、李绍先三兄弟皆以采药为生。

几十年后,李绍祥把采药的技艺传给了他的三个儿子。李春根、李关银、李关水三兄弟均为采药人。由于父亲李绍祥离世早,李春根三兄弟都早早地开始独立上山采草药了。

2002年初夏的一天,笔者有幸采访过李传忠的父亲李关水。

李关水说,父亲走的那年,他才14岁。为了生计,他开始像父亲一样去山野采挖枫兰。他胆子特别大,凡是被他看到的枫兰,总要想办法拔到为止。一次,悬崖上绳子挂将下去,绳子不够长了,人在半空中悬着,他抓住手边岩壁上的一根藤,继续寻找枫兰,藤吃不起重量断了,连藤带人滚下了悬崖。这根藤捆住了他,缠了他一身的藤把他裹得严严实实,下垂时勾来勾去减少了下落的速度,倒使他落地时没有受重伤,是这根藤保住了他的性命。

李关水说枫兰喜欢长在阴山,野生枫兰播种靠的是风,枫兰开花结籽后,它的籽随风而飘,风把它吹到那里它就在那里生长。再就是鸟,鸟吃了枫兰的籽,籽又从它的粪便排出,鸟的粪便落在岩石缝隙里,枫兰就从岩石缝隙处长出来。故枫兰基本上都长在人难以到达的悬崖、岩壁之间。一次,李关水刚采住石壁缝里一蓬枫兰,山顶发出异样的声响,李关水判断是有石头滚落下来了,连忙放手枫兰,凭借经验,脚蹬住岩壁不停地移动,这是躲过被砸的最有效的办法。石头砸下来了,李关水被砸中了,头盔被砸凹了,幸亏戴着头盔,要不然命就没了。

李关水采了一辈子的枫兰,也积累了几条对付险情的经验。他说当毒蛇沿着绳子朝你游下来时,要镇静,不要害怕,定住身子,拉紧绳子用力一弹,蛇就掉下去了。最怕的是上面岩壁凸出,下边岩壁凹进,当双脚无处着岩壁时,人往往容易悬空发荡,荡过来一撞,荡过去一撞,弄不好在石壁上被撞伤甚至撞死。遇到这样的情况,心不能乱,首先闭上眼睛,叉开双腿,这样慢慢能把身子稳住。

几十年的采药生涯,练就了李关水超人的胆量。1960年壶源溪上建造狮子岭水力发电站,李关水因为胆子大,被安排在炮班,别人不敢上去的石磴上,他轻轻松松像猴子一样上去了，安全地把石炮放了。

采枫兰已经成为李关水生活中的习惯，就是在枫兰每斤只有38元，差点的每斤只有18元的时候，李关水仍要去采。他不光采枫兰，也采其他的草药，如狗牙齿、四方草等。祖父和父亲传教他，采药人不能一味地只为了卖钱，而应该把救人放在第一位，遇上一些患了疑难病症的病人，家里日子过得困难，草药该送还得送。一天，有个里山人慕名赶来他家，要采点枫兰，说是家里有癌症病人急着要用。李关水看他的样子，就知道他的日子过得不好，就把枫兰送给了他。有的人被蛇咬了，有的人胃疼了，都会找到李关水家。遇到这样的情况，李关水则像个老中医，问清病情，施以草药。

那天，李关水特意去村后山崖上，演示了采枫兰的技艺。李关水戴上头盔，背上一张坐子、一捆绳索，看这副装备，采药这行当不是一般人能做的。

李关水四个儿子，唯三儿子李传忠随了父亲，对山野充满好奇，17岁开始跟随父亲上山采枫兰，至今已有近40年的采药经历。

30多年野生枫兰采下来，枫兰生长的分布李传忠已一清二楚，李家、钟塔一带的枫兰，颜色有铁红色、淡绿色。富阳与诸暨交界的棺材岗一带的枫兰，叶片呈圆形、节呈藕节状。几十年下来，他采摘野生枫兰的足迹已遍布浙江省内的桐庐、建德、临安、浦江，安徽省内的祁门、宣城、休宁，还有江西、福建等地的奇峰异水峡谷沟壑，算得上是有经验的老手了，可危险总是不期而遇。那天，李传忠去建德天岩采枫兰，四五十米高的绝壁上，长着一片铁红色枫兰，共有十几丛。李传忠眼睛一亮，抑制不住的激动。激动之余急着想采摘枫兰，没有顾及脚下，结果一脚滑，人就悬空荡起。他按照父亲教给的方法，叉开双腿，控制身体平稳下来，谁知更危险的情况出现了，系着他生命的绳索不堪重负出现异样，不对！？在这千钧一发之际，往下看一眼，悬崖峭壁，就在这一瞬间，绳索断裂，他别无选择，抓住一根藤，藤哪里撑得住一个人的重量，藤断了，东跳西跳，李传忠扎住一蓬柴，也不知道是怎么落地的，过了些时间，发现自己还活着，手仍旧能听大脑指挥，试着站起来，右脚站起来了，他高兴，左脚不对，锥心地痛，走不了一步路。没有办法，那就爬吧！那次，李传忠爬了五个小时，爬到山脚，爬上车，坐到驾驶室，强忍着痛开车回富阳，直接到骨伤科医院，结果左脚内踝骨、外踝骨全都骨折。

壶源點記憶

治疗两个半月后，左脚痊愈。

那一片枫兰时不时出现在他眼前，没过多久，他径直前往。当他再次看到这片枫兰，在采摘之前，好好地欣赏了一番，天地孕育的精华，如此地诱人。这次，他不忘给它们拍下照片。

行走在山野，攀爬于岩壁石磋之间，遇见蛇虫八脚是常有的事。他说一次在常绿板壁山，一条青蛇沿着绳索朝他游下来，他按照父亲教与的方法，定住身子，拉紧绳索那么一抖，不料竟把蛇抖到了自己头上，好在有头盔，这蛇瞬间就滑下去了。还有一次，一条眼镜蛇昂着头居然追赶着他……还有盘得像牛粪一样大的蕲蛇……遇到这些，心里难免有些发毛。

枫兰为珍稀名贵药材，具有清热、生津、益气、滋阴等功效。是历代皇家贵族及中医养生大家倍加推崇的第一滋阴圣品，被我们的祖先列为九大仙草之首。中医的博大精深，在于人与自然的融通，即以自然之物、自然之法，医治自然之身。李传忠的曾祖父用采挖来的野生枫兰救活过奄奄一息的伤寒病人。据说病人已经牙齿咬得咯咯响，家人总以为没有救了，李海南用筷子撬开病人的嘴，将捣烂的野生枫兰汁滴入。枫兰汁过喉，病人慢慢回来了。父亲李关水用毛姜（接骨膜）治好了多个患有怪病"发丝吃"。李传忠也掌握了多种对症下药的秘方，简单点的譬如仙人掌可以治疗"猪头疯"，掰新鲜仙人掌一块，去掉表面上的刺，对中剖开贴在患处，很快就见效。

李传忠在屋后山坡上建了个百草园，把采摘来的野生枫兰及其他草药种植于此，还把部分枫兰仍旧分散种植于钟塔、毛熊坞等地山野，他说那些是留给子孙后代的……

采摘于山野，仍旧种植于山野，接受和利用大自然馈赠的同时，不忘保护野生植物生态平衡，使枫兰这一已近濒危的植物保持原生态的生长繁殖态势，这是不是一个采药人，对大自然最好的回馈与敬畏？！

湖源竹纸名古今

富阳"八山半水分半田",毛竹资源丰厚,以嫩竹为原料生产土纸源于唐五代时期,自古名"竹纸"。至宋代,所产纸品以制作精良、品质精粹、洁白润莹被朝廷选定为"锦夹奏章"和"科举考试"用纸而名扬天下,富阳造纸历史悠久。

湖源是富阳竹纸生产不可或缺的地方,境内群山绵延,山坞深邃,竹林似海,巨岩巉石,涧水清澈,山林面积达5万多亩,其中毛竹林占有3万多亩。其山体土质大多为泥石相间的乌沙土,青竹所含的竹纤维有韧度,天然的自然环境十分适合竹纸的生产。

湖源竹纸生产主要集中在窈口源和朱坑源。《潘氏宗谱》记载,经营土纸、生产土纸源于明嘉靖元年(1522),生产的唐纸销往江苏金阊(今苏州)、山东、天津等地,并在天津开设"浙江富阳潘同文纸行",纸品不仅广受国内客户好评,还远销东瀛。

上官人盛立升、盛楚廷,因他们的竹山在钟塔一带,约于清咸丰年间来钟塔山下择地筑屋开槽做纸,并创立"大竹元""黄栗元"品牌。20世纪60年代,政府颁布土纸销售由供销社统一购销政策,为鼓励纸农积极生产,还推出相应的物质鼓励政策,如富阳县人委拨出相当数量的棉布、毛线、汗背心、衬衫、胶鞋、松紧带、自行车等物资用于纸农一次性奖售。

钟塔、李家、颜家桥、冠形碓、潘家坞口这一带,由于做纸的料好、水好,加上纸农们一丝不苟的精细制作,他们生产的元书纸被浙江省评定为"超级元书纸",随之他们的"大竹园""黄栗元"两个品牌的竹纸在纸品市场享有盛名。1964年,潘家坞口被确定为国务院专用纸生产基地,当年有四厂槽为外交部生产特需元书纸。

资料记载,1956年,湖源乡全年做纸收入占全乡总收入的50%以上。

壶源溪记忆

1974年，湖源乡27个大队其中14个大队，累计开槽82厂，延续古法传统造纸工艺，生产元书纸。20世纪90年代，传统手工造纸遭遇机器造纸的严重冲击，不少地方的纸农转行他业，导致元书纸市场供不应求，用户直接找湖源槽户预订。由此，湖源槽厂不但没有减少，反而年年增加。据当年调查：1991年开槽165厂，1993年增加至192厂，1994年开槽做纸198厂，1995年增至205厂。

潘起仕：始创同文纸号

湖源，是富阳竹纸生产不可或缺的地方。追溯湖源竹纸生产源头，可把时间退回至明嘉靖元年之前。《潘氏宗谱》记载，明嘉靖元年（1522），始迁富阳始祖潘永照三兄弟，从安徽徽州祁门来到桐庐、富阳两地落脚，做起山货买卖。后见百里壶源溪，贯通浦阳、桐庐、富阳之水路，崇山巨谷，复岭回滩，竹木柴炭丰饶，便携家眷迁居窈源溪畔厅基村，借壶源溪水路优势，经营山货，同时经营土纸。这虽然不足以证明潘家生产土纸，但足以证明窈口、厅基、杨家一带，在这之前就有人生产土纸了。

清乾隆十五年（1750），潘氏第七世潘元公，从窈源溪上游的后潘坞移居窈源溪与壶源溪交汇处的窈口村，尽管窈源溪、壶源溪每年的五六月间雷电作而雨注，群蛟陡发，房屋溪磡坍塌，田禾淹没颗粒无收，然潘家人凭借吃苦耐劳之精神，坚持山货和土纸买卖，逐步侧重于土纸经营，足迹遍布桐江、萧山、海昌、嘉禾、姑苏等地，后在天津开设"浙江富阳潘氏公方纸行"，由元公长子潘起俊经营管理。

富阳竹纸制作过程中，有一道有别于其他竹纸产区的"人尿发酵"的特殊工序。"人尿发酵"是做纸的人们长期实践经验的积累与发明。它借尿液中所含氮的代谢物尿素及嘌呤类化合物尿酸及盐类，促使竹料的发酵腐烂，脱尽硬性的灰质，使竹料纤维软化。经过这道工序的竹料制作的竹纸具备防虫蛀防渗墨的特效，凭借金子般的特质，富阳竹纸经潘氏纸行转销大江南北，供不应求。

潘家凭借竹纸经营，家境逐渐殷实，财力充裕，始建潘家厅，即后人看到的树滋堂，续又建象征潘氏实力的聿追堂。至潘氏第八世潘起仕，潘家不仅经营山货、土纸，还开设槽厂生产土纸。

潘起仕，清乾隆十九年（1754）生，道光五年（1825）卒，字见行，号南屏，邑庠生。接替父业，经营山货和土纸后，他发现把青竹深加工，制作成竹纸再出售，获利则更多。于是，潘起仕在窈源溪流域，厅基、杨家、后潘坞等村开设槽厂，构筑槽屋、皮镬、料塘、焙弄开始做纸，获利数倍于卖青竹，纸品销往杭、嘉、湖地区及邻省江苏金阊（今苏州）。槽屋增加至18厂，雇工达百人，一年四季不间断。随后，潘起仕创立"浙江省富阳潘同文纸号"，纸品销往山东、天津、湖北直至京师（今北京），出品的唐纸广受用户青睐，每年新纸开市即销售一空。清乾隆年间（1736—1795），"富阳潘同文元书白纸"以其优良的品质，远销东瀛、南洋等国家和地区，至今日本国家博物馆展示的中国元书纸即为当年潘氏生产的元书白纸。20世纪70年代初，日本文化友人特地前来产地湖源，寻访该纸原产地及纸品。众人赞曰：同文纸号蜚声远，嘉德仁风继世长。

《潘氏宗谱》中，诰授通议大夫前山西按察使浦阳戴聪撰《庠生潘见行府君家传》一文中曰："府君潘姓，讳起仕，字见行，肇周太翁季子也。世居富阳栖鹤十四庄之窈口。窈溪之水从厅基、麦畈来，至此入壶溪，故名。壶溪发源于浦阳之金坑岭，历桐庐境尽于富阳之场口镇，共一百六十里，皆崇山巨谷复岭回滩，薪炭竹木之饶，号称陆海居民，籍为生理皆有壶溪载至场口达于会垣，分至嘉、湖、苏、淞，获利甚薄，而竹之利尤多，然竹之利，在纸前此皆山阴人赚其利，居人未有自为之者。自府君于本山设厂造纸，运至金阊，其利数倍于竹，而家业日饶。他人为之皆不逮，故所行独广，大江南北至山东直隶皆闻其名，潘姓纸到则争售之，且得善直。余前官京师，闻入市贾唐纸者，皆闻公方见行字号，后知即府君家业也。"可见，当年潘家竹纸生产规模之大，质量之最，闻名全国。

壶源點記憶

同文纸号作坊遗址

潘起仕性方正宽善，邻里产生口角之争，乡里之争诉者，潘起仕必定躬身调解，耐心劝解化解矛盾。见贫而不能婚娶者，亲殁而不能丧葬者，他总有一颗菩萨心，出钱捐物予以接济，体恤如同自家亲人。厚德载物，无论是乡间山民纸农，还是外界的生意合作商，对他的人品和诚心都赞不绝口，潘起仕生意越做越兴旺。

壶源溪属季节性溪流，遇上大旱之年，因溪流水浅撑不了竹筏，土纸、山货运输会耽搁下来。有一年，旱季结束壶源溪上可以撑筏了，20多扇装满竹纸的竹筏，长长的像一条游龙，撑筏人站立筏头，审水势摆方向，势不可挡的竹筏滑行在两岸青山之间的壶源溪上，画面煞是壮观！

潘家凭借生产竹纸与经营竹纸，获得了巨大财富，从而富甲一方。清嘉庆三年（1798）开始，潘起仕前后花8年时间，建造了气势恢宏美轮美奂的徽派建筑——新厅，也就是至今保存完好白墙黛瓦的友于堂。砖木结构的友于堂，前厅后堂，三进八厢32间，两层楼房，共置圆木柱脚224个，雕梁画栋，堪称古建筑经典。

潘起仕前后娶两房妻子，前任妻子因病早逝，相隔20多年后才取了后任妻子，故前任与后任所生的两个儿子年龄相差29岁。庠生潘起仕，把"潘同文"纸号寓意在两个儿子的名字里，希望他们兄弟孝悌，互助友爱，同心同德继承好潘家纸业。不负父亲所望，同父异母的潘焕文、潘炳文，虽然年龄相差甚多，可兄弟俩天然同气，手足情深。兄弟俩继承父业，一个管理内场，张罗 18 厂槽工做纸，一个跑外场经营竹纸销售，邑人称赞他们兄弟孝悌，团结友爱，治家有方，两兄弟如同一个人，尤其是长子潘焕文，父亲潘起仕仙逝时，小弟潘炳文尚在年幼，未知家政出入盈虚，潘焕文一切皆遵循父亲遗嘱，对小弟关爱有加，纸业经营也是加倍的谨慎，诚信经营获得客户，"浙江富阳潘同文"纸号一直保持着良好的声誉，纸品行销全国。

清咸丰十一年（1861）九月二十三日，太平军从浦江下窜至富阳。栖鹤等庄民团在金沙岭、羊角岭等处与太平军展开殊死搏斗，义民死者不可胜记。窈口村民团在栗园里格杀了一名太平军首领，招来毁灭性灾难，窈口全村惨遭太平军蹂躏，潘家槽工师傅们死的死，伤的伤，潘家纸业遭到重创，逐渐衰落，但竹纸生产一直延续至 20 世纪 90 年代。

竹纸虽然停做多年了，但是厅基、麦畈、杨家等村庄，70 岁上下的人说起斫竹办料舂料做纸仍然头头是道，有的还情不自禁地做起抄纸、晒纸的动作来。潘金海、潘金富、褚根法、褚忠银、潘小元、潘朝根、褚绍海等，他们曾经皆为做纸、晒纸的一把好手，制作竹纸是他们生命中难以忘怀的一段经

潘小元

历。至今，在窈源溪岸、后潘坞牛头坞等处尚有多处保存完好的造纸作坊、皮镬、料塘等竹纸生产厂地遗址，弥足珍贵。

李法儿：国家级竹纸制作技艺传承人

冠形碴村，因村前有一天然的状如官帽的石碴而得名。村子镶嵌在两山之间，背山面山，晨曦中醒来，睁眼就能从门窗中望见的是竹篁茂林，夜幕中入睡告别的还是茂林竹篁。村前山涧，涧水潺潺，清澈透明，终年不涸。

壶源江记忆

天然的自然环境，给竹纸制作提供了品质的保障。自古以来，这里的先人们用他们勤劳的双手，聪明的智慧生产以嫩毛竹为原料的元书纸，为纸中上品。20世纪60年代，这里被国务院指定为元书纸生产基地，生产外交部特需元书纸，一度声誉远播。

73岁的李法儿回忆，李家祖上世代做纸，纸号为"裕"字。钤有他家"裕"字号的元书纸，一般都不用开件验收。其爷爷李忠杰兄弟三人，为开槽做纸而忙碌一辈子。其父李郁南三兄弟，开槽四厂。其父曾经营阳家坞半支坞的竹山，每年小满时节，雇佣斫竹办料的人在30人之多。对于做纸的每一道环节，李家十分讲究，白料从山上挑下来浸入料塘，挑料人必须把脚上的草鞋脱在料塘岸上，以防草鞋底下的泥沙杂质带入料塘，影响竹料的清洁，这是祖辈传承下来的规矩，至今早已形成了习惯。

竹山、料塘、皮镬、水碓、槽屋、焙弄等，整套古法竹纸制作设备他家都齐全，老大李郁南负责内场，总是起早摸黑。老二李郁定是舂料一把好手。他家在杭州龙翔桥开设纸行，由老三李郁灿打理。因此，有些散户、小户，想钤李家"裕"字纸号，带货销售。对于自家"裕"字品牌，李家人是极其认真的，如果纸品质量达不到"裕"字纸标准，宁可得罪人也不钤这方印。

开槽做纸的人家，全家老小都有事做。小满斫竹办料忙工时，7岁的李法儿就去山上帮着拖竹梢头，脱竹桠枝。15岁，跟随家父、叔伯和二舅学做纸的全套技术。从磨刀开始学，弓形的削青皮的刮青刀，磨刀时推出去与拉回来用力的轻与重甚有讲究，否则，这把刀磨不好。斫竹、断青、削竹、拷白、落塘、断料、浸坯、入镬、烧镬、出镬、翻摊、淋尿、堆蓬等工序，一边做一边学。16岁力气长了，李法儿开始学舂料，"那时舂料用脚碓，是顶吃力的行当"。抄纸师傅通常是后半夜三四点钟就到槽屋做纸，有的甚至两点钟，因此，李法儿也经常起大早，从料塘里取上20页湿料，300来斤重的担子，挑到大榨床将水分榨干，然后立马爬上水碓开始舂料，一臼料舂熟再吃早饭。

17岁的李法儿跟他二舅李忠财学抄纸。李家四厂槽，雇佣抄纸师傅。师傅们做纸可谓是精益求精，晚饭后闲聊也离不开做纸的话题，怎样做的纸晒起来不会断额，帘床怎样落水，抄出来的纸张薄且均匀，他都听着、记着。当他拿起帘床，在二舅的指点下开始学抄纸时，很快就入门，抄纸的架势有模有样，抄出的纸品上下左右四角均匀，纸面光洁，帘丝清晰，两年后他如期出师，成为李家古法竹纸制作的全能手。他说，抄纸说有技巧，各人各有技巧，而实际上大家皆为同一门技巧，能否抄出一张好纸，均在手中竹帘落水时的深浅，提帘出水时的动作，无法言传，只有领悟。

时至20世纪80年代初，李法儿凭借古法制作元书纸，家庭收入还十分可观。之后，由于成本较低的浆板机器纸占领纸品市场，古法制作的元书纸被挤到了市场的边缘，李家及湖源整个竹纸产品也难逃厄运，向来供不应求的古法制作的元书纸销路中断，产品积压。李法儿在湖源乡政府的安排下，背着传统纸品元书纸，一路从南到北去做纸的推销。

元书纸销售市场很残酷，一路下来一件纸都没有推销出去，只是苏州大学美术系谢教授的一句话好像点拨到李法儿的某根神经。

"你这张纸纸质是不错的，但是纸张太小，画不了画！"

"小张改大张！"李法儿琢磨着谢教授的话，觉得他的话说得在理。

回到家，他与做纸的兄弟及朋友商量，想让他们改做大张纸。可是谁也没有理他，换句话说谁也不愿意冒这个险。李法儿愁啊，如果不改成大张，小张纸纸品最好也成不了商品，于是，他决定自己来做这项改进。

当时的他，家中有几万元的积蓄，为了改进这张祖传下来的小张纸能够进入市场，成为用户所需要的用纸，他没有多想，把家里的积蓄全都拿了出来，定制了大竹帘，浇筑了大纸槽，还有其他一些设备。设备改造停当，开始了用大竹帘抄大张纸。困难来了，由于竹纤维太短，大张纸很容易断裂，根本晒不到焙弄上去。增强纸张的柔韧度，必须在竹料里加入韧度较强的山桠皮。

增强韧度，突破这一关，大张元书纸就成功了，古法制作的元书纸就能够活起来。于是他在民间借了三分利息的借款，前往安徽采购山桠皮原料。山桠皮进来了，大张纸试制成功。然而纸品市场更为残酷，手工古法制作的元书纸，由于工序复杂、工期长、成本高等因素，敌不过成本低、工期快的机器造纸。

负债制作的大张元书纸，积压在仓库里。家人、朋友埋怨他，甚至骂他神经病，成本低、时间短、制作简单、效益高的纸浆纸不做，非要做成本高、周期长、效益低的古法元书纸。然而，他仍然我行我素，坚信自家以古法传

壶源江記憶

统技艺制作的元书纸，一定能赢得市场。

果不其然，李法儿试制成功的大张元书纸终于有了青睐的客户，这两家客户是懂纸的人，李法儿徒弟潘筱英开价每刀120元，他们一分价不还全部收购，并且还签订了采购协议。

小张改大张取得了成功，新的难题又摆在了面前。一次偶然的机会，台湾纸商发现了李法儿古法制作的元书纸，经过实地察看，认为纸的质量很好，如果能在颜色上做改进，就可以出口销售。于是，李法儿和他的徒弟潘筱英又开始了新一轮的试制。

要想使米黄色的元书纸变成白色，说容易很容易。配料时加入漂白水，几个小时料浆就变成白色了。这种采取化学漂白的方法，时间短成本低，但是李法儿和徒弟潘筱英绝对不肯这样做，因为这样做出来的白色元书纸，晒不到焙弄上即破了，纸商肯定不会要。他们采取第二种方法试制，竹料配方时加入烧碱，成本费不高，且不需要人工去完成，只要把烧碱往竹料里一搅拌即可，料浆即变成白色，并且很柔和。但是，烧碱会导致竹纤维损伤，做出来的纸纸质变脆。他们采取第三种方法试制。竹料配方时加入龙须草料浆，这样似乎不错，画家试纸感觉蛮上手，可是还是不行，因为它保存的时间不长，在北方时间放长了就发脆，在南方时间放长了就发霉。

屡试结果均不理想，纸质没有达到最好。李法儿和徒弟潘筱英没有气馁，反倒是更坚定了试制成功的信心。他们明白了一个道理，古法元书纸制作没有新的方法可循，只有规规矩矩遵循老祖宗的古法，那样才能造出好纸来。遵循古法，时间慢一点，成本高一点，程序复杂点。他们知道了要使米黄色的元书纸变成白色，同时又能保证纸张的柔韧度，只有配置同样由手工制作完成的苎麻料。此时他们师徒俩，像是走火入魔了一般，他们不计成本请来人工，跟随大自然的节奏，采集野苎麻，人工操作，日光漂白。这样做，工序麻烦，时间长，成本高！有人说他们是神经病，而李法儿和他徒弟潘筱英认为，只要能做出真正的好纸，被骂成什么病都无所谓！

功夫不负有心人，经过3年的试制，米黄色的元书纸终于变成了白色的元书纸，台湾纸商检测了样张后，终于说"可以了"。李法儿和他的徒弟潘筱英却笑不出来，而是红了眼睛，湿了眼眶，流下了苦喜参半的眼泪。为了试制白色元书纸，他们已欠下不少的债务。

很快，他们制作的大张白色元书纸通过台湾纸商，远销日本、韩国等东南亚国家，深受客户好评。李家传承了几代人的古法竹纸制作技艺，在李法儿手上，遵循科学，坚持老祖宗古法制作的基础上有了新的进展，使得古法竹纸制作技艺更加完善。2012 年 12 月，李法儿被文化部命名为国家级非物质文化遗产项目竹纸制作技艺代表性传承人。由此，时年 63 岁的李法儿踌躇满志，潜心坚持古法竹纸制作，并由徒弟潘筱英到北京推销元书纸。

证书

又是 10 年的坚守与探究，李法儿祖传的古法竹纸制作，借助科学的方法，成功研制出唐纸、宋纸、晋唐古法、南宫金版、明清古法、富春雅纸等多款纸品，获得业界肯定，深受书画家的青睐。

如今，李法儿已成功地把李家祖传的竹纸制作技艺传给了徒弟潘筱英，把他创建于 1992 年的富阳湖源元书纸品厂，现为杭州富阳新三元书纸品厂放心地交到徒弟潘筱英手上。

小满时节如期而至，73 岁的李法儿不顾家人的反对，习惯性地往山上跑。他说："做不动了看看也好！"那天，他看着满山摇曳的嫩竹子，感慨万千！看着 18 岁的孙子李子航，握住弓形的削竹刀刮青皮，抡起白筒拷白，那动作虽然有些稚嫩和笨拙，但是，李法儿还是会心地笑了，因为他似乎看到了李家古法竹纸制作传承的希望。

颜关忠：从小张手捧帘做到大张吊帘

一年一度的小满季节如期而至，85岁的颜关忠来到山上，帮还在坚持古法竹纸制作的杭州新三元书纸品厂看竹、选竹。看着那青翠欲滴的嫩毛竹，看着正在断青、削竹、拷白的几位青壮年，他颇为感慨。这些活，自己年轻时都做过，并且做了一辈子，从斫竹办料到舂料抄纸，抄纸从手捧的小帘抄到大张纸的吊帘。

湖源山里，田少山多，毛竹林像绿色的海洋，绿浪翻滚。自古以来，斫竹做纸是山里人求生存的唯一途径。

颜关忠，生于1937年，世居湖源乡颜家桥村。20世纪60年代初，20多岁的颜关忠任过两年生产队长。"民国时期，开槽的人家叫槽户，我们村颜关均开槽，周边村冠形磡李夯福开槽，李忠增开槽，他做的是铜皮纸，山毛坞口孙阿四开槽，叫他阿四槽户。"颜关忠说，新中国成立后，生产队的时候，颜家桥头有六七十厂槽，斫竹办料抄纸晒纸，是每个山里男人都必须学会的。一厂槽开始做纸，需要6个人搭档，舂料2人，抄纸1人，晒纸2人，烧煏弄1人。6个人5道环节，流水作业缺一不可。大多数抄纸师傅后半夜三四点钟就去槽屋做纸，每天要做两件纸，一件500张，两件1000张。

因为做竹纸，他们生产队经济收入明显优于其他地区。20世纪70年代，其他地区生产队每10分工工资在0.70元至0.80元，有的甚至在0.40元至0.50元之间时，他们队已达到每10分工工资1.10元。

从一棵嫩毛竹变成一张温润如玉的元书纸，上百道工序颜关忠都做过。说起如何做成一张好纸，颜关忠有他自己的理解。斫竹办料，一只马（一个场子）需要6个人，2人斫竹，1人断青，一人削竹，一人拷白，一人挑料。他说，削竹办料，看着都是粗活力气活，其实都有技巧在里边，譬如说削竹的人，双手握刀的部位，削刀拉过来时用力的程度，在心、手及腰部腿部力量的相互协调与合力之下完成，稍有偏差，削下的青皮就会有厚有薄，影响白料的质量。竹纸制作过程中，近百道工序每道程序都不能马虎，白料浸入料塘时，会把草鞋脱在岸上，以防草鞋底上的砂石泥土等杂物带入料塘，保证白料的清洁度，长期以来，做纸人们已成为习惯。竹料进皮镬烧熟出镬后，一定要用清水将料页洗清，再浸水直至浸出白沫，将苦水浸出，否则，这料很油，做不出好纸。浸清爽的竹页再来淋尿，淋尿后叠成门台高长方形的料堆，待料堆出菌即可拿来舂，舂的时候把竹料中茎之类的粗物挑出，这样的竹料，做出来的竹纸，薄如蝉翼，如玉一般，不怕开件验收。

说起抄纸，颜关忠说："抄纸有技术，但讲是讲不清的，全凭你的悟性。"他说落水定张。也就是竹帘落水时的深与浅，用力的轻与重，就决定了料浆被抖上竹帘的厚与薄，纸张的体洁与毛糙。

山林承包到户以后，颜关忠应聘前往上南坞村开槽做纸的人家去当做纸师傅。颜关忠说："做纸换张竹帘，头个把小时会不顺手的。"湖源古法元书纸制作，根据客户所需，从原来手捧的小张帘改成了大张的吊帘。一时间颜关忠有些不习惯，不过凭借他几十年的经验积累，很快就掌握了大张竹帘吊着抄纸的要领，并且做得让槽户满意。

时在20世纪80年代末90年代初，说是当师傅，实际是打工。颜关忠每到一处，先看看别的师傅做的成品纸，然后他胸中有数开始做纸。颜关忠抄出来的纸以纸张薄且均匀而著称。同样的竹料，别的师傅每件重量在52至53斤，有的甚至54至55斤，颜关忠能够保证在48至49斤，不破50斤。这样

颜关忠

的抄纸师傅槽户会不喜欢吗？颜关忠说，工资是按件计算的，他一天抄一件纸，每日工资有3元，在当时算是高收入了。随后，野猫坞、后坞等村开槽做纸的人家纷纷聘请颜关忠去抄纸。

至今，因年龄关系，颜关忠不做纸已有30多年。那天，与他聊古法竹纸制作，聊着聊着，他不由自主地做起了削竹的动作，他那跨步弓腰、握刀的架势与动作，犹如戏台上演员的一招一式，出神入化。

张金满：焙弄里练就的童子功

5月的一天，我慕名前往湖源潘家坞口，只为与晒了一辈子元书纸的张金满老人，聊一聊晒纸的过往。

张金满，1941年出生，今年已82岁。老人见我到来很是客气，又是倒水又是让座，听到我想听他讲讲晒纸的故事，发现他真有些激动。初见老人，一下让我记住的是他那超宽的嘴巴，因为年老人瘦，原本宽大的嘴巴显得更宽，差不多占住了总脸宽的三分之一。他那宽宽的嘴巴，让我感受到山里人的那份憨厚与善良，还有他那双苍老粗糙的手，他的这双手特别大，包着骨头的皮全是皱皱，指关节凸出，显然，这是一双劳累过度的手。

张金满

老人说，先带我看一张他藏了59年的竹纸。

老人从旧屋的谷柜里拿出来一叠老纸。乍一看，粗糙，纸的边缘好像有被淋湿的水印子，心想，这纸不咋的。老人疑惑片刻，又回到谷柜旁，取来一刀纸，打开，凑近瞧着："是这刀！"数五张纸，说是送给我。我说："给拍照已经很感谢了，不敢要您的纸，您这纸弥足珍贵啦！"他捧着两刀纸说："这是熟料纸，这是生料纸。"

潘家坞口，一个名不见经传的小山村，曾经因为这里的元书纸而名扬全国。

当年的抄纸师傅、晒纸师傅及舂料师傅李启法、张金富、李炳富、张纪林、张金满、朱洪富、钟富源、李启德、李启荣等参与特需元书纸制作的老师傅们，走的走了，在的几位不是耳背便是患病，幸好还有张金满老人，记忆甚好，思路清晰，说起做纸侃侃而谈。

张家祖上开槽两厂，张金满爷爷张同来兄弟俩做纸，张家纸号"张同元"。杭州几家纸行，每年新纸开行，"张同元"纸品未到不开行。酒香不怕巷子深，当年张家的纸可是名声在外，上海、天津、湖州等地都有固定客户。客户到杭州后，纸行老板带信来，张家雇人将成品纸挑到壶源溪坑口埠头，雇撑筏师傅，装竹筏走壶源溪水路至场口龙潭埠。竹筏上装纸一般先垫上长柴、松柴。龙潭埠卸筏转运上船，再走富春江水路到杭州。张金满父亲张亦三、张亦强、张志洪三兄弟，小叔在外教书，父亲与二伯经营一厂槽。雇人抄纸，自己以办料为主。

张金满兄弟四人，他排行老二。14岁那年，父母送他去五云岭脚，拜张金富为师，学习古法竹纸制作72道程序其中之晒纸。当时晒纸是泥焙弄，用定制的砖头砌筑而成，筑焙弄的砖头每块有10斤重，毛焙弄砌好后，粉上石灰，用桐油油过，再磨光，透光闪亮。

14岁，还是个孩子的张金满整天待在焙弄里，做着机械性的几个晒纸动作，难免厌烦，有时纸撕不下来，撕破了纸师傅手中的牵纸榔头就敲在额头上了，有时撕下来的纸理得不够齐整，师傅"爆栗"就在额头响起了。这样，张金满就偷偷逃了回来。逃到家，被父母骂一顿："花了钱，供了师傅教你，学点吃饭本领！"就这样，父亲拿了火烧丝把他赶回焙弄去。无奈，再不想学也只有老老实实地学。

师傅后来也心疼他，夏天焙弄里温度高达40多度，就会对他说："到外面去透透气，洗把冷水脸！"还吩咐他，冷浴洗不得，里面温度太高，一下浸到冷水里，会浸出毛病的。张金满跟师傅学晒纸，一张湿纸提在手上，第一刷，怎样在焙弄上贴住；第二刷，怎样使整张纸平整地贴在焙弄上，看起来就几个动作，张金满学了整整3年。17岁下半年，师傅给了他两元钱工资，这意味着张金满出师了。

1964年，张金满25岁，真是晒纸一把好手。他所在的潘家坞口被国务院指定为外交部特需纸生产基地。年富力强晒纸技术精湛的张金满与其他师傅一起，参与了外交部特需纸的制作，这一经历让他铭记一生。他说当时做纸，槽屋里除了舂料、晒纸的人可以进出，陌生人是一概不得进入的。

2013年，随着年龄的增长，73岁的张金满热不起了，在焙弄里晒了整整 60 年的竹纸,终于告别了。但是,时不时他仍然会去焗弄看看人家晒纸。晒了 60 年纸的张金满,学会了做牵纸榔头这门独特的手艺。那天,他拿出一把帮别人做好的牵纸榔头。他说这把榔头木匠师傅不一定做得好,它的特别之处在于在纸额上凹进去,纸额松开来,但又不能让纸额断裂或是破损,制作牵纸榔头必须采用材质细腻又坚硬的"鸡骨头"柴,从采集木料到制作完成,得花点工夫与心思,但是,只要人家有求于他,他一律免费赠送。张金满这么说着,很有自豪感。

盛土儿、盛正华:因做纸迁居钟塔山下

钟塔,地处上官、湖源、常绿三乡交界之山野间,上官有很多竹山在这崇山峻岭之间。清咸丰年间(1851—1861),上官人盛立升、盛楚廷等,他们翻越黄土岭来到钟塔,在山脚下竹林间择地筑屋开槽做纸。盛立升选在金鸡石下面鸡屁眼的地方,构筑了槽厂。从"鸡屁眼"上山,有一支长满竹子的山坞,竹林似海,俗称"大竹元"。盛楚廷则在一处叫黄栗元的山坞落脚,他们就地取材,斫竹办料开始生产竹纸。

盛立升从开始的一厂槽增加到后来的三厂槽,后由其儿子盛岐年、盛华年、盛胜华各经营一厂。盛岐年传给儿子盛坤山,盛坤山传给儿子盛乃堂。盛乃堂在外教书,吃文饭,但是他雇人斫竹,请人做纸,槽厂没有停,一直经营着。盛乃堂儿子盛正华,力气好出道早,16 岁开始上山斫竹,17 岁就做壮劳力的事了,削竹、腌料、舂料等活都开始做起来,18 岁开始学抄纸、晒纸,没有拜师傅,全靠自己学,师傅们在做的时候他用心看,讲的时候他注意听。趁抄纸师傅吃饭的时间,他悄悄地站到纸槽前,琢磨着抄几帘。晒纸也一样,先用铜皮纸练手,不浪费好纸。没有拜师傅,但是生产竹纸的 72

盛土儿

道工序他全部都拿手。今年69岁的盛正华，扳指一算，做了整整50年的竹纸。

说起竹纸制作，盛正华、盛土儿侃侃而谈，他们说，斫竹是采集竹纸原料的第一步，必须服从季节的安排。青竹不能斫得太嫩也不能太老，太嫩竹纤维"没料"，料质会变得过油，纸难做不说，还做不出数量。斫老了，料质变粗颜色变黄，影响纸品质量。如何斫得不老不嫩的青竹，依据老祖宗积累下来的经验，斫竹办料的时节应集中在立夏至小满前后一个月的时间内，一般在5月22日前后开始斫竹，这时的新竹刚刚开始放枝，枝丫呈蜻蜓叶状，新竹纤维刚长成但还没有成熟，这样的青竹里提取的竹纤维是制作元书纸的最佳原料。斫竹办料必须服从时节，要不然，竹料办不好、办不足都将影响整年的竹纸生产与收入，故斫竹办料这一个月为纸农的农忙季。

斫竹办料场地一般都在竹山上，选一处较为宽敞平坦的地方，临时搭建场地，置断竹、削青的架子，甩跌敲打竹筒和白料的石墩和台子，俗称"一只马"。一只马也就是一个场子。生产队的时候，队长统一安排，会同时开五六只马，山林承包到户后，弟兄多劳力强的纸农则自家人开马斫竹，劳力弱的则雇人斫竹，有的开一个场子，有的会同时开两三个场子。

经过取断、削去青皮，青竹变成了白竹筒，经甩跌敲打，再用铁锤劈开敲裂的白筒变成片状，用专用的榔头击碎竹节，最后扎成捆，则是白料了。斫竹办料，看起来是粗活，但很多细节必须相当注意，白料必须马上落塘浸水，他们从来不会让白料在山上过夜。白料浸塘很有讲究，为使沙粒泥土不带入料塘，保持白料洁白无瑕，浸料的人把草鞋脱在料塘边上，料塘里须灌满清水，满到浸没白料为止，否则，露出的料必定会起硬块而成废料。若是下大雨，料塘边上扎坝，防止污水流入料塘。

腌料的石灰用的是块灰，因为块灰化开来时温度高，气浪冲天，致使料塘里的水沸腾，这样腌制的竹料灰浆水饱和透彻。入镬煮料，需要烧火三天三夜或再多一天，一句话，要把周边码着700页竹料的大镬子里的水烧开把料煮熟。煮熟的竹料接下来是漂洗，槽屋置在山野的优势之一则是能用上清澈的山水，依赖山泉水流漂洗，翻跌，再漂洗，再翻跌，这样几次三番，让竹料里石灰渍彻底漂清，闻不到石灰气味为止。淋尿发酵，是富阳做纸人长期以来在竹纸生产实践中积累的经验或者说发明创造，做纸人传承效仿，湖

壶源點記憶

源纸农也不例外。将漂清的竹料捆扎后，放入装有尿液的桶里浸渍，把尿液淋透竹料，其作用是利用尿液中的碳酰胺（化学分子式 CH_4N_2O）以及嘌呤类化合物尿酸及盐类，促使竹料发酵腐烂，这样的方式能加快竹料发酵腐烂的时间，对竹纤维的损伤也比较小，最关键的是经过淋尿处理的竹料，灰质脱得干净，竹纤维被适度软化，这样的竹料做出来的纸不易虫蛀不会变色，用来书写、绘画不渗墨。淋好人尿的竹料堆蓬发酵，他们采用茅草盖顶，这样便于翻开一角观察发酵程度，防止发酵过头，竹料被烧坏。一般情况下，竹料出菇就可以了。盛正华说，好的料舂好后手捏上去像糯米汤团一样柔嫩，像打透的年糕一样有韧劲，这样的纸料浆汤饱满，抄出来的纸绝对是一级纸。

都说"片纸非容易，措手七十二"，可在盛正华、盛土儿看来，做纸是件很幸福的事。盛正华说槽厂干活，对象都好找得多，做纸虽然辛苦，但是比去外地打工要强得多。和纸打了一辈子交道的盛土儿，说起做纸很是不舍，他说前些年，因为环境问题，政府责令他们停产了，要不，他会做到做不动为止。

盛正华是做纸的全能手，也是竹纸生产从集体到个体到停做的经历者。20世纪80年代初，山林落实承包责任制后，当时生产队将现存的竹料分到农户头上，槽屋、焙弄、碾盘等设备大家轮着用。有的人家不做或者不会做，就请他做，或调工或给工资，他觉得做纸甚好。后来夫妻俩独立开槽做纸，再后来，到邻村李家、冠形磋以及到邻乡灵桥外沙、新建虹赤等地，以雇工的身份去做纸，有的人换一处槽屋就"水土不服"，纸张质量无把握，做出来的纸张厚薄不匀，不受东家欢迎，他好像能"随遇而安"，不管到哪里，元书纸、四六屏或是其他品种的纸他都抄得得心应手，抄出东家满意的纸。手工做纸算一门技艺，且会做的人愿做的人越来越少，凭借他做纸的"手脚"，也能挣得一份不菲的收入。

盛正华

倾听
QINGTING

潘筱英的竹纸缘

窃口潘氏，自明朝嘉靖元年始，其先祖开始经营土纸，随后创立"浙江省富阳潘同文纸号"，相隔500年后的今天，潘氏后人潘筱英，对竹纸情有独钟，不畏艰难与得失，坚守竹纸古法制作与销售已有20多年了。2010年前后，在古法竹纸制作最艰难的时期，潘筱英与她师父一起，坚持三年的技艺改进，成功制作大张白色元书纸，通过台湾纸商，远销日本、韩国等东南亚国家，深受客户好评。在她的坚持与努力下，不仅以生产性形式保护传承了古法竹纸制作技艺，同样把竹纸销售做到了北京，在北京前门大街开设了"越竹斋非遗推广中心"，让更多的书画家了解富阳竹纸，在业界获得了"宣纸看红星，竹纸选越竹"的口碑，富阳竹纸已成为高档书画纸的品牌符号。文房四宝百年老店荣宝斋，准许富阳竹纸设立销售窗口，同时在日本东京和京都设立了"越竹斋"纸品销售窗口。纸品不仅为书画家所喜爱，也已成为收藏家们的经典收藏品。"越竹斋体验馆"已成为北京市中小学生社会大课堂资源单位、北京林业大学科研实习基地、联合国教科文组织CLC项目实验点竹纸技艺实训中心。"越竹斋"为中国古籍保护协会会员单位，越竹斋创始人潘筱英，被聘为中国古籍保护协会文创委员会委员。

潘筱英生长在湖源一个叫后潘坞的山村，对于竹子她并不陌生，但是当她发现一根竹子可以蜕变成一张薄如蝉翼的白纸时，她惊讶无比。

2000年前后，天遂人愿，潘筱英有缘来到了同属湖源乡一个叫冠形碛的村庄。冠形碛村向来以做竹纸为主要经济来源。由于地理环境的优越，加上精湛的古法制作技艺，这一带村庄制作的元书纸被誉为"超级元书纸"。那天，潘筱英见到做纸的纸槽、槽里的纸料、抄纸的师傅、晒纸的焙弄，还有一件件铃着圆形"裕"字红印章的成品纸时，她直呼这真是太神奇了！从此，富阳竹纸制作与销售的行列中多了一名女性。时隔不久，潘筱英拜冠形碛村李氏竹纸制作传承人李法儿为师，开始了她与竹纸古法制作与销售的生涯。

然而，此时的古法竹纸制作，由于制作程序繁复，生产时间跨度长，手工制作效益低成本高等诸多因素，不敌机器制造的浆板纸，古法竹纸制作全行业正处于关停、改行的纠结徘徊之中。

冠形磑及周边村庄，地处五云岭脚，山坞深邃，涧水清澈，凭借优越的自然资源与环境，纸农做出的纸品皆为上品，李家更不例外。为了不让世代传承下来的古法竹纸制作技艺断传，李法儿不惜血本，改进竹纸制作硬件设备，改原先的小张元书纸变大张元书纸。可是，有些时候老天喜欢捉弄勤劳的人，等到李法儿小张纸改大张纸成功之时，大张的机器纸率先进入了市场，几年心血换来的成果没有市场，积压在仓库里，导致借款贷款无法偿还，李法儿经营的"富阳新三元书纸品厂"负债累累。

纸制品市场一度鱼目混珠，机器纸几乎压倒了古法造纸。不少做纸人不堪重负而停业，有的干脆转行他业。时至2010年，潘筱英跟随师父李法儿已有10年的时间。10年里，她学会了斫竹、办料、抄纸、晒纸的全过程，不仅如此，她还探究起元书纸制作技艺和配方的改进，以科学的方法找到仅用竹纤维料浆制不成大张元书纸的原因所在。于是她不惜成本采购能够增强竹纸韧度的檀树皮，作为制作竹纸的辅料，从而使小张元书纸改大张元书纸获得成功。

经过10年的观察，李法儿看准徒弟潘筱英具备接替李家传承了几代人的古法竹纸制作技艺，深思熟虑后，他毅然将李家密藏老纸的保险箱慎重地交到潘筱英手上。

接住了师傅古法竹纸制作的衣钵，潘筱英满脑子全是纸的问题。

纸是给谁用的？2010年，元代山水画家黄公望的《富春山居图》引起社会关注，并持续"高温"。爱思考的潘筱英，把自家古法制作的元书纸与古画联系到了一起。"纸是给谁用的？"猛然间，她有了方向。经过筹备，2011年4月，在相关部门注册了"浙江缘竹坊文化用品有限公司"，法定代表人潘筱英，经营范围纸制品销售、文化用品、字画、工艺品、元书纸、竹木制品研发、组织文化艺术交流活动等。在东洲黄公望村租用场地，设立了"缘竹坊"书画家交流平台，以纸为纽带，举办试纸会、雅集活动，开展书画创作与展示。让更多的书画家了解湖源竹纸的品质，让更多的人了解喜欢用古法制作的元书纸。富阳、杭州等地的书画家们和他们的作品，通过这样的活动走进了社会，得到行家的认可。元书纸似乎活了起来，"纸是给书画家用的"，潘筱英的思路是对的。借助网络、媒体宣传的力量，"缘竹坊"声名鹊起。接下来，来自北京、上海、天津、广东、甘肃等地书画家集聚美丽的富春江畔，试纸、作画、联展，古法制作的元书纸大部分书画家用得得心应手。

2012年12月，潘筱英的师父李法儿，被文化部命名为"国家级非物质文化遗产项目竹纸制作技艺代表性传承人"，于此，更加坚定了潘筱英做好古法竹纸制作的信心和决心。

古法竹纸制作坚持下来了，小张改大张获得成功了，成品纸必须获得市场的认可方能成为商品，才能获得经济效益啊！

古法竹纸制作改进取得了成功，但是纸品销往哪里？

产品积压，资金流动不起来。潘筱英坚信自家古法制作的竹纸品质，决定上北京。2014年下半年，她带着纸品，带着她的希望前往北京。都说在家靠父母，出门靠朋友。一个从山村出来的乡下人在京城哪来的朋友啊！初到北京，她在城郊租了一间房，每月租金600元。印了张名片，上有联系电话和"国家级非遗古法制作竹纸"字样，再是几个品种的竹纸裁剪成笔记本大小的样本。从头条新闻和朋友圈微信上捕捉书画雅集之类的活动信息。一旦有信息，就拿着名片与样本去活动现场，向人介绍起富阳的竹纸。一段时间过去，竹纸销售迟迟没有开张。潘筱英感到前所未有的压力，人一天天消瘦下去，身上的两千元钱盘缠也已花得差不多了，有时一个馒头她会吃一天。困难面前爱动脑子是她良好的特质，房东家开一爿饭店，她不出去推销的时候就帮他们洗碗洗菜，从而商量着减免部分房租费。

潘筱英明白，这样耗下去打不开销售局面，于是她找到了在黄公望村举办试纸会时的一位画家朋友，是他的夫人给她开了张，买了她两万元钱的元书纸，还帮她发朋友圈扩大宣传。

在朋友的帮助下，元书纸推销的信息来源多了起来。随后，潘筱英有机会到人民书画院举办的书画展、百名将军书画展现场，推销富阳古法制作的竹纸。潘筱英与一位叫臧红雨的书画爱好者在画展期间而结缘，从素不相识到亲如姐妹，为潘筱英销售竹纸的事，她可谓是为朋友两肋插刀。臧红雨凭

壶源點記憶

借自己的人脉资源，带潘筱英上国家博物馆、国家图书馆，哪里有书画、雅集，她都会提供信息，并陪同前往。当然，她这么做的原因在于潘筱英销售的竹纸是真真的古法制造，潘筱英对古法竹纸理解的深度与制作的那种执着精神。

很多场合，潘筱英也尝试着免费提供书画雅集等活动用纸方式来做营销宣传。一次活动中，有人把潘筱英提供的元书纸当成废纸用来渗墨。那一瞬间，潘筱英好像感到自家的孩子被人当众欺辱一般，她急切地上前与之争论，人家还是冷言冷语不屑一顾。对此，潘筱英甚是愤怒，而后她开始思考。

自家的元书纸被人当作废纸用来渗墨，这件事对潘筱英刺激很大。

天外有天，山外有山，这个道理潘筱英是懂的，但是她坚信富阳古法制作的竹纸在业界绝对有一拼。她要给富阳竹纸确立业界品质地位。当她说要找家权威检测部门，来证明富阳古法制作的竹纸品质与寿命时，有人发出讥笑，有人与她打赌，若是检测出来超过千年，他买她100万元的纸。潘筱英捧着自家制作的五款竹纸，直接来到北京林业大学，给竹纸进行了破坏性检测。检测结果出来了：她估计50年寿命的一款，检测结果寿命200年，估计500年寿命的一款，检测结果寿命800年，估计800年寿命的一款，检测结果寿命1000年，估计1000年寿命的一款，检测结果寿命1800年。一时间，业界引起小小的轰动。不过，买家们买纸纷纷要求到富阳湖源冠形磜竹纸古法造纸基地考察后方才下单。

越竹斋

竹纸是大自然与人类聪明智慧的完美结合。能否保证竹纸的品质，得从材料选择与准备开始。春夏秋冬，应时节潘筱英会去不同的省份采集订购竹纸所需的辅料。譬如订购麻料她会去湖北蕲春，订购檀树皮会去安徽皖南，订购山桠皮会去浙江龙游，订购楮树皮会去云南，主料青竹必定是到浙江杭州富阳湖源。

每年的小满季节，潘筱英定在冠形磜造纸基地，和师傅们一起上山看竹、选竹。小满这天，举办"祭山开镰收竹"仪式，尊重自然，敬天地惜万物。

满山的青竹，仿佛是潘筱英前世的老友。看到它们，她总会浮想联翩，国家博物馆所藏的古画、国家图书馆所藏的典籍，哪样不是因为古法制作的元书纸而穿越千年，至今仍然光洁润莹、墨影依旧，纸是活的，纸比人长寿，所有这些，都是她在困境中坚守，寂寞中前行的动力和源泉！

潘筱英会放心地将"越竹斋"委托人来管理，而办料与配料等环节从头至尾均由她现场督阵，唯有这样她心里才能踏实。

都说同行冤家多，而潘筱英却与同行们皆为好朋友。她尊重每一地的同行，尊重每一位师傅。把遇见的同行都尊为前辈、老师，大家一起探究古法造纸技艺及如何改进方案。时至今日，竹纸古法制作的72道工序如何掌握，潘筱英烂熟于心，制作过程中，严格遵循老祖宗传承下来工序，斩竹漂塘、入塘蒸煮、水碓舂捣、荡料入帘、覆帘压榨、人尿发酵、焙弄烘干等，潘筱英唯一改过的一道工序是原来的脚碓舂料为现在的石碾，经过实验和科学分析，石碾与脚碓舂料效果一样，竹纤维不会被损伤或是断裂。在材料的把关上，每一道关她都不会随便，譬如腌料的石灰，她都要亲自过目，必须挑选块状的、新出窑的，这样的石灰料塘里化开来，冲击力强，水温高，致使石灰渍水均匀地快速地渗透至竹料的每道缝隙。

20多年的匠心经营，加上与行业内专家的探究及学术机构的合作，科学调整原料配方和制作工艺，成功研发了"越竹斋"系列品牌，譬如根据国家博物馆馆藏历代名画的纸品特点和书画家使用特性，成功研发了唐纸、宋纸、晋唐古法，根据宋代米芾书画用纸特点，研发了南宫金版，另外还有明清古法、富春雅纸等品牌。

在潘筱英的努力下，富阳竹纸得到多方的关注和业界的认可。潘筱英有

壶源记忆

机会拜访 93 岁高龄的著名红学家、史学家、书法家、画家冯其庸老先生，赠予两刀老纸，供其试笔。冯老用手指一捏，用鼻子一闻，就说"不用试，这是好纸！"。于是他与山里女子潘筱英聊古法竹纸制作，一聊聊过了两个小时。冯老打开"越竹斋"古法制作的老纸，写下"千年寿纸"四个字。时隔不久，冯其庸老人千古。"千年寿纸"成了他的绝笔，为古法制作竹纸的匠人们留下千古绝唱，也为潘筱英留下无价之宝。

这天我和潘筱英聊关于竹纸古法制与销售情况。参观了她的竹纸产品陈列室，钤有唐纸、宋纸、晋唐古法、南宫金板等品牌专用章的竹纸陈列四周，置身其中，竹纸的古香扑面而来。因为赶上发货，潘筱英还需点验两刀纸。手工验纸，给我这个外行人一睹做纸人的技艺风采。她那双厚实的手，有的放矢地抚过纸面，动作娴熟自如，然后一张张从她那丰满圆润不失纤细的指尖间翻阅过去，犹如弹奏着一曲古老的经典名曲。

壶源溪上多津渡

千山易过,一水难渡。

壶源溪,从浦江流至富阳,流程长达80千米,沿岸有渡口无数。志书记载,从场口龙潭渡往回溯,壶源溪上有义桥渡、青山渡、六宅坶渡、沧洲渡、蚌潭渡、横槎渡、金刚渡、双坝渡、柏津渡、金沙渡等古渡口。金沙渡为旧时富阳与浦阳(今诸暨)县界。

未被志书记载但是实际存在的渡口还有富阳境内的董家渡、狮子渡、沸腾渡、陈家埠渡、下溪渡、梅洲渡(中山渡)等渡口,另外还有诸暨境内的鹰嘴渡,桐庐境内的华湖口渡、雅坊渡、上泗渡、引坑渡,浦江境内的荡江渡、深渡等渡口。

旧时,壶源溪上的渡口还有"横渡""直渡"之分。横槎渡、金刚渡被称为"直渡",意为壶源溪流域从头至尾,出行的人们这两个渡口是必经之渡,所以,这两个渡口的渡工,收渡船谷(摆渡人工资)上可收到浦江,下可收到场口等地。"横渡"主要是指单独一个村庄的人生活、劳作出行所需,外来人员相对较少。

龙潭渡、青山渡、横槎渡、金刚渡、荡江渡等渡口,摆渡工具是木头船,其他则是竹筏。摆渡人主要是保证本村村民劳作,比方说夏收夏种农忙季节,割稻人起早,摆渡人也得起早,种田人落夜,摆渡人也得落夜。总之,摆渡人必须保证村民们过渡的时间和安全,不过,有一条约定俗成的规矩,摆渡人可以收取外地人的渡船费,每人2分,脚踏车、双轮车3分或者5分。或许就是这一条规定,有一点额外收入,摆渡虽然辛苦,但是大家还是争着要摆渡。还有,一般渡口,有一座免费供摆渡人家住的房子,房子不大,小两间二层楼房,这对家庭住房有困难的人家来讲,还真是有诱惑力的。所以,有些渡口选摆渡人采用的是轮流或抓阄的办法。

壶源溪记忆

20世纪70年代始,随着壶源溪上桥梁的建造,往日的渡口逐个被废弃、被遗忘,渡口的摆渡人大多也已经离去或联系不到,经过再三努力,我有幸聆听到几位渡口摆渡人的故事。

青山渡：渡口最后的摆渡人张金鱼

青山渡地处常安东山下村与场口化竹村交界,为壶源溪上古渡之一。此处水中央突兀着一座小山,名曰:乌龟山。壶源溪水自上而下,朝着乌龟山直冲而来,撞击石磋后分成两股水流,由于水与石磋撞击的力度,形成两股深深的漩涡,东流水势相对较弱,西流水势较强,潭水深度均在30米以上。东流水域俗称小乌龟潭,西流水域俗称大乌龟潭。

由于地理复杂,水流湍急,壶源溪上撑筏人,不管是新手还是老手,大多在这里撞翻过货筏,就连往上撑空筏也有人在这里落水。湖源梅洲村的潘杏祥,是个老撑筏。他说,一次撑上筏,一篙不慎,撑篙撑进了水底的石磋缝里,人被逼进了水里。湖源寺口村的李宝财说,他见过太多的撑筏同伴,在乌龟潭翻筏。

张金鱼68岁,常安东山下村人,是青山渡上的最后一位摆渡人。张家祖孙三代摆渡,爷爷传给父亲,父亲传给他。他说,从小在渡船上长大,对这里的水势走向、水中礁石、潭水深浅是胸中有数,但是,也有避让不及或判断出现错误的时候,渡船撞上石磋导致船身摇摆甚至侧翻的时候。

张金鱼

在张金鱼的摆渡生涯中,没有发生重大安全事故。他摆渡始终坚持安全第一原则,溪水稍涨,他的渡船即从小乌龟潭走,走小乌龟潭渡船客需多走路,这样,有些渡船客不愿意有的甚至还要埋怨他,但是,为了安全,他坚持自己的主张。下雨下雪天,他会在上船的跳板上垫上稻草,以防上下渡船的人滑倒。

　　青山渡摆渡用的是木头船，可以渡手推车。当时，湖源山里常有人用人力双轮去场口粮管所装运粮食，为抄近路，拉车人通常在青山渡过渡。渡双轮车是最紧张的，双轮车两个轮胎宽度是固定的，上船两块跳板的宽度是不固定的，装着米袋、老酒坛的重车，上船下船稍有不慎，都会导致连车带货倒入水中。张金鱼说，摆渡负重的双轮车很危险，渡船分量重了，手中这把桡摇起来很重，渡船就不稳。渡人力双轮车，最害怕的是多出船身的车杠撞到石礃上，导致船身摇摆侧身，弄得不好翻船，做筋做骨地摇，有时"白毛汗"都吓出。

　　张金鱼不善言辞，但他提及了一件他父亲摆渡时发生的事。

　　其父张林富，摆渡时全家吃住在船上。母亲因病，在他7岁那年就撒手人寰。这年汛期，壶源溪上洪水泛滥、浊浪滔天，一船客人都说有要紧事，欲想过渡。张林富凭借摆渡经验，将渡船拖至离乌龟潭上游200米的地方，采用向对岸斜插的办法渡江。毫无疑问，摆渡人张林富精力高度集中。解开缆绳，拔起桅杆，渡船即刻被浊浪抛起又落下，落下又被抛在浪尖上，张林富熟练地操纵着手中的桡子，借着水势渡船已过凶险的主流区域，大家的心放下来了，张林富紧绷的心也稍稍松了一点。

　　就在此时，有人发现浊浪中漂浮着一个小红点。

　　原来，张林富4岁的女儿张金连掉进大水里啦！张林富朝脚根一看，啊，女儿不知什么时候不在了，女儿掉进大水里了！张林富不顾一切，甩掉身上衣裤。众人担心，他若下去不但救不了女儿，还会把自己的性命丢在水里！所以，大家试图劝说："林富，水太大了，不救算了……"此时，34岁的张林富哪里听得进这样的劝说，他纵身一跃，跳进翻滚着的浊浪里，眼盯着前方的红点，顺流追赶，300米，200米，100米，终于托住了水中的红棉袄。大家都说："大人家阿太保佑啊，一直漂浮在水面，要是沉下去，红棉袄看不见也就救不上来了。"

　　张林富，奋不顾身地一跃，这一跃跃出了伟大的父爱，至今事情已经过去60年，但村里的人都还清楚地记得。

壶源溪记忆

横槎渡：渡口最后的摆渡人何惠成

横槎村三面环山，出行有三个渡口，即狮子渡、横槎渡、沸腾渡。狮子渡和沸腾渡，只是劳作或去往某个村庄的需要，往来人员不多，当地人称其"横渡"。横槎渡，往返诸暨、浦江与杭州、富阳客人的必经之渡，过渡人多，被称为"直渡"。

旧时，山里人去场口赶集，去青江口乘轮船都过横槎渡。赶轮船后半夜两三点钟就得出发，过横槎渡，翻过桐树岭，沿山走，经过古城、沧洲、刘家弄等村，再过六谷湾即到场口街上。故此，横槎渡上的摆渡人，晚间也不得停息。横槎渡渡工相对于其他渡口的渡工比较辛苦，如此，横槎渡上的摆渡人，收取渡船谷沿路村庄的人也是比较客气，不但畚箕里的谷搬得满满的，嘴里还要说上一句"横槎渡的渡船谷要给的"。

横槎渡，有三亩渡船田，收入用于渡船的打造和维修，还建立渡船会。在渡口建有一座简易的小楼房，这是摆渡人的家。

何惠成，今年76岁，从他爷爷开始在此摆渡，父亲及阿叔都是撑筏人，祖孙三代生活在溪边渡口这间小楼房。何惠成生于斯长于斯，溪边长大，识得水性，他戏称自己曾是壶源溪上的"浪里白条"。何家会撑筏的人多竹筏也多。父亲和叔叔以撑筏运输竹木柴炭为主，平常摆渡靠的是爷孙俩。何惠成说，从小在渡船上看爷爷摆渡，

何惠成

耳濡目染，他六七岁就隔三岔五帮爷爷摇桡子。9岁那年，父亲和叔叔出门撑筏去了，爷爷生病躺倒在床上，夜里有人叫渡，9岁的他爬起来去摆渡，"姆妈不放心，跟着爬起来，陪着我一起摆渡。"

何惠成说，11岁那年，他差点被冻死。一天早晨，溪滩石头上长着白白

的一层霜，踩下去小石头都粘牢，撑篙上也同样，白白的霜花，手一捏松不开来。渡船在维修，那天用竹筏回渡。

过渡客人站满了竹筏，何惠成左一篙右一篙，竹筏划破溪水，悠悠驶向对岸。横槎渡中间有个深潭，足有30米的深度，此处撑篙撑不着底，只能靠撑篙在水面上划拉的力量，使竹筏向前游动。左一划右一划，竹筏游过了深水潭，再用撑篙在石礁上重重撑一篙，借把力竹筏就很快使向岸边了。或许是天太冷了，何惠成握撑篙的双手被冻僵了，或许是石礁上的冰冻得太厚了，撑篙点不住，滑了开去，"哗啦"，何惠成失去重心，一头扑进了冰冷刺骨的深水潭里。猝不及防，他呛了好几口冷水，几经挣扎，他的头露出了水面，"噗啦——噗啦"吐出一大口憋着的气和水，嘴唇已经发紫，牙齿已经打架，竹筏上的过渡客急得不知所措。然而，小小年纪的何惠成抓住筏头，将竹筏拖到岸边，刹住，才哆嗦着回家。回到家进了被窝里，"姆妈说，嘎冷的天，只怕被冻死"。

金刚渡：渡口曾经的摆渡人何申方

金刚潭在湖源小樟村。今年87岁的李金福、85岁的洪绍雪老人说，旧时，金刚渡摆渡人的工钱基本靠收渡船谷，每年"麦出""稻出"，摆渡人带着袋子挑着谷箩担子，上田头地角去收麦收谷，俗称收"渡船谷"。当地老百姓出行和出门劳作，天天都得过渡，诸暨、浦江方向的客人，往返场口、富阳、杭州也从这里过，金刚渡是壶源溪上的"直渡"，由此，金刚渡的渡船谷，上可收至浦江山里，下可收到场口环山。

没有人知道，这渡口是从哪个朝代开始的，也不知道渡口的摆渡工换过多少人？李金福记得一件事，那是1949年4月间，金萧工委、支队部转移富阳窈口村后，随后所属各队人马相继抵达窈口，会师盛况空前。4月23日，部队奉命转移湖源李家村，途经金刚渡，大队人马仅靠一艘渡船，成了蚂蚁搬家。当时的摆渡人是李阿五、李阿七兄弟俩，他们急中生智，紧急从附近村庄借调了十几张竹筏，在壶源溪金刚潭上搭建了一座临时的竹筏浮桥，几

壶源点记忆

千人的部队在规定时间内顺利通过。

1978年，金刚潭处建造了跨溪大桥——湖源大桥。从此，人们告别了金刚渡，摆渡人从此消失。时隔40年，去哪里找一位金刚渡上的摆渡人？然而，踏破铁鞋无觅处，得来全不费功夫，那天在横槎村随机问询，曾经担任横槎大队大队长的何才德老人，立马想起了村里的何申方。

何申方，今年74岁，横槎村人。他说，小时候住在湖源小樟村外婆家，并在那里上学。1961年，大家都遭受饥饿之痛苦，当时金刚渡没人摆渡，导致经常有过渡人掉落水里，尤其是年岁大的老人，好几回都差点儿丢掉性命。何申方外婆家正好在渡口，乡公所领导来，希望他娘舅把渡摆起来，娘舅说不干。然而，在一旁的他的母亲说："渡总得有人回的，一定没人回，我们来回回看。"

19岁的何申方，因为母亲这句话，当起了金刚渡上的摆渡人。

接手第二天，壶源溪洪水泛滥，浊浪咆哮着。到了晚上还是雷电风雨交加，何申方担心渡船被风浪卷走，那天晚上，他在风浪中摇摆不定的渡船上一直坐到天亮。55年后的今天，说起这事，何申方苦笑："我想摇渡人渡船总要管牢的，当时由于刚接手，行头经不懂，其实，管船不是这样管的，这样，弄得不好，船被冲走人也会被冲走。"

何申方为摆渡有一次险丢性命。一年的6月，汛期，壶源溪发洪水，渡船勉强还可以摆。这天，早上起来，停在这边的渡船，晚间跑到对岸去了。望眼欲穿，对岸没有人把渡船摆过来。等待过渡的人越等越多，足有六七十人了，大多是去对面山上种六谷的，有人开始埋怨了："回渡船的人，怎么渡船都管不牢的！"何申方听了很难过，他认为是自己失职。他当机立断脱掉衣裤，抱一根木头，跑到金刚潭上游100米处下水，借着水势向对岸斜插过去。人的力量最大也拗不过一溪汹涌的洪水，漂流下来100米，他只到了溪的中央。危险，危险，危险！岸上的人都为他捏着一把汗，他母亲已经急得哭了。

"再下去是下甘坝，过了下甘坝性命就难保了！"水中的何申方方寸不乱，"我一定要游到对岸！"他拼命挣扎着，终于一把抓住了杨柳树，又抓住了一把岸边的树枝，"我死命抓牢，人就站了起来！"何申方终于游到了对岸。

1966年，"文化大革命"开始，有人争着要摆渡，何申方不与人争，拱手相让。为了生计，随后他拜师学了棕匠。

鹰嘴渡：渡口最后的摆渡人应明松

鹰嘴渡位于诸暨境内的壶源溪上，地处相公殿村村北。此处巨岩陡峭，潭深两米。鹰嘴坝坝高两米，与坝底鹰嘴潭几乎形成直角，壶源溪上撑筏人对此十分畏惧。

拽上筏，即便是空筏也得有几个帮手方能将竹筏往上拽，独自一人力气再大也无法前行。放下筏的危险那是无法估计了。下筏装的是重筏，竹木柴炭等，筏重惯性大，水流湍急的鹰嘴坝，一扇重筏下冲时犹如江堤决口，水流排山倒海势不可挡，如果靠力气把握方向就算你有千斤力气也扼不住竹筏下冲的方向，只能凭借经验智取。重筏过鹰嘴坝，先是在筏头上把桡，把正竹筏下行的方向，人随竹筏筏头顺着激流抢入坝下的深潭里，后在竹筏抢上水面的瞬间，须飞快地从筏头跑到筏尾，拿起撑篙，见机行事，左撑一篙，右撑一篙，让竹筏顺应水势下滑，这些动作稍有迟缓或者操作稍微有误，竹筏即会在激流上打横，随之而来的即是扼筏翻筏。一旦翻筏，筏上货物落水，撑筏人十有八九性命难保。撑筏人称此处为鹰嘴滩，听着使人毛骨悚然。

鹰嘴渡为壶源溪上的古渡之一，清光绪《浦江县志》有记载。2017年5月6日，徒步壶源溪至诸暨相公殿村，有幸采访到鹰嘴渡口最后的摆渡人应明松。

应明松，现年82岁。村里65岁的潘大姐带我到他家时，他刚准备吃饭。当他听明白我造访的用意，放下饭碗，为我讲述了他摆渡生涯

应明松

壶源滩记忆

中难忘的一次经历。

　　1970年6月,蚕宝宝放丝成茧的季节。一天,老天白天黑夜连降大雨,壶源溪水猛涨。季节不等人,村里人冒着大水去对岸放蚕宝宝上山。根据以往情况,应明松估计溪水还会上涨,因此,他吩咐大家早点回来,水太大了就得停渡。

　　白晃晃的浊水一浪又一浪地翻滚着,放蚕宝宝的人大多在午饭前回来了,剩下两名壮劳力还不见影子。

　　下午两三点钟,溪水还在上涨,浊浪拍打着平日里待渡的鹰嘴亭。摆渡已经有相当的安全隐患,已经是停渡的水位。应明松,作为渡口的摆渡人,以高度的责任心,不顾个人安危,早已将竹筏撑到对岸,焦急地等候着还没回来的两位村民。

　　两位村民总算来了,可这时溪水已发出"轰轰"的响声,雨还在直下,容不得犹豫,必须抢时间回到对岸去!应明松把准备好的两支撑篙分给他俩,和两位村民交代了抢渡要领和注意事项。三人将竹筏往上游拽了300米,采取顺水势斜插抢渡。溪水还在猛涨,没有半点儿减速的态势。在这种状态下的大自然面前,要渡过去,不管是征服它还是利用它,全靠人的智慧和勇敢,以渡回对岸。

　　一江汹涌的江水,一张漂浮在浊浪中的竹筏,筏头筏中筏尾,手握撑篙的三个人。抢渡开始,竹筏离岸后,飞快地在溪浪中飘舞起来。

　　在这样的浪头上撑筏,撑筏人只要用撑篙在水浪上点划,保证竹筏顺着水势走,然后在下飘的过程中,借用奔腾的水势往对岸斜插过去。

　　一张竹筏,三个手握撑篙的人,筏尾、筏中、筏头,能否成功抢渡对岸,全靠三人的随机应变默契配合。

　　抢渡开始,竹筏离岸,飞快地在咆哮的溪流上飘舞起来,水声"哗啦啦"轰鸣,应明松的指挥声他俩根本就听不见!瞬间,竹筏将越过一块巉石,本应在擦石而过的一刹那,用撑篙在巉石上撑一下,借势发力,使竹筏避免撞击就可以了,可是,没有撑筏经验的两个人,临阵乱了方寸,过早一步在巉石上点了一撑篙,导致竹筏打横,在汹涌的溪流上,竹筏打横立刻就扑翻了。

扑翻的竹筏顷刻间过了堰坝，鹰嘴坝是近90°角的深潭，跌下堰坝，竹筏散架，筏上三人全部落水。应明松呛进一口水，脑子瞬间清醒，想，今年我36岁，本命年，难道……容不得他再想，巨浪扑面而来。此时的他，本能地死命地握住手中的撑篙，他知道或许撑篙即是他的救命稻草！求生的欲望指挥着手中的撑篙，撑篙在不停地寻找支撑点，只要撑到一处，他就用力撑一篙，让自己的头露出水面张开嘴巴吸一口气。巨浪不停地向他盖过来，不知多少次他被卷入浪底……应明松凭借着多年撑筏的经验和本能的求生欲望，活了下来，那两位村民被洪水吞噬了生命。"他俩都还很年轻，30来岁的青壮年。"

事情已经过去40多年，如今提及应明松还是心有余悸。

事情发生后，当时是生产队集体化，队里给两位死者理了后事。

应明松告诉我，那些年摆渡，渡口小屋是免费住的，摆渡工资全年92元钱，但是，竹筏是要自己解决的。当时置办一张竹筏需要120元钱，这年，他白摆了一年渡，还要倒贴30元。

鹰嘴渡口，1970年开始建桥，1973年竣工通车，桥名为"东风大桥"。

渡口建造了大桥，摆渡自然也就停了。1970年至1973年，应明松在鹰嘴渡口摆渡4年，成了该渡口最后的摆渡人。

附：应明松，诸暨马剑相公殿村人。1955年3月8日应征入伍，为共和国第一批义务兵。1956年9月9日，加入中国共产党。1958年7月退伍回乡。

壶源溪记忆

敢逐险浪撑筏人

壶源溪，源于浦江高塘，源流始于壶山。它越桐庐，穿诸暨一角，过金沙岭入富阳境内，继而经湖源、常安、场口等乡镇，在场口镇青江口注入富春江，全长160里。

每年都有撑筏人在鹰嘴口、老虎嘴、磨麦潭翻筏，在金刚潭、山石门、荞麦石扼筏，轻则竹筏损坏货物冲走，重则撑筏人落水身亡，可以说，撑筏人每撑一趟筏等于是在冒一次生命危险，但是，为了生存，他们几乎没有退却的余地。

孙叶根：山里人，没别的出路只有撑筏

第一趟撑筏，弄得眼泪咣当。上臧村孙叶根说，父亲是个箍桶匠，不会撑筏。父亲曾想让他学箍桶匠，他不想学。19岁那年，父亲离世，他成了家里的壮劳力顶梁柱。为了养家糊口，他没有别的路可走，只有去撑筏。

想办法置了一张单筏，跟着村里"在行"的撑筏人去桐庐新合装了一筏柴，跟着放下筏，照着他们的样子，人站在筏头上，摆着桡。溪水平稳的地方还好，凭着胆子放下来。竹筏放到窈口百庄村附近，溪中央兀立着一块八仙桌那般大的巨石，他猛地一愣，心一慌，手中把握方向的桡不知道往哪边摆，往左还是往右？装着重量往下放的竹筏容不得你片刻的迟疑，在孙叶根犹豫的瞬间，竹筏正对着巨石撞了上去，顿时发出"咔咔咔"的响声，竹筏破了，即刻在水中打横，被强劲的水流逼在巨石上，横搁的竹筏堵住了水流，布控在溪中捕鱼的簗埠都被震塌了，前面的竹筏顺着水流快速前去了，他怎么喊都喊不应前筏上的撑筏人。撑筏第一趟就搁浅了，他叫天不应叫地不灵，

眼前是哗哗作响的溪水和沉默无语的巨石，还有那被水逼横在巨石上的竹筏。

他跳下水去，想把竹筏推开，可被卡破了筏竹的竹筏像是被咬住了似的，仅凭他一己之力，怎么也推不开。此时的他，止不住流下了委屈和无奈的泪水。

总不能就此罢休吧！

他擦干眼泪，蹚水上岸，到溪边村庄请来人手帮忙。

横搁的竹筏在众人的合推下，终于离开巨石，吃上活水。孙叶根壮壮自己的胆子，重立筏头，把持着手中的桡，独个人将装着十担柴的破竹筏一路放到自己村庄上臧村旁的石马潭。

竹筏靠岸，卸下竹筏上的柴，再把竹筏拖上岸。请来竹筏师傅修理竹筏。拆开竹筏一看，十根筏竹破了五根。村里撑筏人说，这样一张破筏还敢放下来，只有不懂的人才敢，那可是随时都有可能翻筏下沉丢性命的危险！

把破的五根筏竹换下，修理好竹筏。孙叶根重新把竹筏背到溪边，推入水中，装上卸下来的十担柴。

放至场口龙潭埠还有一天的水路，一路上还有山石门、横坑埠、荞麦石、乌龟潭等难以把控的危险溪段，母亲实在放心不下，还是请了个"懂行"的，带着他把一筏柴放到场口龙潭埠。

孙叶根

从19岁到43岁，孙叶根在壶源溪上撑了25年竹筏。

……

有一年冬季的一天，他和村里其他8位撑筏人，去浦江潘周家装了柴，竹筏放到村口靠岸，准备第二天放到场口。

壶源溪上撑筏运货，基本上来回于富阳场口至桐庐新合及浦江潘周家和松山口。大约60千米水路，来回一趟得花4天时间，因此，途中需要宿夜。上臧村的撑筏人其中一夜正好可以宿在家里。

壶源點記憶

　　不料,这天晚上下起了大雪。早上起来一看,呆掉了,积雪已到膝盖深了。大家合计后,争取在冰冻前把满筏放到场口龙潭埠。

　　天空飘舞着雪花,溪流显得十分地安静。十来张装载着柴炭的竹筏,如一条长龙,顶着风雪顺利到达场口龙潭埠。

　　靠岸,卸货,宿夜。

　　第二天,大家都决定借下雪天歇歇脚,停筏了。

　　孙叶根和几位同道约好,不停筏。这天早上,他们踏着冰雪来到江边,江风"呜啦呜啦"刮得像老虎叫一样,寒风刺骨。几位同道,撑到常安境内,实在冻得撑不住,陆续在沿途村庄靠岸停下了。

铜锅

筏桶

· 170 ·

壶源溪上独行着孙叶根一张竹筏。"我想想一家十来张口要养活来的，落雪了，柴的价钱肯定能卖得高点，就坚持撑回来。"撑上筏遇到堤坝激流处，必须蹚到水里去，背起牛扼、拿起纤褡才能将竹筏往上拽，到稳水处再爬上竹筏。"脚上的草鞋立马冰冻了，实在冷得熬不住，我用烧饭的铜锅烧锅热水，水稳的地方，脚手放进去浸一浸。"

到家后，孙叶根也想，这么大的雪不撑算了，家里人也都叫他不要撑了，可他想想还是装了一筏柴，仍旧一个人放到了场口龙潭埠。"大家停筏了，柴就少了。这筏柴比平常价格高了一倍，平时每百斤一元二三角，那筏柴每百斤卖到二元五角。"

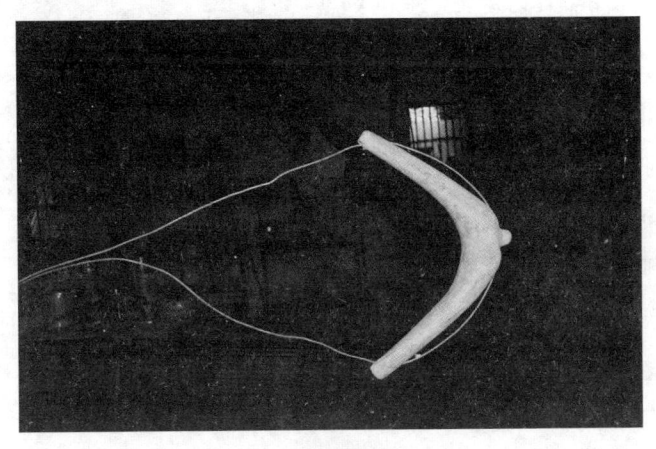

纤褡

孙叶根说，壶源溪上撑筏，必须随身带上筏桶、铜锅、铜火熜、蓑衣笠帽和草鞋，草鞋必须备上十几双。筏桶是用来装衣服裤子、香烟洋火，还有米和菜的，筏桶桶身是杉木做的，盖子是竹篾夹箬叶编织而成，若是遇上雨天保证装在桶内的物品不被淋湿。铜火熜用来生火取暖，铜锅放上面炖水、炖饭。除了生活所需以外，还需准备卸货用的扁担、搭钩。桡和撑篙相当于下地干活的锄头、铁耙，一样不能少。桡是用来控制竹筏前行方向的方向盘，一般采用杉木材质。撑篙采用的是竹子，撑篙也是用来把握竹筏前行方向与速度的工具，一篙一篙触及水底石头，磨损厉害，故在撑篙底部镶嵌钻竿，钻竿通常采用一种叫红乌冬青的树，因为它的木质坚硬细腻，耐磨防滑，钻

壶源溪记忆

竿镶嵌在竹竿底部，再用铁箍箍住。

说起撑筏，孙叶根感觉还是幸福多一点。

方浩生：要是他落水出事了，我一辈子都会难过

今年81岁的方浩生，家住湖源百庄村。我曾先后两次采访过他。去年8月的一天，当我再次登门采访时，他刚从医院回来，手术后的他，消瘦苍老了许多，说话气力不足。但说起撑筏，他似乎来了一股子劲，硬要先带我去溪边看看再说。

方浩生

壶源溪畔，耸立着鲜艳夺目的广告牌，溪流上飘荡着彩色的气垫船，气垫船上年青的游客们掬水戏闹着。方浩生反剪着双手，伫立在溪边思索着。随后他指着溪岸对我说："原来这里，每到夜晚竹筏剎满，一长垄！我们百庄村时有竹筏46张！"

漫步溪边，方浩生侃侃而谈，他忍不住告诉我："壶源溪的水是高山水，壶源溪里的鱼多啊，壶源溪里的鱼好吃啊！"

说完这些，他不无感慨："现在人不用撑筏了，撑筏只是为了玩。壶源溪的水坏了，现在好起来了。我老了，不过撑筏的基本功还是在的，若是需要，我很愿意传授。"

一代撑筏人的经历，我静静地聆听着。

父亲患上了寒热病，三天两头要发，好长时间不见好。那天，父亲去桐庐新合装了一只柴，放到家门口刹好，准备第二天放到场口去。夜里父亲发冷发热，第二天人实在动不了，父亲叫他跟着村里人把他装好的一只柴放出去。第一趟撑筏，父亲不放心他，带他到15里路开外的中溪，看他还像样的，就让他撑了去。

方浩生说，他们撑筏一般是结伴而行，少则六七人，多则二三十人，像一条舞动的龙灯，前头有领筏的。领筏人用打手势的办法告诉后面的人怎么撑。第一趟撑筏，他跟着大家顺利到达终点站——场口龙潭埠，回来时父亲一直跑到金刚潭那里来接他。

这是他第一次撑筏，那年他才15岁。这以后他撑了40多年竹筏，直到20世纪80年代初，湖源山里通公路没有人撑筏为止。

当时生产队有规定，放下筏的钞票必须上缴生产队，上筏要是能带上点回货，这钱全部归自己的。他儿女多，人口多，总想多赚点儿。一次，方浩生回来装了一爿油盐酱醋，还有纸包糖等食品，大概有三四百斤分量，这对于撑上筏来讲已经算重筏了。

撑上筏，逆水而行，一脚不去一脚不来。水稳的路段用撑篙一篙一篙撑，遇到堤坝激流，靠撑篙就撑不动了，就得下到水里推，或到筏梢头旁边或跑到岸上，把纤搭背在肩膀上，双手撑住权竿，身、手、肩、脚合力，将筏往上拽，到平稳的水上，权竿一推，纤搭一放，立马跳上筏尾，拿起撑篙接着撑，动作要十分迅速，否则筏就比人还快地往下游去了。

小樟村金刚潭，是两股急水交汇的地方，有个深深的漩涡，一篙不慎就会吃"生活"。从场口撑到金刚潭，人已经非常疲倦了，气力接不上，筏被漩涡"咬住"，手里撑篙使不上力，竹筏翻了，一爿货倒进湍急的溪水中。方浩生急忙蹚入溪水当中，先是拖住竹筏靠在岸边，再打捞落水货物。坛坛罐罐破掉了，酱油老酒早已融进了溪水，紧赶慢赶，方浩生捞起来两箱纸包糖，打开一看，已经开始烊了，不好卖了，怎么办？！"自己吃是舍不得吃的。"方浩生搬着两箱纸包糖，跑到窈口供销社，请求他们帮帮忙，把翻筏的损失减到最低程度。最后，供销社的同志帮忙，两箱快要烊掉的纸包糖，弄到富阳食品厂，重新加工。

方浩生有个要好的朋友，患了重病，英年早逝。弥留之际朋友托付他，帮他带带他的小孩（撑筏）。"做人做事讲诚信，答应的事必须做到。"他朋友的儿子14岁时，方浩生就像父亲带儿子一样，每每自己出筏，就带他在筏上，让他练练胆子。

一次，方浩生把朋友的儿子中根带在筏上。他在前头筏梢上摇桡，撑前篙，把握方向，14岁的中根在后面拖筏上撑后篙，当副手。撑到树石村附近的三石门，溪水突然大了起来，后面的拖筏被石头搁牢了，"小鬼蛮活相的，跳到石头上，将筏一推，随着急水，拖筏很快下来了，但是他人来不及跳到筏上，还在石头上，由于水势冲击太大，前筏和后筏的牵绳断裂，等我发觉，已经离开很远路了，我连忙喊：'中根，不要下来！站在石头上不要动！'"

方浩生找到有利地形，把竹筏刹在岸边。跑到横槎村里，找到熟悉的撑筏人，借来一张小筏，把14岁的中根从石头上接到筏上。"要是他落水出事了，我一辈子都会难过，怎么对得住他的父亲。"

徐钜恒：壶源溪上，有的地方落水没办法救

今年81岁的徐钜恒，家住湖源双喜村。他说，爷爷、父亲都是撑筏的，他虽是独养儿子，但是，形势所迫照样撑筏。

"现在的人不用撑筏了，子子孙孙不用撑筏了。"采访那天，徐钜恒重复这句话，感慨着当年撑筏人的艰辛。

徐钜恒说，壶源溪上，每年总有三四个撑筏人出事。出门撑筏，这条命是系在裤带头上的。一次，村里同去撑筏的某某，还只有16岁，横槎村北溪中央那块荞麦石，湾廓兜蛮硬的，撑筏还是新手的他在大石碴上一撞，筏翻身人落水，急水潭里，没办法救他，看着他丢命。

壶源溪险要的地方有很多，金沙岭脚的老虎口，石马岭双坝渡下面的返回潭等。徐钜恒一次从浦江潘周家装了一爿塘柴，足有四五千斤重，放到双坝渡口，吃了前头树簰的"屁股"。

前面是由十多人撑的几十米长的树簰，由于树簰长，下行速度慢，而徐钜恒的竹筏分量重，激水坝上冲下来速度飞快，无法阻挡。返回潭边上石碴带斜，本来就是很难撑的地方，偏差一点点就会被漩涡咬住。"那次，前头树簰慢腾腾地，我的竹筏又没有刹车，只好眼睁睁看着撞上去。"

"哗啦啦""咔咔咔"，徐钜恒的竹筏几乎是半张竹筏抢到了树簰上，强大的冲击惯性致使竹筏打横，筏梢插进石碴旮旯里，又是一阵"嘎嘎嘎"

的声音，竹筏扼断，一筏塘柴全部倒入水中。徐钜恒说，人落水是不怕的，随便扎扎就扎牢了，柴落水也不怕的，等水小了捞起来，竹筏扼断损失就大了，120元钱，那个时候是大数目了，起码两个月的筏白撑。

一张竹筏抵过半爿家私。有的人家卖掉一只肉猪，拿了青谷钱串了一张筏。力气小的加上不"在行"，往往一趟筏都撑不到，筏就扼断了，想想真是要哭的。撑上筏正当吃力，斜坡上撑到半中央戗在那里，撑筏人和湍急的水流较着劲，上，上不去，一松劲筏就很快下去了，只有死命拖住，真像牛耕田一样。见到这种情况，徐钜恒就会用自己的竹筏去顶前面不动的竹筏，"用我的筏顶住他们的筏，往上顶，这样顶一下就上去了"。

出门撑筏，每趟都是结伴而行，其目的就是为了途中互相有个照应，险要的地方互相搭把手。撑筏队伍，一般是在行的老师傅站头筏，指挥整个筏队，力气大的断后，在筏队的最后，遇到堤坝水流有上坡的地方，力气小的或者新手，撑不上去，后面的人就用竹筏顶住，帮助前面的竹筏往上行。徐钜恒说，刚开始撑筏，他排在筏队的中间，后来觉得自己在行了，力气也大，就主动排在筏队的最后面，担任断后任务。

汤永昌：撑了三年筏，遭遇两次"贼水"

几位老人坐在屋门口享太阳聊闲天。

约访的倪忠贤老人实在不善言辞，我灵机一动，随机寻找采访对象，便主动上前去与他们攀谈起来。

汤永昌79岁，家住湖源石龙村。他说，父亲因身体残疾，以做裁缝为业。当时石龙村，家家户户都有竹筏，基本上是父亲带儿子，阿哥带阿弟。他因父亲不会撑筏，迟迟没有撑筏。年轻时外出打工，在一家石宕做苦力。后来石宕停办了，他只好回家，那年他已经30岁。为了生计，他想办法借钱赊竹，置办了一张竹筏。跟着村里人去撑筏。和大家一样，来回在场口龙潭埠至浦江潘周家，用竹筏运输竹木柴炭，赚点运费。

自古以来，有说壶源溪水有时像"贼水"。怎么说？说是有时候"撤头猫里"

壶源船记忆

黄泥浆水冲了下来,若是在溪中央埋头干活,逃都逃不及。常安青山村张水根说,一日夜里,他父亲在水碓里舂料,突然听到一阵"叽里嘎啦"的声音,辨别不出是什么声音,仍旧顾自舂料,等到天亮一看,壶源溪上洪水翻滚,乌龟潭上首石溪滩上一片毛竹和树段头,还有柴柴草草。

"贼水"会冲下来竹木柴草,同样也会冲走刹在溪岸的竹筏和渡船。这样的"贼水"每年的汛期和秋天总会发生。

湖源梅洲村的潘杏祥说,刹在溪岸的竹筏被冲走好几回。冲走就尽快去找,顺着水流一路找,有的将筏拖在岸上,知道筏主肯定会去找,找到了适当给几块钱,筏就撑回来了。也有的会把竹筏拆了,遇到这种情况,筏竹上刻着名字的就可以拿了来,没有名字的就不好强拿。

横槎渡摆渡的何惠成说,渡船被"贼水"冲走多次,一次被冲到常安六宅塸,一次被冲到了乌龟潭,再一次被冲到场口真佳溪义桥坝。渡船冲走,摆渡人家就得叫上人手,沿着溪水一路往下去找。找到了,得想办法拖上来。一艘船逆水拖回来,少说也得叫上十来个人手。好在那时候约定俗成,帮拖渡船只供饭不用付工钱。

作者(右一)在汤家村采访

壶源溪"贼水"不仅冲走竹筏和渡船，还吞噬过不少人的性命。湖源上臧村臧庆年说，壶源溪上的"贼水"来势汹汹，像打开来的竹簟一样，"哗哗哗"白花花一片卷下来，跟钱塘江上潮水差不多。该村曾被"贼水"吞噬掉好几条人命。一次有三人去溪坝对岸山上砍柴，去时溪坝上没水，穿着草鞋可以过去，等到回来的时候已经是黄泥浆水，浪头抛起好高了，回不过来了。村里人用筊（用几股嫩竹篾绞在一起的绳子），投掷至对岸，固定后人攀住筊过堰坝，结果，前两人过来了，第三人因水位上涨迅猛，至堰坝中央，被急浪冲走了。

汤永昌撑了3年竹筏，碰上两次"贼水"。一次从场口回来，上筏撑到树石村口独轮石的地方，溪水突然猛涨，竹筏打横，撑篙根本撑不了，他蹚进溪水中，背起牛扼，拿起纤褡，拼了命将竹筏往上拽，由于溪水上涨迅猛，竹筏越来越重，最终被逼横，卡在石礁旮旯里，为调直竹筏，他想尽办法还是推不动竹筏，最后，在同伴们的合力下，才将竹筏从石礁旮旯里拖出来。接下来的几十里水路，他穿着一身湿衣裤，勉强将竹筏撑到下溪，到熟悉的人家借了一套衣裤换上，此时身上的湿衣服扣子已冻得"僵硬"，解都解不开了。

第三年的汛期，他装了一筏稻草。浦江山里夜里下，湖源山里日里下，稻草吃水，大雨一淋，竹筏分量成倍增加。放至梅洲中山潭，一阵狂风逼过来，竹筏扑翻，一筏稻草闷进水里，筏路被堵，溪流上的竹筏像现在堵车一样，排起了一条长队。下溪村何阿泉，从场口撑上筏回来，见筏路被堵，竹筏随便一刹，跑上来看看情况。麻痹大意，竹筏没有刹牢，很快被水冲了去，他急忙蹚水去抢筏。人在水中怎么跑得过竹筏在水中下漂的速度，何阿泉只想着把竹筏抢回来，忘记了自己脚下的漩涡潭，一条命丢在了水里。事后，下溪村的人说，本来出事的应是汤永昌，何阿泉做了他的替死鬼。此话虽然只是闲话而已，但是，汤永昌听了心里存了个阴影，从此，他将竹筏卖了，告别了撑筏。

何爱焕：撑筏没有师傅可言，靠的是"眼活"

当年，横槎村有40多张竹筏。今年79岁的何爱焕说，父亲何祖华一辈

壶源溪记忆

子在壶源溪上撑筏，撑得一手好筏。怎样避过险滩漩涡乱石，是壶源溪上撑筏的技术，不使装在竹筏上的燥货（土纸）被水弄湿，更是一门技术。很多撑筏人，撑土纸到场口埠头纸弄湿了，没办法，将成品纸打开来，一张一张晒干再捆起来，这功夫都算撑筏人自己的，纸行不给工资还要埋怨的。何祖华蛮老练，装纸，水大坚决不装，看水"差不多"的日子才肯装纸。溪水小浪头相对平稳，加上撑得稳一点，竹筏上的纸就不会被弄湿。由于张祖华撑筏老练，村里槽户们都喜欢由他帮着将纸装运到场口去，叫他装纸的槽户经常要预约。

何爱焕说，自己从小在溪边玩水长大，十来岁跟在父亲竹筏上，20岁开始撑筏，到50多岁停撑。撑了30来年竹筏，下到场口龙潭埠、上到浦江松山埠，一路上有龙潭、乌龟潭、董家潭、蚌潭、长潭、狮子潭、沸腾潭、石马潭等，至今说来如数家珍。他说，壶源溪上撑筏，没有师傅可言，全靠撑筏人自己估计判断，水流大小急缓及流向，石头与石头之间的距离与筏身的宽窄，这些能够估计准确，加上胆大心细且有足够的力气，这样撑筏胜算较大，否则就会遭遇翻筏、扼筏等厄运。

都说撑不会的山石门，放不会的横坑埠。何爱焕说，树石村口溪中有两块大石头，中间"扣光数"只有一张筏的宽度，横坑埠、狮子潭、荞麦岭，300米长的乱石滩，真难撑。此处，经常会被扼筏，特别是不熟悉情况的外地人。不过他的"眼活"很好，每次都能一撑篙"过门"。他说，有些地方，全靠估计，撑篙点在石头上，根据判断来用力，用力不能太重也不能太轻，力要用得恰到好处，这竹筏就像蛇一样，顺着水流滑下去了，否则，不是扼筏就是横筏。他说，他撑的是场口筏和浦江筏，装运的是柴炭。从横槎去浦江装一筏柴炭，来回需要3天时间，途中在诸暨金沙和场口歇上两个晚上，一趟下来能够赚到十来块钱，平均下来3块钱一天，当时来讲有筏撑已经蛮好了，撑筏相当于现在的运输业。

臧庆年：年三十夜放木簰被拦，逃为上策

臧庆年79岁，家住湖源上臧村。他说惧怕撑筏，但是迫于生计，17岁开始跟随父亲撑筏。

第一次撑筏，去浦江松山口装了一筏柴，跟着筏队放下来，父亲在前头，他跟在父亲后头。每到深潭堰坝漩涡潭等难撑的地方，父亲就会用手势告诉他摇上还是压下，嘴里喊着"放直""回转""回转""放直"。

然而，撑到金沙岭脚的老虎潭，父亲一边打着手势，一边拼命地喊着"回转回转"，或许是撑得有些累了，或许是被父亲喊昏了，瞬间，他不知道手中这把桡怎么摆，竹筏对准石礁重重地撞了上去，竹筏翻身，筏上柴全部倒入深水潭里，慌乱之中，臧庆年下意识地拎起筏桶，跳到石礁上。

父亲见状，只好自己将筏找地方刹住，拖住他被水吞了去的竹筏，再回上来将深水潭里的柴一捆一捆捞起来，捞不着的等溪水小些了再来捞。

臧庆年惧怕撑筏，更惧怕撑上筏。他说，从场口回来，大多数是空筏，但是，撑上筏，照样很难。在行的人，裤脚卷至膝盖弄跟绳子缚牢，在水里走不会将裤子弄湿，不在行的人，就是穿短裤，走不了几步就弄得湿透。冬天撑筏，每次回到家时，衣裳裤子袖口上裤脚管上冰结的很厚，袖子上还会挂下冰柱来。

那天找到臧庆年家已是午后时光，巧遇老哥俩正在回忆当年撑筏的往事，有说有笑的。

大臧庆年9岁的臧水林，拼命说自己力气大，撑筏技术好，撑了几十年的竹筏，一次都没有翻筏扼筏。他笑着说臧庆年掉进水里次数最多。有一次，从浦江装柴放下来，一路上3次掉进水里，没有换的衣裤，只好穿着湿衣裤一直冻到家里。

而臧庆年对那年年三十晚上撑木头簰被拦牢的事记忆特别深刻。20世纪70年代，山林集体化，木材买卖紧张。外头路上造房子的人家，免不了买点黑市木材。为躲避森工站检查，愿多出点儿工资，想办法叫撑筏人，趁着夜

壶源溪记忆

色把木头从壶源溪上放出来。

那年年三十,场口洋涨一户造房子的人家来叫人放木头。臧庆年说,一般年三十夜是不撑筏了,想想人家造房子买点木材不容易,当然,也是想赚点钱。

白天,他们悄悄把木头扎成前三角的木头簰,刹在溪边。吃好年夜饭,等天擦黑,他们便开始行动。

在九曲回肠的壶源溪上放夜簰,怎么能保证安全呢?

臧庆年说,在壶源溪上撑了几十年竹筏,溪上的一潭一石一堰一坝一湾,都在脑子里记得清清楚楚,几块大石头在哪里,在什么位置都有数目的,夜里放簰,在簰头上蹲下来,山的影子和石礁的形状就看得更清,看清了山和溪中石礁的影子,放簰人就可以引领木头簰避之,以致顺利地放下去了。

臧庆年和其他几个伙伴,悄悄地将木头簰推入溪水中,凭着平常对壶源溪的记忆,估摸着一路往下放。木头簰在溪水中滑行,在撑筏人的把握下,越过激流险滩堰坝深潭,很快就到了关键路段——小樟村金刚潭,木材检查站就设立在那里。今天是年三十夜,不管是买木材的东家也好,撑木头簰的撑筏人也好,大家心里都祈祷着能顺利通过这道关卡。

滑行在溪水中的木头簰时不时发出撞击溪石的声音,"嘎嘎嘎""轰轰轰",在万籁寂静的晚上听起来特别刺耳,给撑筏人徒增几分担忧与紧张。

木头簰放至金刚潭附近,他们担心发生的事还是发生了。前面传来阵阵狗吠声,接着是几道手电光。

"在拦!在拦!年三十夜也在拦!"

年三十夜,谁都不想被抓进去。若是被抓了去,来年心里会疙里疙瘩。所以,他们顾不得东家的损失,个个弃簰而逃。黑星夜里,溪坑里田畈里,深一脚浅一脚,拼命逃,逃到家里,不知是溪水还是汗水,臧庆年全身湿透。

倪生洪：烧筏，削筏竹大有讲究

倪生洪，今年 87 岁，家住湖源石龙村。村里人说，倪生洪父亲、叔伯及阿哥都是撑筏人，组织一支筏队出门没问题，其父亲还是烧筏师傅。

没有与倪生洪预约做访谈，所以，当他的侄子倪忠贤把我带到他家时，他还睡在被窝里。他妻子说："我去叫他起来。"很快，他笑呵呵地与我在八仙桌前坐下来了，问我需要他说些什么。

倪生洪

这是一次随机的访谈，然而，他对选竹、烧筏细节的描述及要领的把握却是娓娓道来，层次清楚，描述生动细腻，好像是做了充分的准备。

倪生洪说，烧制一张好筏，第一步，筏竹要削得好。不懂的人削竹，不看毛竹老嫩，纯粹是把青皮削掉，这样削出来的筏竹烧起来弄得不好就开裂。他说，同样长在山上的毛竹有老嫩软硬之分，毛竹节头平，这棵竹肯定是石头窟里长出来的，质地就硬，这样的毛竹，削青皮的时候，落刀应重，青皮多削掉点，烧起来不会开裂。细一点的毛竹，一般质地较软，这样的毛竹削青皮时，落刀应该轻一点，青皮少削点，这样烧起来不会开裂。

去了青皮的毛竹放至干燥，便可烧制。烧制竹筏的工具很简单，两段木头交叉镶嵌在一起，再加一根支撑的木杆，便是烧制竹筏的工作台了。去了青皮的毛竹，将它的竹梢部分搁在架子上，点燃松油堆，握住毛竹，将竹梢部分对准火苗，再将手中毛竹慢慢转动，使其受火均匀，等到四面"烤透"，即用浸湿的破布一擦，冷却。然后，一人压住竹身，烧筏师傅坐到烧过的竹梢上，用身体的重量整压竹梢，达到需要弯曲的弧度。

倪生洪说，烧筏师傅的技术就在这里，坐上去，压下去，这力度不能太轻不能太重。倪生洪烧制的竹筏，筏梢翘耸耸，吃水小，撑起来快活得很。

一张单筏，一般是9根或者10根毛竹，一张双筏需用25根毛竹。将烧制好的毛竹，并排串成就是竹筏的成品了。

倪生洪说，筏竹烧好后，在串之前，会将筏竹放在平地上，看是否平整，有个把筏竹会有点凹有点凸。若是发现这种情况，他会采取"掬火"的方法，即将筏竹凸出的地方，用猛火再"烤一烤"，这样过后，串成的竹筏就平整多了。

如今，倪生洪不烧竹筏已经40年，但是，述说烧筏的往事，他似乎很享受："一般竹筏的长度为三丈零五寸，也有三丈一尺的。烧筏师傅的工钱比一般匠艺师傅要高出5毛钱，我一年烧到头，晴天落雨都没得空！"

确实，倪生洪烧筏可算是名声在外，不仅本村、当地窈口、坑口的筏户都认准他烧筏，还经常被请到邻县桐庐上施、雅坊等地去烧筏，一烧总是个把月。

写于2015年

拾 遗
SHIYI

汤忠富：大山的儿子

40年前的1984年1月，临近春节的日子，老天连降几场大雪。雪后天寒地冻，朔风刺骨，山区积雪深达一米以上，皑皑白雪覆盖了林区山道，茫茫一片。腊月二十九日，龙门林场龙门山林区队长汤忠富，从窈口老家汤家村步行，途经湖源小樟村，再经高田磡翻万春岭往他所在的林区接替副队长盛荣贤值班。由于积雪过深，山道难辨，气温骤降，体力不支，不幸陷入雪坑，生命永远定格在了46岁。

1985年7月17日，中共富阳县林业局党委发出《关于学习汤忠富同志事迹的决定》。9月20日，中共杭州市委组织部在《组织工作通讯》上发表了评论员文章《学习汤忠富同志的奉献精神》和通讯《他把一切献给了高山林海》，10月11日，《杭州日报》刊登了同名通讯。10月18日，中共富阳县委追认汤忠富同志为优秀共产党员。

汤忠富，1937年4月出生在窈口汤家村一户普通农家，兄弟7人，他排行老四。1958年9月，22岁的汤忠富进入富阳809矿工作。由于他工作积极肯干，很快就担任小组长，1960年还出席了富阳县先进生产者代表会。

1962年1月，为尽快改造大片国有林地，富阳县人民委员会批准成立了湖源、新登、常绿、程坟等4家国有林场。湖源林场，之前为湖源公社林场，林场职工仅有几人。批准为国有林场后，迅速从县809矿抽调30多名矿场职工进入林场，汤忠富则是其中之一。当时湖源林场拥有7126亩山地，只不过这些山地大多为历史性荒山，柴草丛生，荒芜一片，见不到一棵成材林，俗称"十八个烂山头"。政府将原有公社林场批准为国有林场，其目的在于尽快开山造林。可想而知，天天在荒无人烟的高山上开垦山地，种植树苗是多么枯燥与寂寞，加上正值三年自然灾害之时，物资相当匮乏。由于环境艰苦，不少职工想方设法转行他处，有的甚至辞职不干，汤忠富坚定地留了下来，和其他三四位同事一起，坚持开荒种苗育林。

1963年6月，县林业局领导带领下属林场负责人前往杭州招兵买马。此时正值政府鼓励广大有志青年"上山下海"，去海岛，去高山，为社会主义建设奉献青春力量。王煜敏、洪士兰等12名有志青年听从时代召唤，来到了湖源林场，给林场增添了热闹和人气。然而，他们当中年龄最小的只有15岁、16岁，从喧闹的城市来到荒凉寂寞见不着人的高山，离开父母的他们出现了想家的情绪，有的干脆哭鼻子。年长他们十几岁的汤忠富，见状就开始动开了脑筋。他从家里拿来了几个铜钱，买了几条彩绸，动手做了个跳秧歌舞的道具。晚饭后睡觉前这段难熬的时间里，他就跳起"解放区的天是明朗的天"的秧歌舞来，博得大家开心，使得12名杭州青年慢慢适应了高山林场生活。见此招管用，他又动手制作了一把二胡，每当雨雪天，不能出工的日子，他就给大家拉二胡，久而久之，他的二胡一响，即有人以锅碗瓢盆作乐器，唱的唱，跳的跳，林场像一个大家庭，其乐融融。

黄天塘海拔786米，从山下搬运树苗上山是一大难题。汤忠富担任队长后，为解决这一难题，他学着自己育苗。开垦山地，做成一垄垄苗畦，为把苗畦做得均匀，他把长凳子拿来当直尺用。苗畦做好后，撒上种子，将松土拷实，后用竹筛筛上去一层薄薄的泥，再盖上一层茅草，整个过程都是小心翼翼一丝不苟。他把自己的育苗经验毫无保留地传授给林场的其他职工，尤其是青年职工。在他看来，育苗的每一道工序都马虎不得，稍有差错他就会说："勿来时，翻工重来！"在他的坚持与带领下，经过几年的试育，根据黄天塘的气候、土壤等条件，终于总结出一套育苗经验。自此，湖源林场不用再从山下搬运树苗，实现了就地育苗，就地造林，提高了造林效益。至1970年，"十八个烂山头"基本被开垦，并植上树苗。期间，他们响应政府号召，开展林粮、林油、林菜套种方法，种下一万棵油茶树，拥有了一座打不烂的油库，树林间种植六谷、番薯和黄豆，自给之余，全部卖给国家。1965年始，开始在黄天塘新筑了工棚、职工宿舍及食堂，之前，场址在大源坪。

1971年8月，因工作需要，汤忠富被调往龙门林场担任龙门山林区队长。该林区山地面积达6023亩，其中林地面积3708亩。地处龙门山之东北坡，植物垂直分布较为明显，土壤属高山黄壤，富含腐殖质。山上林木种类丰富，杉树、檫树、麻栎、柳杉、马尾松、金钱松、锥栗等布满一座座山冈。林区面积大，林木品种丰富，大大增加了林区队长的工作压力。

在龙门山林区担任队长期间，汤忠富以身作则，恪尽职守，埋头苦干，深得林场领导和同事们的肯定，多次被评为林场、林业局及县级以上先进工作者。1979年12月，他光荣地加入了中国共产党。入党后的汤忠富，时时处处以一名共产党员的标准严格要求自己，哪里有困难他就出现在哪里，明知山有虎，偏向虎山行。1981年，地处景山山顶，富阳、桐庐交界的桑樟坞林区发生一场骇人听闻的事件，该林区两名管山员遭遇殴打且被绑架。富阳、桐庐两县山水相连，1960年8月，经国务院批准，富阳、桐庐两县合并。1961年8月，富阳从桐庐析出。这一并一分，留下了诸多后遗症，两县之间因山林界限、山地权属等问题导致山林纠纷时有发生。桑樟坞林区管山员被绑架事件发生后，该林区其他管山员纷纷要求调离，然汤忠富主动请缨前去桑樟坞担任管山员。偷盗山林者并没有因为换了管山员而收敛偷伐行为，两县交界青草岭脚村庄的部分村民，本县部分村的村民照样上山砍柴或是偷伐树木。面对残酷的实际情况，汤忠富加大巡山力度，不管遇上偷伐树木的还是砍柴的，首先是说服教育，造林不容易，育林靠大家，山上林地荒了，山下田地一定遭殃。有时候，他还会拿出自己不多的饭菜票，留他们在林区食堂吃饭，然后说，下次不要再来了。汤忠富相信，人心都是肉长的，自己这样对待他们，下次再碰着他就难为情了。汤忠富大胆、用心的护林方法，有效地制止了偷伐山林事件。

一波刚平一波又起。1982年冬，龙门山林区发生严重盗伐山林苗头，盗伐人采取聚众盗伐，想以人多势大与林区管山员对抗。一天，林区管山员抓住了一名偷伐山林者，意欲送交司法部门处理。山下村人得知后，准备在中途拦截。林场领导急了，这事情弄不好矛盾升级甚至激化。事情棘手之时，林场领导想到了汤忠富，因此又火速将他从桑樟坞林区调回龙门山林区。

汤忠富赶回他熟悉的龙门山林区，问清楚情况后，他冷静地说："把人放回去，我们可以不直接送人，我们掌握好他偷伐山林的事实证据便可，依法处理由公安部门！"林场领导觉得汤忠富说得在理，于是先把扣押着的人放了回去，妥善处理了这起山林盗伐案。

1983年严打之前，偷盗山林之风时有发生，且一度有些猖獗。守护国有山林，在汤忠富心里比天还大。他凭着对国家林业事业的热爱，用自己的双脚巡山，遇上砍树砍柴的人总是先礼后兵，先是耐心地说服教育，好些人在他的苦口婆心的教育下，最后放下柴担而回。若是碰上个硬碰硬的，汤忠富当然也会理直气壮，就算要与他动手，他也定奉陪到底。汤忠富刚柔相济的护林方法，不但深得林场领导和同事们的肯定，就连曾被他夺过柴担、树木的偷盗者也真心佩服他。

开山、育苗、营林、护林是他日常的全部，二十年如一日。只有自己人在山上，他心里才踏实。林场规定，林区职工每月公休四五天，而在汤忠富的护林日志里没有"休息"这个词，在山上一待总是几个月。家里有要紧的事，要带信去他才回家。他大儿子出生那会儿，直到儿子出生后第8天的下午他才回到家。1983年下半年，为指导新手抚育林木，他将近半年没有下山。就是难得安排上的职工疗休养，他因放心不下工作而推辞。对此有人就说他傻，有福不会享，他却乐呵呵地说："我是共产党员，理应吃苦在前，享受在后，在我看来，守护着林区山林那是最幸福的！"

1984年1月，春节前夕，富阳山区连降几场大雪，龙门山积雪深达一米以上。汤忠富安排自己与副队长盛荣贤春节期间在山上值班。1月28日清晨，汤忠富踏着齐腰深的积雪下山，前往常安、湖源等地慰问退休职工。30日，慰问完毕后他回到窈口家里，帮妻子劈了柴火，吃饭时对妻子褚美娣说："侬要把孩子管好！"教育三个儿子说："要好好读书，村后山上全是石礅，不是黄金！"31日，已是农历腊月廿九，吃过早饭，汤忠富整理着一瓶烧酒、一条香烟、一刀猪肉，还让妻子找来了手电筒。妻子递给他电筒，望着昨天刚回来的丈夫，满眼期望他能留在家过年。汤忠富看懂妻子的眼神，他说："我得去，说好让老盛回家过年三十的，我今天上去，他明天可以下山！"10岁的小儿子缠住爸爸不让走，汤忠富抱起儿子说："爸爸初五会回来的！"上午9时，汤忠富脚穿一双跑鞋，从窈口汤家出发，步行至万春岭脚高田磡村，已是午后时分，冬天的山里夜幕已开始降临。居住在村口的一对老人见到汤忠富纳闷了，他们想，明天就年三十了，大家都往家赶，怎么还有人往山上

壶源影記憶

去呢，并且山上还那么厚的雪？！汤忠富在老人家里稍作休息，老人见汤忠富执意要上山，就拿来稻草，让他用稻草把双脚包裹起来，用来防滑与保暖。

汤忠富凭着平时对山道的记忆开始上山，裹着稻草的双脚在雪地里留下一串长长的脚印。暮色越来越浓，气温骤降，寒风刺骨，万籁寂静，山野白茫茫混沌一片，汤忠富一步一步挪动着脚步，终因抵挡不住严寒、饥饿和连续劳累的袭击，不幸滑进被雪填平的山沟。等到林区管山员发现他的遗体时，已是2月5日了，时年汤忠富46岁，他把生命的最后时光献给了林海，把生命永远地融进了大山。

1984年2月8日，龙门林场举行汤忠富同志追悼大会，冒着严寒前来参加追悼会的不仅有林场全体职工，还有林场附近村庄的村民，全场人员从含泪默泣到失声痛哭，林涛哀鸣，龙门山垂泪！

（写于2023年4月，根据1992年版《富阳县林业志》记载《汤忠富传略》及其生前林场领导、同事、家人采访整理而成）

平民英雄臧水林

94岁的臧水林老人，身体还算硬朗，但有时思维也会出现混乱。2022年初夏的一天，在其家人的陪同下，我第二次采访他。对我的访谈老人似乎不屑一顾，怎么问候都不予理睬，对此，我灵机一动，"老师傅，你年轻时参加过杭州笕桥机场的建设？"不出所料，这句话像是打开了老人的话匣子，半分钟之内，从不理睬转换至饶有兴致地与我侃侃而谈。

"修笕桥机场，那年有万把人呢！"话匣子打开，老人边说边做起手势。

臧水林

1951年5月，臧水林和千万热血青年一样，踊跃报名参加中国人民志愿军，希望赴朝参战保家卫国。然而，政策上有规定，家里是独子的原则上不接受。臧水林是独子，为此，臧水林闷闷不乐。不久，县政府在全县青年当中招收义务工，发动青年参加杭州笕桥机场建设，领导说："参加笕桥机场建设，为国家建设出力，同样是抗美援朝！"于是，臧水林不顾父母及妻子的反对，积极报名。最后他所在的上臧村只有他一人报名，他仍然坚定信心，义无反顾。

1952年春，湖源乡各村总共报名了11名青年，他们是臧水林、程友良、洪传金、洪明富、汪绍金、李善余、郭仁才、洪金荣、何绍水、童玉祥等，组建了一个班。因为是为国家尽义务，故大家需自带衣服、被铺，还有草鞋，草鞋不是一双两双，而是几十双。11名青年到乡政府集合后，由带队的领导

壶源江记忆

带着大家步行至富阳县城,在县政府对面大礼堂报到,后和其他乡镇的 125 位青年集合到一起。当天晚上在大礼堂内地上打地铺睡觉。第二天南门码头上船,至杭州南星桥上岸,后坐上运石头的火车去笕桥机场。由此,参加了一年的笕桥机场工程建设。

一万多民工和一万多解放军到场后,工程指挥部将机道、人道、机库等具体任务分解到各班组,就热火朝天地干起来了。

这年,臧水林 23 岁,身高 1.85 米的他力大超群,被分配在材料搬运组。当时没有机械设备,所有活全靠一双手。臧水林似乎有使不完的劲,经常超额完成任务。一次在 200 米距离的挑土方工程中,他每天比一般人多挑 20 担,提高工作效率 30%。平时,在同伴们遇到搬不动的钢筋、水泥,抬不动的油桶或是其他大件笨拙的器械,他一到场总是能想出办法然后搞定。有一次,一辆装满水泥的双轮车陷入烂泥潭里动弹不得,臧水林上前先在两边轮胎垫上木板和石头,再双手用力一拉,车轮就从烂泥潭里拉上来了。由此,臧水林成了工地上公认的大力士。而后,领导让他担任施工监督员,这样臧水林干劲更大了。一天到晚工地上来回跑,哪里出现困难,他就出现在哪里。

1952 年,中华人民共和国刚成立不久,百废待兴,恰是艰苦奋斗的时期。民工皆为义务工,除了吃饭政府安排以外,其他生活开支全部自己负责。有的家里条件差的只带了一套衣服,夏天光着膀子干活,冬天被冻得发抖,有的草鞋带得不多,为了省着点儿穿,一年时间里还是光脚的时间多。为了节约草鞋,一年里臧水林没有回过一次家,因为回来一趟不容易,从杭州坐船到富阳,从富阳走路回家,草鞋破得快,故回家通常是派代表,回来的人须帮其他同志顺带东西,如草鞋、衣服什么的。解放军穿的也是草鞋,不过他们的草鞋是用破布编织起来的,臧水林他们的草鞋是稻草、箬壳做起来的。生活上很艰苦,冬瓜、青菜、萝卜、豆腐是常吃的菜,猪肉一个月吃不上一回,以至绍兴队的民工戏称他们是"冬瓜队"。

有一次,臧水林和工友用木桶装沙子,木桶上的一块铁皮划到他左侧小腿,裤子划破,一块皮直接被撕下,鲜血直流。当时只在工地卫生室做了简单包扎,因为没有敷消炎药,也没有因此而休息几天,导致伤口化脓溃烂,臧水林仍然坚持在工地上。

工程完工时，杭州市人民政府、民政局、杭州市修建委员会举行了总结表彰大会。臧水林被评为万名民工中唯一的一位一等功，获二等功是一位烧饭的工友，还有几位立功的是解放军技术人员。对于表彰会的程序，70年后的今天，臧水林仍旧记得清清楚楚，他们站在一个临时搭建的土台上，领导给他们颁奖。给他颁奖的是后来当省长的沙文汉，一枚徽章，一本立功证书，一件背心，一本印有华东建筑工程部赠的纪念册。富阳被评为先进集体，颁发一面大红旗，由臧水林代为接受。表彰会上领导讲话时说，等国家富裕了，一定不会忘记你们。

第二天，臧水林和全体受表彰的人，坐上大巴车，参观了杭州棉纺厂，臧水林自豪感满满："那时候有大巴车坐坐已经很光荣了！"

回到家，见到一年不见的家人感到无比亲热，尤其是臧水林走时3岁的女儿，此时已很会说话了，见到父亲问这问那十分可爱。

在祖国还处在贫穷落后的时期，国家需要建设之时，臧水林，一个山村已婚的青年，抛开家庭，离开亲人，毅然投入时代建设大军当中，不畏艰难困苦，毫无保留地奉献自己的青春和力量，为社会主义建设添砖加瓦，不负韶华，这是臧水林一生中值得铭记的一页。

附：臧水林立功颁奖词：

工作一贯积极带现（先），能尽力地发挥贡献给祖国，并有刻苦耐劳的精神，带病出工，团结同志，经常有忠实的态度，主动地帮助同志，并且还没娇（骄）傲自满性，对工作一贯抱着虚心负责的态度。

臧水林获奖证件

1. 在200米距离的挑土方活中，比一般同志一天能多挑20担，提高工作效率30%。

2. 脚跟被撞破，受了工伤，伤口脓肿未好，带伤坚持工作。

3. 看到同志们有困难能主动地帮助。

壶源的记忆

古亭锣鼓

　　古亭锣鼓，俗称"细乐锣鼓"，分古亭与乐队两个部分，古亭为三层四角亭，飞檐翘角，前后开门，四面有窗，上两层四角垂挂角灯。亭高2~3米左右，1米见方大小，中悬燃灯，古亭以紫竹为架，糊以绢、绸。门上有"武城遗风"匾额，柱子上有联，是一座制作精良的小角楼。乐队有全套、半套之分，全套演奏需72人，半套演奏需36人，乐器以打击乐、拉弦乐、弹拨乐、吹奏乐为主。表演形式为行进式乐舞，表演时，两人抬着亭子，乐队随后，抬古亭的两个人合着演奏的音乐，踏着鼓点，有节奏地或进或退，或颤或停，舞姿极为优美。

作者（左）在真佳溪采访张汝杭老人

　　富阳各地多个乡村有古亭锣鼓队，演奏风格大同小异。2002年，我有幸采访到场口真佳溪古亭锣鼓队张汝杭老人。张家几代人都喜爱古亭锣鼓演奏，至张汝杭时，他家还保存着极为珍贵的工尺谱及与古亭锣鼓相关的匾额。

老人说，古亭锣鼓是祖辈传承下来的，乐队每件乐器均是一样两件，成双成对，十分规整。世代相传，古亭锣鼓队设有"古亭会"，会员轮流坐庄（负责）。古亭会有三亩粮田，当年坐庄的人，牵头耕种三亩粮田，负责保管收获的粮食。粮食作为古亭会公有财产，用于添置乐器、修理古亭及其他之用。用这样的方法，使得古亭锣鼓一代代传承了下来，究竟起于什么朝代他也说不清楚，但几百年以上是可以肯定的。古亭锣鼓演出时间在每年的春节期间，正月十一上灯，古亭整装后开始出门演出，首先是到场口龙潭庙拜菩萨，随后到附近村演出，至正月十八落灯，共活动8天。

古亭锣鼓队建有会员制度。入会自愿，提出申请，经理事会讨论通过方可入会。理事会对会员的品德有明确要求，每个会员必须做到"忌赌、忌嫖、忌不孝"，如有违反者，初犯进行教育，重犯或严重者直接开除。

清咸丰年间，太平军窜扰壶源溪两岸，真佳溪遭殃，古亭锣鼓被毁。

20世纪70年代，张汝杭爷爷去诸暨请来两名竹匠师傅，花了将近半年的时间，把古亭锣鼓架子重新做起来，后又因多年失修，导致废弃。1986年，中国民协在全国开展民族民间乐器普查，富阳县文化馆音乐干部陶明辉在普查中发现场口真佳溪古亭锣鼓与其它民间音乐大有不同，于是他一头扎了进去。对保存下来的工尺谱及"集大成""武城遗风""响遏行云""声金""振玉""和且平""安以乐"七块匾额进行了系统仔细的研究与"翻译"，弄清楚古亭锣鼓由"大花鼓""三百子""乾坤镜""分狄""背疯婆""水漫""和番"7个乐章组成，发现第6乐章"水漫"，音乐风格粗犷，带有北方音乐韵味，与前5个乐章优雅且具江南气息的风格截然不同,第七乐章"和番"，音乐平和，"工工四尺上，工工四尺上"，与第一乐章"大花鼓"前后呼应。据陶明辉老师所知，南宋有40部大曲源自唐朝，对照唐朝大曲结构，七个乐章中的第三、第四乐章"乾坤镜"与"分狄"，其中多处节拍与唐朝大曲中的散序相像。依据历史上朝代更替与都城驻地变换进行了分析与推测，宋朝末年，元兵由北入侵，宋朝灭亡，宫廷乐手纷纷外逃，散去民间。南宋建都临安（今杭州），富阳为都城近郊，场口水路交通便捷，宫廷乐手择水路方便的真佳溪村隐居下来也在情理之中。再从"武城遗风"匾额分析，"武城"即"武林",武林乃杭州旧时别称,"武城遗风"也就可以解释了。于此,毕业于上海音乐学院的陶明辉老师推测,古亭锣鼓有可能是南宋宫廷大乐,当然这只是推测,是否确实有待做进一步考证。

20世纪80年代,县文化部门对古亭锣鼓引起了重视,专门派人挖掘、整理曲子。文化部门采购紫竹,再次请来诸暨的竹匠师傅,将破损的古亭进行修复。原先演奏的十多种器乐已无法凑齐,所以随后的演奏,以板胡、三弦、龙凤笛等乐器演奏为主,演奏内容为"分狄""三百子""背疯婆""水漫""和番"等,在演奏过程中,慢慢融进了当地民间音乐元素,故古亭锣鼓既有旋律优雅的丝竹管弦,也有乡土韵味的唢呐与鼓乐。

《富阳县志》民间音乐章节中记载:"1953年,富阳县举行民间音乐舞蹈会演,场口的古亭锣鼓获奖。1954年,县文化馆将青江口、场口、真佳溪三个锣鼓队合成古亭锣鼓队,参加建德专区民间音乐舞蹈调演。"时至2001年,市文化部门依据《古亭锣鼓》创意改编了大型民间舞蹈《古亭乐舞》,参加杭州市2001年西博会暨国庆文艺演出获得金奖。

大塔村名的来历

富春江南岸有个很大的沙洲，沙洲上有个叫大塔的村庄。很奇怪，村里不要说大塔，就连小塔都没有一座。那么为什么会叫它大塔村呢？传说这与三国东吴孙坚有关。

传说孙坚出生在一个夏天的晚上。那天，孙坚的姆妈要生了，肚子开始痛起来，突然间天公也开始变了，尚好的天公，马上下起了雷鼓大雨。孙坚妈妈肚子随着雷鼓声痛一阵停一阵，孩子迟迟没有生下来。再说这场雨落得勿肯停，接连下了9天9夜，富春江的水没进了村庄。村中央有口池塘，池塘里的水涨得都溢出来了。到了第9天的夜里，池塘里神不知鬼不觉耸立起一座塔，奇怪的是远看过去活像一个身穿盔甲的勇士，更奇怪的是池塘里的塔升起来时，雷鼓大雨也停了，随着一声婴儿的啼哭，孙坚姆妈就把他生下来了。

孙坚的脸长得天方地圆，容貌英俊，族人们都很喜欢他。才十多岁的孙坚，就长成了身材高大的帅小伙，在人群中一站，远看过去，活像村中池塘里的那座塔。因此，大家都喜欢叫他孙塔。孙坚胆子大，一次同父亲摇着一船西瓜去钱塘卖西瓜，途中遇见逮路强盗，大家都吓傻了，一动不敢动。17岁的孙坚操起大刀跳上岸去，手里拿着大刀，向东指一下说："你们往那边！"向西指一下说："你们往这边！"随后他嘴里叫喊着"看你们往哪里逃"，飞快地朝盗贼们冲过去。一帮强贼见势头不妙，四下逃走。逃不及的一个被孙坚抓牢，当场割下了他的头。这以后盗贼们慌了，不敢再来拦截行抢。孙坚这件事越传越广，大家都夸他机智勇敢。官府晓得后，聘用他做假尉，也就是维护治安的武官。后来，孙坚一步步做到了长沙太守。老家村中央池塘里的塔一直稳稳当当地耸立着。

突然有一天，村里一位早起的老人发现池塘里这座塔不在了，只剩下一

壶源点记忆

大堆石石块块。就在这个时间,孙坚被黄祖射杀了。村庄里的人认为这座塔与孙坚的生和死都有关系,这座塔是孙坚的象征,村里人想造一座塔来记住孙坚。因此就请来了石匠,运来了石材,仍旧在村中池塘里开始造一座塔。可是奇怪的事又发生了,每当塔造到一半时,塔就会倒掉。好几次都这样,只好作罢,最后塔没有造起来。后来,村庄里的人为了纪念机智英勇的孙坚,就把洋涨这个村名改成了大塔村。

(根据1997年陪同杭州大学采风队王洲采风整理)

石门无锁自常开

古城村，背倚湖㳇山，东临壶源溪，村南有狮子岭，对岸是神奇的金鸡山。

相传，很早以前，古城整个村庄进出一条路，村庄东北有扇天然石门，很奇怪，每天傍晚，等到村人们从田间劳作收工回家，对岸金鸡山就发出"喔喔喔"的叫声，像是公鸡打鸣，一个时辰后，待村人们吃好晚饭洗漱停当准备睡觉时，金鸡山又传来"喔喔喔"的叫声，此时，古城村北的石门就自动关闭了，大家安安稳稳睡觉，整个村庄一派幸福祥和的景象。

传说金鸡山上有一处石洞，有九九八十一个弯，深不可测。山洞的最里面住着一只金鸡。邑人每天清晨与傍晚能听到金鸡清脆明亮的叫声，但从未有人见到过金鸡的模样。奇怪的是金鸡打鸣与古城村北的石门开闭遥相呼应，一叫一开一叫一闭。有一天，村中族长阿太做了一个梦，梦见了金鸡，不仅梦见了一身闪着光亮的金鸡，还与金鸡对上话。金鸡说，古城是处风水宝地，是出大官的地方，石门是守卫村庄的卫士。它见村庄里的读书的认真，当官的清廉，务农的勤劳，要给予奖励，说是在上元节和中秋节的晚上，听到金鸡叫声时，随便捧起石头还是烂泥，都会变成金子，并强调只准两手抓满，不得借用其他工具盛放，否则将受到惩罚。

湖㳇石门图

族长阿太把这个神奇的美梦告诉了族里的人。时隔不久，中秋节到了。

壶源點記憶

中秋节晚上，明月当空，大地如同白昼，山风徐徐，溪水潺潺，多么美妙的山村夜晚。大家远望着溪对岸金鸡山，静静地等待着金鸡的叫响。"喔喔喔"，随着金鸡的叫声，金鸡山顶渐渐地升起一束光亮，大家听到金鸡的叫声，即按族长阿太说的，弯下腰去抓石头捧泥土，有的人手里抓满即朝金鸡山方向躬身拜谢，可有的人就是停不下来，抓一把塞进衣裳袋里，再抓一把塞进裤子兜里，再手里抓满，结果呢？仍旧石头是石头，烂泥还是烂泥。

这件事发生不久，在兰溪做知县的李氏大房阿太娶妻讨老婆，新娘子是兰溪人，娶亲这天路途较远，加上娘家嫁妆一长队。十里红妆，等娶亲的队伍到村口石门，因新娘子的轿子太高，石门抬不进去，斜抬横抬都抬不进，这时，天已开始暗下来，再抬不进去金鸡叫石门就要关闭了，石门一关闭，新娘子就进不了村庄，大阿太着急啊，就喊了几个帮忙的人手，把石门的门楣敲掉了一尺，这样新娘子的轿子就抬进了村庄，喜酒喝得热热闹闹。可是从那天开始，人们再也听不到对岸金鸡的叫声了，石门也不再开闭，再后来，金鸡下巴都跌落了，其中的原因只能各自去理解吧。

上佛桥

　　景山脚下有一座古桥，名叫上佛桥。桥的两边两棵树形相似的古樟树，活像两名守桥卫士站在古桥的两边，给古桥增添了不少神秘色彩。那么，上佛桥是怎么造起来的呢？

　　相传，很早以前，景山半山腰有一座老佛殿，殿里住持叫光朝和尚。景山巉岩峭壁，树木茂盛，适宜各种名贵草药生长。光朝和尚深通中医药，一年四季采草药，采来草药为山下百姓治病。上山斫柴割草，遇上头痛脑热或是被胡蜂、毒蛇咬伤，只要能够爬进老佛殿，光朝和尚必定能救治。一到夏天，清热退火解毒的草药免费送。有的病人病情严重上不了山，光朝和尚就下山治疗。时间长了，山上的和尚和山下的老百姓相处得很融洽。山下的百姓有病，光朝和尚有求必应，山上的和尚有难，山下的百姓必定相助。

上佛桥

　　一年冬天，天落大雪，不声不响雪落到了人头深，呼呼地白毛风一刮，冰冻三尺。山上的人下不来，山下的人上不去。大家只好待在屋里烤火取暖。

壶源江記憶

一天，雪窟里奔来一条大黄狗，摇头摆尾在村庄里转来转去。村里人一看，咦，这不是老佛殿里的阿旺吗？阿旺很聪明，看见村里的人，就转着圈咬自己的尾巴。有人摸摸狗背脊，把狗尾巴上的一块红布和一条白绸取下来，这时，大家明白了，老佛殿缺盐断火了。红色表示火，白色表示盐，大家心领神会。迅速将盐和洋火扎在狗背脊上，赶阿旺返回山上。老佛殿里光朝和尚及其他和尚都得救了。

因为光朝和尚会看病，上景山老佛殿烧香拜佛的善男信女一拨接一拨，四季不断。景山脚下一条大山坑，是季节性溪坑，每年的梅雨季节，山洪哗哗，溪坑上没有桥，涉水过坑，多次发生香客被山洪冲走的悲剧。光朝和尚决心在溪坑上造座桥，于是托钵化缘。看光朝和尚要造桥，山下老百姓主动出工出力，大家合力在溪坑上同时造了两座桥，一座称"上佛桥"，一座称"下佛桥"，至今尚存的这座古桥称"上佛桥"。

（根据沧洲村倪志良老人讲述整理）

花洞小姐

　　横坑坞很深，足有几十里路深。里面有一排风洞石，旁边有个山洞。传说，很早以前山洞里住着一位漂亮的小姐。这位小姐不是别人，她是杀人八百万的黄巢的妹妹黄百花。黄百花从小喜欢跟在哥哥身边，舞枪弄棒骑马出游。黄巢受玉皇大帝指派，下凡人间追杀八百万恶神恶鬼，妹妹黄百花骑着仙马硬要跟着阿哥到凡间逍遥逍遥。这不，黄巢在横坑坞上头山上杀人满八百万，就此封刀。刚好这个时光，黄百花骑着仙马"嘎达嘎达"行走在石头旮旯里，突然，仙马一个趔趄，一只前蹄轧在石头缝里了，拔呀拔，拔不出来。黄百花跳下马来，在马屁股上抽一鞭子，仙马用力一拔，"咔嚓"，一只马脚被拔断了。

　　三只脚的马不好走路了，靠骑马行路的黄百花只好就地找个地方归隐，刚好路边有个花洞，里面大得可以行马，还有一股山泉水从洞里流过，冬暖夏凉，洞口岩石上古树藤蔓缠绕，黄百花就在洞里隐居了下来。

　　山下村庄里的人都要到花洞附近的山上去砍柴，柴担挑到山洞门口，都要停下来吃饭。横槎村里有个小后生，从小死了爹娘，长大后靠砍柴为生。日日上山斫一担柴。每一日走到花洞门口，将饭包挂在洞口的树上。柴斫好，挑到花洞口，搁好柴担，就坐在洞口的石头上吃饭，不管是炎炎夏日还是寒冬腊月，日日如此。

　　花洞小姐看他日日吃口冷饭，蛮受罪的，天冷的日子就施点儿法术，朝饭包上吹口热气，小后生挂在树上的饭包就热腾腾了。小后生觉得好奇怪，但是看看洞内空无一人。一日，小后生实在累了，吃好饭就在石头上睡着了，并且还做了个梦。梦见有位美貌的小姐同他讲，你这位斫柴阿哥，衣衫破旧不堪，看来家中无人帮你洗一把缝一针，你明早若是来，买一丈二尺布料来，我帮你做一套衣裳。小后生醒来，看看洞里还是没有一个人，越发觉得奇怪。

壶源點記憶

第二日,按照梦中小姐说的,他买了一丈二尺布料,上山时和饭包一道挂在洞口树上。等他一担柴斫好下来,一套新衣裳已放在洞口石头上了,拎起来一看,纽襻打得玲珑剔透。小后生高兴坏了,连忙脱下破衣裳试试新衣裳,破衣裳一股汗酸味,穿新衣裳身子应该干干净净的,所以,他索性脱了个精光,在溪坑里洗了冷水浴,然后擦干身子穿上新衣裳,嘿,大小长短都刚刚好,好像是量了他的尺寸做的,他高兴得左看看右看看。谁知,小后生看不到花洞小姐,然而花洞小姐看他却是一目了然。花洞小姐生气了,在她的山洞里赤膊换衣裳,不遮不挡的。从此,花洞小姐就再也没有出来,小后生仍旧吃起了冷饭包。

(根据童进玉老人讲述整理)

石镜坪：黄巢杀人封刀处

传说，木连胜的母亲触犯王法，被镇压在江西灵山底下18层地狱。木连胜懂事后，立誓要救母亲出地狱。他5岁开始，拜师习武。18年过去，木连胜练就了一身童子功。那年，他只身来到灵山顶上，"嗨"的一声，一脚蹬开灵山。灵山裂开，分成两半，裂缝里冒出来很大的一股白烟。木连胜踩着白烟，"飒飒飒"一直往裂缝底下沉，一边沉一边喊："母亲，你在哪里，儿子救你来了！"山底下立马传来木连胜母亲的回应。"儿子，我在这里！"母子相见，悲喜交加。木连胜抓住母亲的手，风一样飘了出来。

地狱里的妖魔鬼怪看到山裂开了缝隙，大家一锅蜂拥了出来。出来后就到处繁殖。据说，鸟窝里的小鸟，头是鸟头，身子是人的身，老虎窝里的虎仔，也是老虎头，人身子。蔓延速度特别快。

一天，这个事情传到天宫玉皇大帝耳朵里。玉皇大帝说这还了得，便指派武将黄巢下凡追杀这批恶神恶鬼。大帝授权黄巢，由于妖魔变化多端，已经弄不清谁是人谁是妖魔，大帝意思见人就杀，杀到见白血为止。

黄巢领了玉皇大帝的旨意，脚踩云头，手搭凉棚，下到人间，他见人便拔刀，他一拔刀，十里以外的人头全部滚落地上，黄巢杀人不需要一刀一刀一个一个地杀，只要一试刀就行，并且是一拨一拨地杀，杀到后来，人只要被茅草划破一点皮出血便死。

杀啊杀啊，一天，杀到横槎村南面的石镜坪，黄巢见对面走来一位怀孕的女子，待近了黄巢仍旧一刀落去，喷出来一股白色的血，黄巢感觉奇怪，"咿"的一声，将手中的刀插入地中，怎么也拔不起来了。

这时光，天空里传来玉皇大帝的声音："黄巢，你已杀人八百万，妖魔鬼怪已全数在里面，就此封刀"。天意如此，黄巢就此封刀。

（根据童进玉老人讲述整理）

壶源點記憶

壶源溪畔洋教堂

董仁青老师是一位地方文化研究者，兴趣爱好广泛，我与他有很多"臭味相投"的地方，故平时经常会讨论一些相关的话题，前几天他发过来几张油画的翻拍照片。"这是1905年，外国传教士画的，上面Wangdza可能是横槎。"我因前几年挖掘横槎老街文化，听何亦祥老师说有外国传教士曾在横槎造教堂传基督教。记得当时写了一节，后来担心把握不准分寸，干脆没把它选进《老家记忆》。所以，我肯定地回答董老师："有过。"由此，勾起我对壶源溪畔洋教堂创办过程及背后故事的兴趣，又一次打扰何亦祥老师，专门找到富阳教会俞明悦牧师做了访谈，查阅了由浙江人民出版社出版、杭州市档案局编印的《杭州历史上的外国人》等书籍和史料，还随董仁青、何亦祥两位老师，前往横槎村实地查看和调查访问，当年外国传教士在横槎村创办洋教堂的缘由及经过有了较为清晰的脉络。

洋教堂建在横槎之缘由

鸦片战争以后，1842年中英《南京条约》签订，浙江宁波为通商口岸之一，西方人以宁波为入口纷至沓来。

清同治年间（1863~1874），横槎何庆湖在宁波海关工作，其子何道润就读于英国教会创办的"三一神学院"。何庆湖与英国传教士彼此认识并交好。当时，外国传教士布道十分活跃，教徒发展也较快。富阳全县只有富阳县城鹳山脚有一座教堂，英国传教士想去富春江南岸乡村建一座教堂。因为何庆湖是富阳人，彼此间又熟悉，就由他带着英国传教士前来富阳，赴富春江之南乡村进行教堂选址考察。据说，先是到了龙门，认为龙门的水不够理想，后再到横槎。

横槎地处壶源溪畔,村庄三面环水,抬眼望,四周皆为绵延山峰,群山如笑,天空辽阔。村中古树成林,竹篁幽深,柿树镶嵌其中,实在是美不胜收。村前溪水流淌,溪底细石可数,游鱼可见,美妙无比的山水景色深深地吸引了英国传教士。谈妥一切,外国教会向横槎村买下沸腾坝附近三四亩土地,建造了两座教堂,称之为上教堂、下教堂。

上教堂(今沸腾坝旁原栖鹤小学校址),大门朝壶源溪而开,置大围墙,墙内四周植奇花异草,古木参天,大樟树粗得要由几人合抱,英国传教士还种植自己带来的名贵树种,环境十分幽静。教堂为中西合璧的木结构二层楼房,一楼二楼全是木地板。二楼设有阳台及护栏。窗门立高横窄,装百叶窗帘。住房后建有厨房、卫生间等配套设施,主房通向厨房、厕所均有走廊。还有一处配置铁灶,用来烧火,冬天用来取暖。上教堂为传教士的生活区域,常有琴声悠然飘出,回荡在壶源溪的上空。下教堂(今村文化礼堂),是传教士做礼拜的主要场所,厚实的长条凳,凳子上涂有十字架图案。

教堂建成后,横槎村有相当部分人成了他们的教徒,以致教徒们生下男丁取名都带有基督教气味,如天平、天德、天恩、天明、天福、天源、天官等。传教士与教徒及横槎村民之间相处友好和谐。据说,村里人有个头疼脑热的,传教士们会拿几粒很小的药丸给村民们吃,吃下立马见效。

英国传教士慕雅德画中的 Wangdza

董仁青老师在浙江地名研究微信群里,要来了英国传教士画于 1905 年、1911 年、1912 年的 3 幅画的翻拍照片。画的右下角注有:Wangdza 字样。浙江大学丁教授向他咨询,这个 Wangdza 村名可能在你们富阳。

从画面中所画内容看,山峰连绵,巨岩石壁,溪流绕山脚流淌,蜿蜒有形,溪水浅滩,两棵古柳伫立溪岸,树旁一条小路,这应该是壶源溪风光。远山近坡,村庄房屋,村前几棵初冬里的小树,树叶开始泛黄,几株自然生长的棕榈,还有土墩,这是山村一角。溪滩中央一蓬柳树,几间白墙瓦房镶嵌在

壶源溪记忆

茂密翠绿的树林中间，远山峰峰相连，错落有致，这也是山村图景。毋庸置疑，这3幅均为溪畔山村图，但是究竟是不是横槎？不该妄下结论。

外国传教士画中的壶源溪

横槎建有教堂，为外国传教士在乡间传教的一个点。传教士慕雅德来横槎不管是来传教，还是来这里休假都是很正常的事。被这里的山水所吸引，欣赏之余，用画笔记录山水之美，也是情理之中的事。慕雅德来横槎一趟，画一幅画。从画面落款时间来看，慕雅德分别于1905年、1911年、1912年，前后三次来横槎，从不同角度画下三幅画，记录了当时壶源溪畔的景象。

慕雅德生于英国传教士家庭。父亲亨利·慕尔，是英国多塞特教区的牧师，哥哥慕稼谷是英国圣公会传教士，圣公会中东第一教区的第一主教。慕雅德从小在家由他父亲授课，后修习于伊斯林顿圣公会神学院。1861年8月带新婚妻子来中国传教。开始在宁波，后到杭州其哥哥慕稼谷处。他的好几个儿女出生在杭州。慕雅德是一位喜欢做学问的也是有良心的传教士，在他编著的《鸦片问题——关于英国鸦片政策的回顾》《鸦片的用途及其对基督教传播的影响》中，强烈批评和谴责鸦片交易，公开称鸦片贸易是"基督教罪孽""基督教耻辱"，并上书英国政府，要求禁止向中国出口鸦片。

慕雅德初到宁波，由于听不懂宁波方言而影响了传教工作，因此他立即开始学习宁波方言。后来到了杭州也一样，把杭州话学地道，还用杭州话翻

外国传教士画中的横槎村

译了《圣经》中的《新约》章节。慕雅德来横槎时，肯定也积极地向村里人学说当地方言，横（heng），我们土话说成（wang）。慕雅德完全学会了横槎地方方言。如此看来，慕雅德画中的Wangdza，应该就是现常安镇横槎村了。

人们口中的"冯姑娘"即传教士冯马利亚

在横槎村，问及教堂之事，老人们随口就会说到"冯姑娘"这个名字。说冯姑娘每年夏天均来横槎上教堂避暑，她每次来，村里人总会搬着兜子或者舆篮，去场口青江口轮船埠头抬进来，尽管道路曲折蛇行，大家都心甘情愿。还有说冯姑娘是富商之女。

历史往事不能用来猜测，而应依据史料记载为好。2016年由杭州档案局编，浙江人民出版社出版的《杭州历史上的外国人》一书中"晚清民国时期杭州与西方国家人员交往"一节中，

冯马利亚

对"冯姑娘"倒是有所记载。

冯马利亚，1849年出生于英国布赖顿。1876年在听了慕稼谷中国传教的经历后，萌生了来中国传教的想法。1886年她向英国圣公会提出申请并获得批准来中国传教。1887年，她到达中国杭州。在学习了一段时间的语言后，被派往临近杭州的诸暨。此后来往于杭州与诸暨之间，致力于妇女与儿童中间传教。1895年后，她又深入钱塘江流域的村镇传教，时间长达14年。

91岁的俞明悦牧师所述，在冯姑娘之前在横槎传教的是安姑娘与柏姑娘，她俩只传教不办学。她俩之后的冯姑娘在横槎传教的同时开办学校，并有女子学校和男子学校两个班。横槎村不少适龄男女入教会开办的学校读书。课程有常识、数学、语文等。横槎村李亦华说，其父李恩光在冯姑娘开办的教会学校毕业，后来成为一名教师。俞明悦牧师说，横槎教会办的学校大约在抗战爆发后停办。后来他去横槎，把不用的课桌椅要来，在陆家村新办一所教会学校。横槎的老信徒们自告奋勇，把这些桌椅用竹筏从壶源溪上放到场口青江口，他再雇船装到汤家埠。

冯马利亚，专做妇女与儿童的传教工作，也是一位有主见的传教士。1899年，她曾提出在杭州建立一所女子寄宿学校的想法，但是被否决了。1907年，在医学传教士梅藤更的帮助下，她捐资2000金镑，开办了"冯氏高等女学堂"。冯马利亚去世后，杭州市民为了纪念她，以她的名字命名学堂。"冯氏高等女学堂"后改名"杭州冯氏女子中学"，简称"冯氏女中"。后来，英国圣公会将冯氏女中移交给中华圣公会浙江教区议会接办。1952年，该校由浙江省人民政府接收。因此说，冯马利亚对杭州女学的兴办及乡间学校的创办曾做出较大的贡献。这样一位倾力于办学的传教士，在她传教的山村横槎，开办女子学校和男子学校，是最平常不过的事了。

后记

曾经写过一篇小文《另一种书》，说的是一次在乡间与老人聊天的收获，感觉老人像一本书，书里藏着智慧的精华。

2014年夏日，在湖源上臧村小九寨看人游泳，询问岸边闲坐的老人会不会，不想这一问，问开了他的话匣子。听他讲述了壶源溪上撑筏的经历，随后形成了《壶源溪上撑筏人》一稿，在《富阳日报》副刊上专版刊登。而后《富春江》杂志编辑约撰地方文化稿，我即想到壶源溪上撑筏人，于是采访了10多位曾经的撑筏人，同时还采访到数位当年渡口的摆渡人。

从他们的讲述中，我领略到旧时光的壶源溪，是一条重要的水上通道，是人们赖以生存的生命线。

2017年的4月23日，世界读书日这天，开始了我对壶源溪的阅读。

壶源溪，发源于浦江，流经桐庐，穿诸暨一角，过金沙岭入富阳境，贯穿了4个县市。整条溪流从源头跑到源尾，一个想法油然而生，给它写个传记。我的想法与"公家"的一个想法"撞车"了。2019年，区文广旅体局为配合壶源溪三乡联动发展，打算挖掘整理壶源溪文化，并结集出版《壶源溪》一书，我被点名参与其中。如此，自己的小打算暂时只能"让道"，为配合整本书的编撰基调，对之前已撰的稿件，基本不选入。

《壶源溪》很快结集出版了，而我总觉得有件事半途而废了。撑筏人、摆渡人的经历已成为曾经的印记，离我们越来越远，借用文字的功能，记录他们近乎残酷的原生态的生存方式，让后人了解壶源溪两岸一代人曾经的生存状态发出几声唏嘘，何尝不是一件有意义的事？！于是乎，我再度行走壶源溪，且一步一步走进了它的深处，当查阅到刊登在1943年7月15日《东南日报》上的长篇报道《在苦难中成长的富阳县中》、金守淦自传《追忆》时，忍不住为自己点赞。

壶源溪记忆

　　老家在常安大田村，我算是在壶源溪畔长大的人，对壶源溪有较多的记忆，用文字写它，还算得上是得心应手。从最早落笔的《家乡的壶源溪》到后来想探究它的全部，前后历时 10 年有余。经过梳理，《壶源溪记忆》以探古、行走、寻访、倾听、拾遗 5 个部分呈现。壶源溪流经 4 个县市，我寻访时也到过浦江、桐庐、诸暨，资料也均有查阅，不过书写重点则为富阳境内，其余只记录了浦江、桐庐交界的荡江渡和诸暨境内的鹰嘴渡两个较大的渡口的故事。

　　千百年来，壶源溪流域沉淀了历史人文、民俗风情，文化内容丰富，底蕴深厚，由于本人学识浅薄，挖掘尚欠深入，之前有人撰写过的不作重复，有些内容因查阅史料存在难度暂且缺写，书中所述内容或许只是其中的部分，或者说只是冰山一角，待后续有人继续挖掘与探究。

　　承蒙浙江省书法家协会会员、杭州市富阳区书法家协会副主席陈明为该书题写书名，浙江省作家协会会员、杭州市富阳区作家协会主席凌晓祥为拙作作序，杭州长命电池有限公司、杭州柏益实业有限公司对本书的出版给予了支持，在此一并深表谢意。

　　由于著者学识肤浅，书中若有误处，期待识者、方家教正。

鲍志华

2022 年 10 月 31 日于知不足斋